大学本科小学教育专业教材编写委员会

顾　　　问	顾明远　吴履平　马　立
主任委员	刘新成　马云鹏　殷忠民

副主任委员（以汉语拼音字母为序）

　　　　　　　康学伟　李全顺　刘国权　刘立德
　　　　　　　王万良　王智秋　杨宝忠

委　　　员（以汉语拼音字母为序）

　　　　　　　黄海旺　金祥林　康学伟　李全顺
　　　　　　　刘国权　刘克勤　刘立德　刘新成
　　　　　　　马云鹏　曲铁华　唐京伟　王保才
　　　　　　　王万良　王智秋　杨宝忠　叶宝生
　　　　　　　殷忠民　张启庸　赵宏义

秘书长	王智秋
秘　　书	叶宝生

本书编写人员

主　　编	杨朴
副主编	周俊秋　姚素英　马春林

撰　　稿（以汉语拼音字母为序）

　　　　　　　马春林　孙先庆　吴秀英　肖振宇
　　　　　　　姚素英　张凤霞　赵玉敏　郑春凤
　　　　　　　周俊秋　宗晓雁

大学本科小学教育专业教材编审委员会

主 任 委 员 吕 达 王 岳
副主任委员（以汉语拼音字母为序）
　　　　　　　葛振江　刘立德　唐京伟　王　莉
　　　　　　　魏运华　邢克斌　于兴国
委　　　员（以汉语拼音字母为序）
　　　　　　　葛振江　黄海旺　刘立德　吕　达
　　　　　　　唐京伟　王　莉　王　岳　魏运华
　　　　　　　邢克斌　于兴国　诸惠芳　邹海燕
秘 书 长 刘立德
秘　　书 韩华球

丛书责任编辑 刘立德
本书责任编辑 胡兰江
审　　　稿 刘立德
　　　　　　　吕　达

大学本科小学教育专业教材

中国现当代文学史
下册

主　编　杨　朴
副主编　周俊秋
　　　　姚素英
　　　　马春林

人民教育出版社
·北京·

图书在版编目（CIP）数据

中国现当代文学史.下册/杨朴主编.—北京：人民教育出版社，2004（2020.11重印）
大学本科小学教育专业教材
ISBN 978-7-107-17825-2

Ⅰ.中… Ⅱ.杨… Ⅲ.①现代文学—文学史—中国—高等学校—教材②当代文学—文学史—中国—高等学校—教材　Ⅳ.1209

中国版本图书馆CIP数据核字（2004）第070596号

大学本科小学教育专业教材　中国现当代文学史　下册

出版发行　人民教育出版社
（北京市海淀区中关村南大街17号院1号楼　邮编：100081）
网　　址　http://www.pep.com.cn
经　　销　全国新华书店
印　　刷　北京天宇星印刷厂
版　　次　2005年1月第1版
印　　次　2020年11月第10次印刷
开　　本　890毫米×1240毫米　1/32
印　　张　9.125
字　　数　224千字
印　　数　30 001～32 000册
定　　价　13.70元

版权所有·未经许可不得采用任何方式擅自复制或使用本产品任何部分·违者必究
如发现内容质量问题、印装质量问题，请与本社联系。电话：400-810-5788

大学本科小学教育专业教材

总　　序

为了适应社会主义现代化建设和人民群众对教育需求不断增长的新形势，经国家教育部批准，全国各地相继成立了以培养大学本科学历小学教师为主要任务的初等教育学院（系），大学本科小学教育专业应运而生。该专业的设立是我国初等教育改革和发展的需要，是提高我国小学教师素质的重要举措，也是我国师范教育改革和发展的必然趋势。

《中共中央国务院关于深化教育改革全面推进素质教育的决定》指出：建设高质量的教师队伍是全面推进素质教育的基本保障。目前，培养小学教师的现行课程、教材和教法，已不能完全满足全面推进素质教育的客观要求，受到了前所未有的挑战。新的课程教材建设势在必行。鉴于此，教育部师范教育司组织有关高等学校成立了"面向21世纪培养本科程度小学师资专业建设研究"的全国性总课题组，制订了大学本科小学教育专业培养目标和课程方案，在此基础上形成了"全国小学教育专业建设协作会"，对该专业课程教材建设进行了深入研究。

为了加强对教材编写工作的管理，教育部师范教育司、教育部课程教材研究所及有关高师院校的领导和专家组成了"大学本科小学教育专业教材编写委员会"。中国教育学会会长顾明远、教育部课程教材研究所原所长吴履平、教育部师范教育司司长马立为编写委员会顾问，首都师范大学副校长刘新成等为编写委员会主任委员。编写委

总　序

员会聘请具有丰富教学经验和较高学术水平的学科带头人分别担任各科教材主编，并聘请知名专家审核编写大纲和初稿。为了加强对这套教材编审工作的领导、协调和统筹，人民教育出版社还成立了"大学本科小学教育专业教材编审委员会"。

本套教材的编写以"教育要面向现代化，面向世界，面向未来"为指针，以党和国家的教育方针以及大学本科小学教育专业培养目标为依据，以思想性、科学性、时代性和师范性为原则，致力于培养未来小学教师的创新精神和实践能力，全面体现"大学本科程度"和"面向小学教育"的要求，力求建立合理的教材结构，以满足21世纪对新型小学教师素质结构的需要。

本套教材是从大多数地区的情况出发而编写的全国通用教材，主要供培养本科层次小学教师的高等院校使用，也可供培养专科层次小学教师的院校使用，还可供广大在职小学教师进修或自学使用。这套教材由人民教育出版社于新世纪第一年开始陆续推出。

本套教材的编写出版得到了教育部师范教育司、高等教育司、社会科学研究与思想政治工作司、课程教材研究所、人民教育出版社，以及部分省市教委（教育厅）和有关高等院校的领导和同志们的大力支持，谨在此一并致谢。

编写出版大学本科小学教育专业系列教材，是我们贯彻国家教育部师范教育课程教材改革精神、全面落实《面向21世纪教育振兴行动计划》的初步尝试，如有不当之处，敬请广大师生不吝指正，以使本套教材日臻完善。

大学本科小学教育专业教材编写委员会
2000年12月

本书前言

《中国现当代文学史》是根据我国教师教育改革和义务教育新课程标准有关精神编写的,其读者对象是大学本科小学教育专业学生。它的特别针对性规定了它的不同于其他同类教材的特点。

概括性:中国现、当代文学史内容丰富、复杂,即使是把现代文学史和当代文学史分开来写,也要很长的篇幅才能完成。但是对"小教"本科教育,这显然过于繁重。同时,"小教"本科既然是本科教育,就必须要完成本科教育任务,达到本科教育水平。考虑到上述两方面因素,本教材力求简洁、精当、概括,抓住现、当代文学史上最重要最具代表性的现象和作家作品进行分析。

侧重性:针对"小教"本科学生的特点——非文学专业教育和毕业后从事小学教育,本教材主要强调常识和分析能力的教育,所以文学史、创作概貌及作家创作总体风格部分比较简略,而侧重于主要作家的某一部代表作的分析。

审美性:在概述文学史常识和分析某部作品的同时,本教材力求突出对文学进行审美分析的特点,以提高学生的审美感受能力和审美分析能力。

先进性:尽可能吸收中国现、当代文学研究的最新成果,使教材在文学观念、文学史观念和具体文学现象及作家作品的评价上具有新意;但同时又注意了稳定性,对那些暂时还没有得到普遍认同的东西不予采纳。

本书分为上下两册,上册为中国现代文学史,三编二十一章;下册为中国当代文学史,三编二十章。全书由吉林师范大学杨朴设计体例及统稿。

上册编写分工如下：

吴秀英（吉林师范大学）	绪论
周俊秋（首都师范大学）	第一章、第二章、第三章
赵玉敏（吉林师范大学）	第四章、第十八章第一节、第三节至第八节、第十九章、第二十章
姚素英（吉林师范大学）	第五章、第六章、第七章、第八章、第十章
肖振宇（吉林师范大学）	第九章、第十一章、第十二章、第二十一章
马春林（沈阳大学）	第十三章、第十四章、第十五章、第十六章
张凤霞（首都师范大学）	第十七章
孙先庆（吉林师范大学）	第十八章第二节

下册编写分工如下：

郑春凤（吉林师范大学）	绪论、第一章、第二章、第三章、第四章、第五章、第六章第一节、第七章第一节、第八章第一节、第十二章
宗晓雁（人民教育出版社）	第六章第二节至第四节、第十一章、第十三章、第十五章第一节、第十六章、第十七章第一节、第十八章、第十九章、第二十章
马春林（沈阳大学）	第七章第二节至第四节、第八章第二节、第九章
张凤霞（首都师范大学）	第十章
周俊秋（首都师范大学）	第十四章、第十五章第二节至第

五节、第十七章第二节至第五节

  限于各种原因，1949年后的台湾、香港、澳门等地区的文学暂付阙如。同时，由于篇幅限制，最近几年的文学现象和成就等内容，本书较少涉及，有条件的学校在教学中可适当补充。

  由于水平所限，书中错误和疏漏在所难免，敬请广大读者批评、指正。

《中国现当代文学史》编写组
2004年5月

目　　录

绪论　中国当代文学的源流、性质、分期和发展概况……………… 1

第一编　十七年文学（1949—1966）

第一章　文学史概况…………………………………………… 7
第一节　文艺运动和文艺思想斗争……………………… 7
第二节　创作综述………………………………………… 17

第二章　农村题材的长篇小说………………………………… 21
第一节　概述……………………………………………… 21
第二节　赵树理的《三里湾》…………………………… 23
第三节　周立波的《山乡巨变》………………………… 25
第四节　柳青的《创业史》……………………………… 29

第三章　革命战争题材的长篇小说…………………………… 35
第一节　概述……………………………………………… 35
第二节　杜鹏程的《保卫延安》………………………… 37
第三节　吴强的《红日》………………………………… 40

第四章　革命历史题材的长篇小说…………………………… 43
第一节　概述……………………………………………… 43
第二节　梁斌的《红旗谱》……………………………… 44
第三节　杨沫的《青春之歌》…………………………… 50

第五章　主题与风格多样的短篇小说 …… 53
　　第一节　概述 …… 53
　　第二节　王蒙的《组织部来了个年轻人》 …… 55
　　第三节　茹志鹃的短篇小说 …… 57

第六章　十七年的诗歌 …… 60
　　第一节　概述 …… 60
　　第二节　贺敬之的《桂林山水歌》 …… 64
　　第三节　郭小川的《祝酒歌》 …… 66
　　第四节　闻捷的《吐鲁番情歌》 …… 70

第七章　十七年的散文 …… 73
　　第一节　概述 …… 73
　　第二节　刘白羽的《长江三日》 …… 75
　　第三节　杨朔的《雪浪花》 …… 77
　　第四节　秦牧的《社稷坛抒情》 …… 81

第八章　十七年的戏剧 …… 84
　　第一节　概述 …… 84
　　第二节　田汉的《关汉卿》 …… 86

第九章　老舍的《茶馆》 …… 93
　　第一节　老舍在新中国成立后的戏剧创作 …… 93
　　第二节　《茶馆》的内容和人物 …… 97
　　第三节　《茶馆》独特的戏剧艺术风格 …… 101

第二编　"文化大革命"时期的文学（1966—1976）

第十章　文学史概况 …… 107
　　第一节　《部队文艺工作座谈会纪要》及其反动性 …… 107
　　第二节　"根本任务论"及"三突出原则"等创作理论 …… 110
　　第三节　创作综述 …… 112

第三编　新时期文学（1976—　　）

第十一章　文学史概况 …………………………………… 121
　第一节　文艺界的思想解放运动 ……………………… 121
　第二节　现实主义的恢复及文学思想的多元化………… 124
　第三节　创作综述……………………………………… 126

第十二章　新时期的长篇小说 …………………………… 135
　第一节　概述…………………………………………… 135
　第二节　古华的《芙蓉镇》…………………………… 138
　第三节　张炜的《古船》……………………………… 142
　第四节　陈忠实的《白鹿原》………………………… 145

第十三章　新时期的中篇小说（上） …………………… 150
　第一节　概述…………………………………………… 150
　第二节　谌容的《人到中年》………………………… 154
　第三节　路遥的《人生》……………………………… 157
　第四节　张贤亮的《绿化树》………………………… 160
　第五节　张承志的《北方的河》……………………… 163
　第六节　贾平凹的《腊月·正月》…………………… 166

第十四章　新时期的中篇小说（下） …………………… 168
　第一节　韩少功的《爸爸爸》………………………… 168
　第二节　莫言的《红高粱》…………………………… 171
　第三节　王安忆的《小鲍庄》………………………… 174
　第四节　王朔的《动物凶猛》………………………… 178
　第五节　余华的《现实一种》………………………… 181
　第六节　池莉的《烦恼人生》………………………… 184

第十五章　新时期的短篇小说 …………………………… 189
　第一节　概述…………………………………………… 189

  第二节 铁凝的《哦，香雪》……………………………… 191
  第三节 高晓声的《陈奂生上城》……………………… 194
  第四节 汪曾祺的《受戒》……………………………… 198
  第五节 残雪的《山上的小屋》………………………… 201
第十六章 王蒙的小说创作……………………………………… 206
  第一节 王蒙的《春之声》及其新探索………………… 206
  第二节 《活动变人形》…………………………………… 212
第十七章 新时期的诗歌………………………………………… 218
  第一节 概述……………………………………………… 218
  第二节 朦胧诗及其论争………………………………… 221
  第三节 舒婷的《思念》和《双桅船》………………… 224
  第四节 北岛的《回答》………………………………… 226
  第五节 顾城的《弧线》………………………………… 228
第十八章 其他诗人……………………………………………… 231
  第一节 艾青的《光的赞歌》…………………………… 231
  第二节 雷抒雁的《小草在歌唱》……………………… 233
  第三节 "新生代"诗人………………………………… 236
第十九章 新时期的散文………………………………………… 242
  第一节 概述……………………………………………… 242
  第二节 巴金的《怀念萧珊》…………………………… 245
  第三节 史铁生的《我与地坛》………………………… 247
  第四节 徐迟的《哥德巴赫猜想》……………………… 249
  第五节 黄宗英的《大雁情》…………………………… 251
  第六节 邓贤的《中国知青梦》………………………… 254
  第七节 余秋雨的散文…………………………………… 255
  第八节 学者散文………………………………………… 258
第二十章 新时期的戏剧………………………………………… 261
  第一节 概述……………………………………………… 261

第二节　崔德志的《报春花》…………………… 264
第三节　沙叶新的《假如我是真的》…………… 267
第四节　刘锦云的《狗儿爷涅槃》……………… 269
第五节　魏明伦的《潘金莲》…………………… 271
主要参考书目……………………………………… 274

绪　　论
中国当代文学的源流、
性质、分期和发展概况

一、中国当代文学的源流

每个时代的文学都具有相对独立的艺术精神和审美品性，同时，它也有无法割断的历史渊源。中国当代文学也不例外，它一方面是对当代社会生活及时代精神的反映，另一方面又是对中国文学传统的继承和发展。

中国当代文学最直接、最主要的源流是我国五四以来的新文学，特别是1942年延安文艺座谈会以来的解放区新文学。以五四为开端的新民主主义文化是"无产阶级领导的人民大众的反帝反封建的文化"。① 五四新文学的主要任务是彻底地反帝反封建。1942年延安文艺座谈会上，毛泽东在讲话中总结了五四新文学运动以来的历史经验，要求知识分子无条件地向工农大众学习，为工农兵服务，以大众的审美爱好为自己的工作目标。中国新文学运动从此进入了一个新阶段，即进入了一个自觉与工农兵相结合的阶段，初步确定了文艺为人民服务，首先为工农兵服务的方针。新中国成立以来的当代文学延续和发展了这一文艺方针。可以说，当代文学是1942年以来新文学的继续和深化。

中国当代文学从本质上来说是1942年以来新文学的继续和深

---

① 毛泽东：《新民主主义论》，《毛泽东选集》第2卷，人民出版社1991年版，第698页。

化,但它和我国源远流长的古典文学传统也有着密不可分的联系。我国古典文学是世世代代劳动人民勤劳精神和智慧的结晶,当代文学在发展过程中继承和发展了古典文学中热爱祖国大好河山、追求自由平等、敢于斗争等思想内容,并借鉴了古典文学在艺术表现形式上的卓越成就。

二、中国当代文学的性质、任务

中国当代文学表现的主要是社会主义时代的生活,体现出广大人民积极进行社会主义革命和社会主义建设的需求。从这个角度说,中国当代文学是社会主义性质的文学。

中国当代文学是以为人民服务、为社会主义服务为宗旨的。早在1949年中华全国文学艺术工作者代表大会上,就确定了文艺为人民服务,首先为工农兵服务的方向。在后来的历次政治运动中,"文艺为政治服务"这一口号的提出影响了当代文学宗旨的实现。1980年,党中央决定停止使用"文艺为政治服务"的提法,明确提出文艺为人民服务、为社会主义服务的口号,这使当代文学的任务更为确切。

三、中国当代文学的分期和发展概况

中国当代文学的历史可分为三个时期,即十七年文学、"文化大革命"时期的文学和新时期文学。

(一)十七年文学(1949—1966)

"文化大革命前的十七年,我们的文艺路线基本是正确的,文艺工作的成绩是显著的。"[①] 在这一时期,涌现出一批优秀的作品,如《红旗谱》(梁斌)、《创业史》(柳青)、《红岩》(罗广斌、杨益

---

① 邓小平:《在中国文学艺术工作者第四次代表大会上的祝词》,《邓小平文选》第2卷,人民出版社1994年版,第207页。

言)、《红日》(吴强)、《保卫延安》(杜鹏程)等,这些作品在思想上和艺术上都比较成熟,朱老忠、许云峰、梁三老汉等人为当代文学的人物画廊增添了光彩。作家在创作过程中形成了自己独特的风格,如梁斌在民族风格方面的探索,茹志鹃的清新、俊逸等。另一方面,"文艺为政治服务"、"文学是阶级斗争的工具"等观念,对文学创作产生了严重的影响,一定程度上阻碍了文学发展的多样性与丰富性。

(二)"文化大革命"时期的文学(1966—1976)

"'文化大革命'是一场由领导者错误发动,被反革命集团利用,给党、国家和各族人民带来严重灾难的内乱。"① 在这场内乱中,文学进入到了一个非常时期,现实主义文学遭到了空前的浩劫,反现实主义的帮派文艺泛滥成灾,成为本时期的文艺主流。林彪、江青一伙全盘否定五四以来的新文学传统,诋毁中外文学遗产,大批优秀作家惨遭迫害,文艺园地一片凋零。有些作家虽然在极其困难的条件下写出了一些较好的作品,如孟伟哉的《昨天的战争》、李心田的《闪闪的红星》等,但也未能完全摆脱当时"左"的思潮的影响。

(三)新时期文学(1976—   )

粉碎"四人帮"后,尤其是党的十一届三中全会以后,我国迎来了一个新的历史时期。在新的历史时期里,文学事业取得了巨大成就,在历次政治运动中惨遭破坏的革命现实主义传统得到恢复和发展,出现了"伤痕文学"、"反思文学"、"改革文学"等,这些文学作品反映了我国新时期文学的时代精神和审美走向。

随着改革开放的深入,西方各种文学思潮纷纷涌入中国,为中国作家的文学探索提供了新的借鉴。"意识流"、"中国式的现代

---

① 《中国共产党中央委员会关于建国以来党的若干历史问题的决议》,人民出版社1981年版。

派"、"荒诞派戏剧"、"新小说"、"魔幻现实主义"等,各种流派各领风骚,形成了文学风格、文学流派多样化的局面。

但新时期文学也存在着不够健康的一面,在对西方文艺思潮的借鉴中有急于求成、囫囵吞枣的现象,这对中国文学的发展是极为不利的。

第一编

十七年文学

(1949—1966)

第一章 文学史概况

第一节 文艺运动和文艺思想斗争

一、两次文代会

(一) 第一次文代会

1949年7月,在北平召开的中华全国文学艺术工作者代表大会(简称"第一次文代会"),是一次具有重大历史意义的会议,是当代文学史的发端。郭沫若在《大会筹备经过》中对大会召开的背景、意义和任务作了简要说明:"这次大会在人民解放军即将获得全面胜利的伟大时期中召开,这在中国文学艺术工作者,是富有历史意义的空前盛大的会议";"举行这一空前盛大与空前团结的大会,主要目的便是总结我们彼此的经验,交换我们彼此的意见,接受我们彼此的批评,砥砺我们彼此的学习,以共同确定今后全国文艺工作的方针与任务,成立一个新的全国性的组织。"党中央对大会的召开十分重视,毛泽东、周恩来、朱德等亲临会场致辞和祝贺,周恩来作了《在中华全国文学艺术工作者代表大会上的政治报告》,报告阐述了三年人民解放战争的胜利形势和取得胜利的原因以及关于文艺方面的六个问题。郭沫若在大会上作了《为建设新中国的人民文艺而奋斗》的总报告,茅盾和周扬分别就国统区和解放区的文艺运动作了报告。经过充分讨论,大会作出了相应的决议,并产生了全国文艺界的组织——中国文学艺术工作者联合会全国委员会,选举郭沫若为主席,茅盾、周扬为副主席。还分别成立了中华全国文学、戏剧、电影艺术、音乐、美术、舞蹈工作者协会,戏曲改进会筹委会、曲艺改进会筹委会等。

第一次文代会作为新中国文学运动的起点,其历史意义极为深远。首先,它标志着全国文艺界的大团结、大统一。从第一次大革命失败后,革命的文艺工作者被迫分离在两个地区,形成两支文艺队伍,一支是解放区的队伍,一支是国统区的队伍。通过文代会,两支队伍在北平会师,都"集中在毛主席的胜利的旗帜之下"。其次,确定了新中国文艺工作的总方针,为新中国文艺事业的发展明确了方向,为文艺工作者提出了新的任务。大会确定了以毛泽东的《在延安文艺座谈会上的讲话》为今后全国文艺工作的总方针,以文艺为人民服务,首先为工农兵服务的方向为全国文艺运动的总方向。这就使全国文艺工作者进一步统一了思想,明确了方向。

这次文代会也存在某些不足之处,如过分强调文艺工作者应该学习政策、宣传政策,将政策作为观察与描写生活的立场、方法和观点等,在某种程度上导致了当代文学发展过程中所出现的一些不良倾向。

(二)第二次文代会

第一次文代会后,文艺创作出现了初步繁荣的景象,但与人民群众日益提高的对精神食粮的需求之间还存在着巨大的差距,文艺界有必要对几年来的工作进行总结,以促进文艺的进一步发展。在此前提下,1953年9月23日至10月6日在北京召开了全国第二次文代会。周扬作了《为创作更多的优秀的文学艺术作品而奋斗》的报告,茅盾和邵荃麟分别作了《新的现实和新的任务》、《沿着社会主义现实主义的方向迈进》的报告。这些报告着重阐述了如下问题。第一,进一步明确新的历史条件下文艺工作者所应承担的任务。面对新的现实,文学应该以自身特殊的方式促进社会主义因素的增长,巩固社会主义的经济基础,推动社会主义改造的完成。因此,作家必须深入生活,通过艺术创作为总路线服务。第二,确定了以社会主义现实主义创作方法为我国文艺创作和文艺批评的准则。社会主义现实主义要求的是政治性与艺术性的统一,即艺术描写的真实性、具体性和以社会主义精神教育人民的统一。社会主义现实主义为作家在选择题材、表现形式和个人风格上提供了广泛的自由。提倡社会主义现实主义并不排斥其他非社会主义现实主义的文学作品。第三,大会讨论了英雄人物的塑造问题和创作上公式化、概念化和粗制滥造的倾向。大会指出,作家在文学作品中塑造英雄形象是完全必要的,并把塑造英雄形象作为创作中的首要任务提出来。同时,大会批评了文艺工作中的主观主义、"左"倾教条主义和行政命令的领导作风。以上问题的讨论对推动文艺创作走上健康的现实主义道路起到了积极的作用。

第二次文代会对促进社会主义文艺创作的繁荣起到了巨大的促进作用,社会主义现实主义文学思潮得到弘扬,出现了《三里湾》(赵树理)、《保卫延安》(杜鹏程)、《铁木前传》(孙犁)、《百炼成钢》(艾芜)等洋溢着社会主义思想和热情的作品。但这次文代会对某些问题的阐述还存在片面之处。例如,强调作家去配合当前的政治任务,"直接表现政策";把表现英雄人物作为首要任务,不允许写英雄人物身上的缺点,等等。这些片面之处,为后来的文学发展及文艺斗争埋下了隐患。

二、三次错误的文艺批判运动

在新中国诞生后的前七年里,文艺界展开了一系列的思想批判运动,其中,规模最大、影响最深的有三次。它们是:对电影《武训传》的批判,对俞平伯《红楼梦》研究的批判,对胡风文艺思想的批判。

(一) 对电影《武训传》的批判

1951年在全国范围内开展了对电影《武训传》的批判。《武训传》是一部由著名导演孙瑜编导的传记影片。影片是以清末农民武训"行乞兴学"的真实历史为蓝本并加以艺术改造而完成的。编导把影片的主题思想确定为：以"批判结合歌颂"的艺术思想，"评述武训幻想'念书能救穷人'并为之艰苦奋斗一生的悲剧，歌颂他坚持到底、鞠躬尽瘁的奋斗精神"，① 以此配合新中国建立初期全国人民文化翻身和文化建设的需要。但影片所体现出来的思想有许多失误。如影片把广大农民受压迫的根本原因归咎于不识字，缺乏教育，还虚构了一个参加了太平天国农民运动的周大的失败来加以衬托，这表现了作者在评价历史人物时的唯心主义。

影片公映后，褒贬不一。赞扬者认为，影片的公映有利于"迎接文化建设的高潮"，"铲除封建残余，配合土改政策"。持否定意见的人则认为影片宣扬了改良主义思想，劳动人民不经过政治革命不可能求得文化上的彻底翻身，改良主义只能导致阶级对阶级的投降。1951年5月20日，《人民日报》发表了毛泽东亲自撰写的社论《应当重视电影〈武训传〉的讨论》。社论一经发表，便立即形成了一场全国性的政治批判运动，并通过一些非正常手段调查得来的所谓历史材料，给武训定性为："是一个以'兴义学'为手段，被当时反动政府赋予特权而为整个地主阶级和反动政府服务的大流氓、大债主和大地主。"② 1951年8月8日，《人民日报》发表了周扬的《反人民、反历史的思想和反现实主义的艺术》一文，对这次批判运动作了全面的肯定。

在当时的历史条件下，党中央和毛泽东发动对电影《武训传》的讨论的初衷是为了澄清中国文化界的思想混乱，宣传和坚持马克思主义的历史唯物观。但随着运动的升级，它已超出了文艺的范畴，开了以政治批判运动解决文艺问题的先例。在处理文艺与政治关系问题上出现了"左"的倾向，这对刚刚起步的中国当代文学是非常有害的。

---

① 孙瑜：《影片〈武训传〉前前后后》，载《新华文摘》1987年第2期。
② 《武训历史调查记》，人民文学出版社1951年版。

(二）对俞平伯《红楼梦》研究的批判

1954年开展的对俞平伯在《红楼梦》研究中某些学术观点的批判，其历史背景、政治意图，与对电影《武训传》的批判如出一辙。"批判俞平伯的《红楼梦研究》只是导火索，批判的主要目标是胡适，主要意图是清除政治、哲学和文化学术领域里的以胡适为代表的资产阶级思想影响。"①

这场运动是由山东大学刚毕业的两个青年学生李希凡、蓝翎的一篇批评俞平伯的学术观点的文章《关于〈红楼梦简论〉及其他》引起的。李希凡、蓝翎起初投稿《文艺报》，《文艺报》未予刊登。在他们大学老师的支持下，文章在《文史哲》上发表。接着，《光明日报》又发表了这两个年轻人驳俞平伯《〈红楼梦〉研究》一书的文章。毛泽东非常关注这件事，于1954年10月16日给中央政治局及有关同志写了《关于红楼梦研究问题的信》，信中指出："这是三十多年以来向所谓红楼梦研究权威作家的错误观点的第一次认真的开火。""俞平伯这一类资产阶级知识分子，当然是应当对他们采取团结态度的，但应当批判他们的毒害青年的错误思想，不应对他们投降。"② 于是，又一场全国性的政治批判运动开始了。

批判主要从两个方面进行：一是对俞平伯《红楼梦》研究中某些学术观点的批判，指责他以资产阶级唯心主义的研究方法分析《红楼梦》，抹煞了作品的反封建的社会意义，否定了作品所体现出来的丰富的人民性与现实主义的艺术传统；二是就《文艺报》在批判《红楼梦》研究和编辑工作中的错误进行批判，指责《文艺报》对文艺上资产阶级错误思想容忍、投降，轻视和压制马克思主义新生力量，并撤销了《文艺报》主编冯雪峰的职务。

---

① 朱寨主编：《中国当代文学思潮史》，人民文学出版社1987年版，第159页。
② 毛泽东：《关于红楼梦研究问题的信》，《毛泽东选集》第5卷，人民出版社1977年版，第134～135页。

随后,由对俞平伯《红楼梦》研究的批判导向了对胡适的实用主义哲学观、自然主义文学观、"大胆假设、小心求证"的研究方法以及反动的政治观点等的系统的全面的批判。同年12月,周扬在中国文联和中国作协主席团扩大联席会上以《我们必须战斗》为题作了发言,实际上为这次批判作了初步总结。

对俞平伯《红楼梦》研究的批判给当代文学留下了深刻的教训。主要教训是混淆学术思想、认识问题和政治问题的界限,把学术之争上升为政治批判,甚至对俞平伯进行政治围攻。这一切都不利于学术和艺术的发展。

(三) 对胡风文艺思想的批判

对胡风文艺思想的批判是新中国建立初期文艺界展开的第三次重大的思想斗争。

胡风文艺思想的科学性、创造性和主观片面性纠结在一起,非常复杂,既有马克思主义文艺理论的继承,又有资产阶级民主思想的影响。他与毛泽东文艺思想的分歧从延安整风前后就已存在,主要分歧集中在"民族形式"、"主观作用"、"思想改造"、"创作题材"等问题上。胡乔木、何其芳、林默涵等与胡风进行过长期的论争,但分歧始终存在。1952年,文艺界整风开始,胡风早年追随者舒芜写出检讨,《人民日报》转载时加编者按,提出"胡风小集团"这一概念。随后,《文艺报》分别发表林默涵、何其芳的《胡风的反马克思主义的文艺思想》和《现实主义的路,还是反马克思主义的路?》的文章。胡风不服,向中央送上约二十七万字的意见书,这就是通常所说的"三十万言书"。在意见书中,胡风把林默涵、何其芳文章中的关于共产主义世界观、工农兵生活、思想改造、民族形式和创作题材等称为放在作家头上的五把"理论刀子"。1955年,中国作家协会公开发表胡风的意见书,大规模的批判运动迅速在全国展开了。随后相继公布了三批《关于胡风反革命集团的材料》,并都附有说明问题性质的"编者按"。于是,一场文艺批判又升级为一场政治上的对敌斗争。这场斗争牵连两千多人,是新中国成立后文艺界的第一政治大错案。这一错案直到20世纪80年代才给予平反。

这次批判运动给我们留下了深刻而痛苦的教训:必须用民主的、讨论的、批评的方式解决文艺思想问题;必须实事求是,尊重艺术规律。

三、"双百"方针的提出

1956年5月,毛泽东在最高国务会议上提出了"百花齐放,百家争鸣"的方针。"双百"方针的提出不是偶然的,有其深刻的国际、国内的历史背景。

在国内,1956年,社会主义改造基本完成,公有制已全面确立,全国人民的主要任务是集中力量发展生产力,逐步满足人民日益增长的物质和文化需要。这就必须相应地扩大社会主义的民主和自由,充分调动人的积极因素。从国际背景看,斯大林的逝世在共产主义运动中引起了动荡和混乱,出现了波兰和匈牙利事件。我党正确分析和评价了斯大林的是非功过和经验教训,根据国际共产主义运动的经验,思想解放作为一种必然提到全党和全国人民面前。为了防止思想僵化,提高人民辨别是非的能力,毛泽东提出了"双百"方针。

毛泽东对"双百"方针的内涵作了经典性的说明:"艺术上不同的形式和风格可以自由发展,科学上不同的学派可以自由争论。利用行政力量,强制推行一种风格,一种学派,禁止另一种风格,另一种学派,我们认为会有害于艺术和科学的发展。艺术和科学中的是非问题,应当通过艺术界和科学界的自由讨论去解决,通过艺术和科学的实践去解决,而不应当采取简单的方法去解决。"[①]

---

① 毛泽东:《关于正确处理人民内部矛盾的问题》,《毛泽东选集》第5卷,第388页。

"双百"方针的提出及实行,给文艺界带来了勃勃生机。在文艺理论与批评方面,一些长期没有解决的问题被重新提出来。何直(秦兆阳)的《现实主义——广阔的道路》、陈涌的《关于社会主义的现实主义》、钱谷融的《论"文学是人学"》、巴人的《论人情》等文章就现实主义的内涵、文学中的人性、人道主义等内容展开了充分论述,产生了很大影响。在文学创作方面出现了"干预生活"和"人道主义"两股思潮。王蒙的《组织部来了个年轻人》、李国文的《改造》、耿简的《爬在旗杆上的人》、刘绍棠的《西苑草》等短篇小说由于对现实生活中阴暗面的"干预"而受到读者的欢迎。邓友梅的《在悬崖上》、陆文夫的《小巷深处》、宗璞的《红豆》等短篇小说因对人生和人道主义禁区的突破而令读者备感亲切。

由"双百"方针的推行而带来的繁荣局面被1957年下半年开始的"反右"斗争截断了,但它为当代文学培养了一批才华横溢的创作人才,并留下了一批十分具有价值的理论成果。

四、文艺界的"反右"斗争

鉴于20世纪50年代中期国际国内的特定形势,党中央于1957年4月决定开展反对官僚主义、宗派主义、主观主义的整风运动。但在整风过程中,极少数资产阶级右派分子借机向党和社会主义制度发动进攻,于是,一场大规模的"反右"斗争展开了。"对这种进攻进行坚决的反击是完全正确和必要的。但是反右派斗争被严重地扩大化了,把一批知识分子、爱国人士和党内干部错划为'右派分子',造成了不幸的后果。"①

"反右"斗争扩大化在文艺界也有所表现。从1957年6月至9月,中国作协党组从批判丁玲、陈企霞对1954年检查《文艺报》

---

① 《中国共产党中央委员会关于建国以来党的若干历史问题的决议》,人民出版社1981年版。

事件不满的所谓"反党"行为开始，进而指责冯雪峰1936年从延安到上海后与鲁迅、胡风的合作，"造成了革命文艺事业的分裂"。这一事件累及著名作家艾青、吴祖光、罗烽、白朗等。《文艺报》还对1942年在延安批判过的一批文章（丁玲的《三八节有感》、王实味的《野百合花》、萧军的《论同志之"爱"与"耐"》、罗烽的《还是杂文时代》、艾青的《了解作家，尊重作家》，以及丁玲的小说《在医院中》）进行再批判。

在1957年的文艺界"反右"斗争中，初露峥嵘的"干预生活"和"人道主义"两股文艺思潮被批判。作为这两股文艺思潮的代表的作家受到批判，他们的作品（王蒙的《组织部来了个年轻人》、海默的《洞箫横吹》、杨履方的《布谷鸟又叫了》、宗璞的《红豆》、陆文夫的《小巷深处》、邓友梅的《在悬崖上》等）被划为"毒草"。

在这次"反右"斗争中，作家王蒙、从维熙、刘绍棠、张弦、张贤亮、邵燕祥、白桦、流沙河等被划为右派。

总之，1957年文艺界的"反右"斗争，混淆了两类不同性质的矛盾，错误地批判了一些正确的文艺观点和文艺作品，使很多文艺工作者遭受到了不应有的打击，使"双百"方针提出后文艺领域出现的繁荣局面遭到破坏。

五、文艺政策的调整

1960年冬天，党中央采取了"调整、巩固、充实、提高"的方针，纠正了"大跃进"中一系列"左"的错误。与此同时，文艺政策也作了调整。

党对文艺政策的调整始终是在周恩来等党和国家领导人的直接参与下进行的。1959年5月，周恩来邀请部分文艺界人士座谈，并作了《关于文化艺术工作两条腿走路的问题》的讲话。讲话针对"大跃进"中产生的一些问题，提出了有关文艺工作的十条意见。1961年6月，全国文艺工作座谈会和故事片创作会议在北京新侨饭店举行。会议中心议题是纠正"左"的错误。周恩来在会上作了重要讲话,着重讲艺术民主和艺术规律两个问题。在文艺工作座谈会上,根据周恩来的讲话精神,广泛进行讨论,最后形成了《关于当前文学艺术工作者若干问题的意见》,即"文艺八条"。"文艺八条"是:(1)进一步贯彻"百花齐放,百家争鸣"的方针;(2)努力提高创作质量;(3)批判地继承民族遗产和吸收外国文化;(4)正确地开展文艺批评;(5)保证创作时间,劳逸结合;(6)培养优秀人才,奖励优秀创作;(7)加强团结,继续改造;(8)改进领导方法和领导作风。"文艺八条"得到了全国文学艺术工作者的热烈欢迎。

1962年3月,全国话剧、歌剧、儿童剧创作座谈会在广州召开,周恩来在会上发表了重要讲话,讲话重点阐述了如何对待知识分子问题。讲话指出,知识分子经过多年的锻炼和改造,绝大多数是爱国的、进步的,愿意为社会主义服务的,作为劳动人民的知识分子在革命与建设中发挥了重要作用。陈毅在会上也给予知识分子很高的评价。1962年8月,中国作协在大连召开了农村题材短篇小说创作座谈会。这次会议的中心议题是如何反映人民内部矛盾。会议主持人邵荃麟认为,强调写英雄人物是应该的,但生活中矛盾往往集中在中间人物身上,应注意写好中间人物。康濯在讲话中肯定了赵树理的现实主义精神。

党中央为调整文艺政策作出了努力。通过努力,纠正了文艺中的"左"倾思潮,恢复了革命现实主义,给文艺带来了转机。文学创作理论的研讨空前活跃,小说、散文、诗歌、戏剧等的创作都取得了很好的成绩。可是,这种良好的创作气氛只维持了很短的时间,很快又为政治斗争所取代。

六、十七年文艺批判运动的历史教训

十七年文学发展过程中,开展了一系列的文艺批判运动,出现了许多偏差和失误,也留下了深刻的经验和教训。

第一,要正确认识和处理文艺和政治的关系。文艺和政治的关系是一个相互联系、相互作用的关系,二者不是从属关系。如果片面强调文艺从属于政治、文艺为政治服务,文艺的独立品格和特征就会丧失。但是,文艺作为一种社会现象,一种意识形态,它又是不能脱离政治的。

第二,要正确认识和处理文艺和生活的关系。文艺创作必须从现实生活出发,反映出生活的本来面貌;但是,文艺创作又不是机械地复制生活,而是对生活进行必要的选择、提炼和艺术加工。

第三,要正确认识和处理继承与革新之间的关系。要形成宽容的文学意识、建立完备的文学体系,就必须处理好继承与革新的关系。

第四,要正确开展文艺批评。正确、健康的文艺批评对促进文学创作的繁荣具有巨大的推动作用。

第五,要坚持"双百"方针。"双百"方针是文学艺术得以发展和兴盛的重要保证。

第二节 创作综述

十七年的文学创作成绩与缺憾并存。虽然它走过了一条曲折的道路,但仍然取得了很大成绩。

一、小说

十七年的小说创作代表了那一时期文学创作的水平。作家们在作品的内容和风格多样化的追求上,都取得了可喜的成绩,出现了一大批优秀作品。

革命历史题材方面的优秀作品有孙犁的《风云初记》、马加的《开不败的花朵》、梁斌的《红旗谱》、杨沫的《青春之歌》、罗广斌和杨益言的《红岩》等。

革命战争题材的小说创作更是成果喜人。杜鹏程的《保卫延安》、吴强的《红日》、曲波的《林海雪原》、杨朔的《三千里江山》等长篇小说与孙犁的《山地的回忆》、峻青的《黎明的河边》、茹志鹃的《百合花》等短篇小说彼此辉映，从不同侧面再现了人民战争的宏伟气势。

农村题材的小说是十七年文学中最有历史深度和现实生活广度的创作。赵树理的《三里湾》、柳青的《创业史》、周立波的《山乡巨变》等长篇小说在广阔的历史、现实背景下真实地写出了农业合作化运动这场社会变革的艰巨性。另外，赵树理的《锻炼锻炼》、周立波的《山那面人家》、李准的《李双双小传》、马烽的《三年早知道》等短篇小说由于对生活真实和细致的描绘而受到读者的热烈欢迎。

工业题材的小说创作是十七年文学的一个薄弱环节，仅有周立波的《铁水奔流》、草明的《火车头》、雷加的《春天来到了鸭绿江》等，这些作品普遍存在着思想深度不够等问题。

少数民族生活题材的小说此时也不断涌现，蒙古族作家玛拉沁夫的短篇小说《科尔沁草原的人们》和长篇小说《茫茫的草原上》、彝族作家李乔的长篇《欢笑的金沙江》等反映了兄弟民族在党的领导下的斗争历程，歌颂了新的生活。

二、诗歌

十七年的诗歌创作，与同时期小说的繁荣局面比起来略逊一筹，这主要表现为诗歌创作主题、类型的单一。在当时的诗坛上，占据主导地位的是以正面赞颂为主的颂歌和以表达充沛的战斗激情见长的战歌。

一是歌颂新生的祖国，歌颂党和领袖，歌颂新生活。如郭沫若的《新华颂》、何其芳的《我们最伟大的节目》、艾青的《我想念我的祖国》、贺敬之的《放声歌唱》等。歌颂少数民族的新生活,代表作有闻捷的《天山牧歌》、田间的《马头琴歌集》、公刘的《在北方》、梁上泉的《云南的云》等。

二是以充沛的战斗激情表现新时代的精神。如郭小川的《甘蔗林——青纱帐》、《林区三唱》,贺敬之的《雷锋之歌》等。

此外,十七年诗坛上还曾出现过一批比较优秀的叙事诗,如李季的《杨高传》、闻捷的《复仇的火焰》、郭小川的《将军三部曲》等。

三、戏剧

新中国的戏剧包括话剧、歌剧以及品种样式繁多的地方戏曲。其中,话剧取得的成就最大。

由于独幕剧具有短小精悍、灵活多样、能够及时反映生活等特点,剧作家很喜欢运用这一艺术形式。十七年话剧舞台上独幕剧的创作成绩喜人,代表作有崔德志的《刘莲英》、孙芋的《妇女代表》等。多幕剧也得到了相应的发展,成绩显著,代表作有老舍的《龙须沟》、夏衍的《考验》、曹禺的《明朗的天》等。此外,在50年代末60年代初,在话剧舞台上还出现了一批优秀的历史剧。如郭沫若的《蔡文姬》、《武则天》,田汉的《关汉卿》、《文成公主》,曹禺执笔的《胆剑篇》,老舍的《茶馆》,等等。

四、散文

十七年的散文创作从整体上看,通讯散文取得了很大成绩,而艺术散文的创作相对平淡。除了散文三大家杨朔、秦牧、刘白羽的创作外,魏巍的文艺通讯(《谁是最可爱的人》)、邓拓等人的杂文(《燕山夜话》)、徐迟的报告文学(《祁连山下》)等,都取得了一定成绩。

总之，这一时期的文学创作取得了很大成绩，但也存在一些问题。由于受"左"倾文艺思潮的影响，作家在创作中存在着图解政治的非现实主义因素，这些因素影响和制约了作品的现实主义深度和艺术质量。创作风格的追求上雷同划一，出现了公式化、概念化的弊端。

第二章　农村题材的长篇小说

第一节　概　　述

在十七年长篇小说创作中,农村现实生活和革命历史是被作家广泛摄取的两大题材。其中,农村题材小说创作达到了那个时期文学所能抵达的最高峰。

我国是一个农业大国,在 20 世纪 50 年代,农村人口占全国人口 80％以上。农村的巨大变革以及变革的成败与否,关系着中国的前途命运,这不能不引起中国作家的关注。再者,十七年文学的许多小说家大都来自当年的晋察冀、陕甘宁、晋冀鲁豫等革命老区,他们和农村有着深厚的血缘关系。所以,他们很愿意"为工农兵而写,为工农兵所利用",对于关涉农民命运和国家命运的社会变革,表现出空前的热情。多种因素的交织,形成了十七年农村题材长篇小说创作热潮的出现。

在反映农村变革的长篇小说中,赵树理的《三里湾》、柳青的《创业史》、周立波的《山乡巨变》是十七年文学中反映农业合作化运动最著名的三部小说。《三里湾》"真实地描写了农村中社会主义先进力量和落后力量之间的斗争,农民在生产关系、家庭关系和恋爱关系上的种种矛盾冲突,显示了农村新生活的风光"。[1]《三里湾》在创作中虽然存在着以作品去诠释政策的痕迹,但由于作者对

---

[1] 赵树理:《〈三里湾〉写作前后》,《赵树理全集》第 4 卷,北岳文艺出版社 1990 年版。

中国农民心理的细致揣摩,以及作品所洋溢着的浓郁的生活气息,淡化了它的政治意味,并真实地传达出赵树理一贯的严谨的现实创作态度。《创业史》旨在揭示中国农民在放弃私有制、接受公有制这一过程中矛盾复杂的心理,通过对农民这一心理变化的展示,表明社会变革的合理性及必然性。《山乡巨变》在广阔的现实生活背景上,以鲜明的时代色彩写出了这场社会变革的复杂性,作品弥漫着湖南山乡特有的迷人气息。这三部长篇小说,不仅塑造了王金生(《三里湾》)、梁生宝(《创业史》)、刘雨生(《山乡巨变》)等农村新人形象,而且为当代文学贡献了马多寿(《三里湾》)、梁三老汉(《创业史》)、盛佑亭和陈先晋(《山乡巨变》)等深刻而复杂的老一代农民形象。

另外,胡正的《汾水长流》、陈残云的《香飘四季》、于逢的《金沙州》、陈登科的《风雷》、浩然的《艳阳天》等长篇小说,都从不同方面再现了当时农村的巨大变革。

上述农村题材的小说创作,受当时的社会政治运动的影响,不可避免地带有了极左思潮的印迹。在人物的设置上,大多数作品都是按照当时阶级斗争的模式来安排人与人之间的关系,如《创业史》中的梁生宝与姚士杰,《山乡巨变》中的邓秀梅与龚子元,《艳阳天》中的萧长春与马小辫,《风雷》中的祝长康与黄龙飞,无不是按照阶级分析的理论和方法来配置的。在矛盾冲突的展开上,也明显地带有图解政治的倾向。到《创业史》的第二部、《山乡巨变》的下篇,特别是《艳阳天》问世时,受"阶级斗争为纲"的影响就更明显了。

在政治以强劲之势对文学加以渗透时,许多作家,如赵树理、柳青、周立波在创作中便出现了一种矛盾状态:一方面,作品中的某些人物成为政治观念的载体,失去作为艺术典型的生动性;另一方面,基于作家对生活的本质认识,真实再现了中国农民在新的变革面前表现出来的犹豫、彷徨,使他们(梁三老汉、陈先晋等)成为最真实的艺术创造。

第二节 赵树理的《三里湾》

赵树理（1906—1970），山西省沁水县尉迟村人。1943年发表成名作《小二黑结婚》。1955年，他发表了优秀长篇小说《三里湾》。另外，他还创作了长篇小说《灵泉洞》，短篇小说《登记》、《锻炼锻炼》等。这些作品体现了赵树理创作的一贯风格：乐观、明朗、诙谐、幽默，生活气息浓郁。"文革"中，赵树理惨遭"四人帮"迫害，被摧残致死。

一、《三里湾》的主题与人物形象

《三里湾》是中国当代文学中第一部反映农村社会主义改造的长篇小说。小说描写了土地革命之后，广大农民响应党的号召走农业合作化道路的故事。在这场变土地私有制为公有制的变革中，农民的生产关系、家庭关系、婚姻观念等都作出了相应的调整。这种调整是通过四个不同类型的家庭（合作化带头人、支书王金生家，热衷于个人致富的村长、党员范登高家，富裕中农马多寿家，党员袁天志家）之间以及家庭内部成员之间的矛盾、分化、重组来加以表现的。作家从农民的日常生活中提炼出一系列典型情节，既描写了这场社会变革的艰巨性、复杂性，也显示出社会主义新思想的强大威力。

作家从农村社会生活的实际出发，塑造了一批栩栩如生的人物形象。

马多寿，绰号"糊涂涂"，是一个落后、保守、自私的富裕中农的典型。"糊涂涂"在政治上十分保守、糊涂，但在为自己谋私利时却很精明能干。如他利用互助组的劳力为自己种地，利用老婆"常有理"的胡搅蛮缠阻挠合作社开渠。在日常生活中，他刻薄成性、顽固地维护封建宗法制，压制新思想的成长，明明是一家之主，却愿意担个怕老婆的名声。马家院终于四分五裂，二儿子马有福献出了刀把地，菊英分家，有翼革命，他也"从糊涂变光荣"，加入了农业合作社。作者通过马多寿自私、保守、狭隘而狡狯的性格，深刻地反映了中国几千年的宗法观念给农民造成的巨大的精神负担。这一形象的塑造，也充分地显示了农业合作化运动的艰巨性及必然胜利的趋势。除马多寿外，马家院中的其他人物也刻画得十分成功。如"常有理"的胡搅蛮缠，"惹不起"的刁钻、蛮横，马有翼的软弱等，都各具特色。

范登高是党内热衷于搞个人发家致富的代表人物。他是抗日时期党开辟工作时的老干部，土改时，他分得了上等好地，人送绰号"翻得高"，热衷于个人发家致富。他挂着党员的招牌，利用村长和调解委员的职权，阻挠扩社工作，成为阻碍社会变革势力的党内代理人。这一形象的塑造，显示了当时农村斗争的复杂性，显示了在生产体制的变革过程中必须重视党内的思想斗争。

党支部书记王金生是新中国成立初期农村基层的优秀干部的典型。他虽然没有范登高参加工作早，但思想觉悟高，有着全心全意为人民服务的自我牺牲精神和踏实细致的工作作风。他善于发现问题，并能按照党的方针路线采取适当对策，处理和解决农业合作化运动中出现的问题。除王金生外，这个家庭的其他成员也是先进农民力量的代表：王金生的弟弟王玉生是个富有创造性的新型农民，热心于技术革新，是农村新生产力的象征；王金生的妹妹王玉梅朴实、勤劳、聪明、识大体，是一个秉承着农村淳朴家风的姑娘；还有勤劳能干的父亲，善良忠厚的母亲，任劳任怨的妻子。对王金生一家的刻画，寄托了作者赵树理对农村新型家庭的一种美好设想。

二、鲜明的民族特色和大众风格

赵树理继承、发展了传统小说的创作技法，把刻画人物融入故事的叙述之中，不仅故事完整，有头有尾，而且人物的来龙去脉也交代得清清楚楚。他在讲述故事时，经常使用传统的"扣子"手法。书中最大的扣子是"刀把上"的那块地，大部分情节的展开和人物的刻画都围绕着这一关键问题，使故事情节集中紧凑，曲折有致，引人入胜。

在人物刻画上，作者善于使用"白描"手法，主要通过人物的行动、语言来表现人物的性格和精神面貌。如"惹不起遇一阵风"中对二人斗架的描写，就活画出了"惹不起"刁钻耍赖、王满喜不怕横不怕硬、菊英老实而软弱的个性。又如"能不够"教唆女儿使用"一哭二饿三上吊"的"搅家婆"伎俩去制服丈夫，活画出了她"骂死公公缠死婆，拉着丈夫跳大河"的个性。而每个人的绰号又恰好是每个人性格最恰如其分的概括。作者还善于用侧面烘托的手法来表现人物。如"奇怪的笔记"衬托出王金生兢兢业业、有条有理的工作作风。又如"决心"一节中通过灵芝在王玉生房间所看到的小刀、木锉、小锤等工具，烘托出了王玉生痴迷于技术革新的精神状态。

作品具有诙谐幽默的风格。一是充满浓郁的生活情趣，如"惹不起遇一阵风"、"天成革命"、"变糊涂为光荣"等极具喜剧色彩。二是语言风趣幽默。

《三里湾》的不足之处，是作品中描写的矛盾冲突收缩得过于匆忙，如"糊涂涂"的入社很突然，从而影响了这个人物形象的深刻；三对青年男女匆忙结婚也不够自然、真实。结构上给人前紧后松、不够均衡的感觉。

第三节　周立波的《山乡巨变》

周立波（1908—1979），原名周绍仪，湖南益阳人。30年代投身于左翼文艺运动。1948年创作了我国最早反映土改斗争的长篇小说《暴风骤雨》。新中国成立后，他创作完成了长篇小说《铁水奔流》和《山乡巨变》（上下篇）。此外，他还创作了短篇小说《盖满爹》、《禾场上》、《山那面人家》等。周立波新中国成立后的小说创作，呈现出平易隽永、凝练自然、细腻明快的艺术风格，散发着江南山乡的迷人气息。"文革"中，周立波受到残酷迫害。"十年动乱"结束后，他创作了短篇小说《湘江一夜》。1979年9月病逝。

一、《山乡巨变》的主题与人物形象

《山乡巨变》是当代文学中反映农村变革题材中最富有特色的长篇小说。它以50年代中期的农业合作化运动为背景，反映出我国农村生产关系的巨大变革，以及由此而引起的人们思想感情与人们之间关系的"巨变"。全书分上下篇，上篇描写的是1955年冬，在农村社会主义运动高潮中，清溪乡建立初级社的过程和发生的变化；下篇描绘出1956年高级社的成立和合作社的巩固、发展。作品从县委派来的干部团委副书记邓秀梅入乡写起，并以她在清溪乡的一系列行动为线索，展现了农业合作化浪潮对几千年的小生产者的生产方式和传统私有观念的冲击的层层波澜。小说一开始，邓秀梅半路上遇见"亭面糊"，这个老倌害怕私产要归公，急忙砍下自家竹林里的三根竹子去卖。这一举动透露出这场大规模的社会变革不会是一帆风顺的这一信息。随着变革的进行，社长刘雨生发生了"婚变"，团支书陈大春家"先进和落后摆开了一个插花的阵势"，老农民"亭面糊"莫衷一是，"菊咬筋"大耍装病和假离婚的伎俩，破坏分子龚子元勾结落后农民伺机破坏……僻静的清溪乡动荡了。政治的风雨和人们心底的波澜交织在一起，再现了我国农村历史变革的真实图景。

《山乡巨变》在人物形象塑造上取得了巨大的成就，作者集中笔力描写了新一代农民的成长和老一代农民的变化。

李月辉是小说中居于中心地位的人物。他是清溪乡的党支部书

记,是一个在合作化初期犯过"右倾错误"的干部。他被人称为"男人无性,钝铁无钢"的"婆婆子"。按照小说创作之际的政治气氛,很可能把他作为阻碍社会变革的反面典型去批判,但周立波从农村实际生活出发,塑造出了一个平易近人、关心群众疾苦、襟怀坦白、通情达理的真实可信的农村基层干部形象。针对当时合作化运动中的"左"倾冒进做法,他说:"社会主义是好路,也是长路,中央规定十五年,急什么呢?还有十二年。从容干好事,性急出岔子。"这种实事求是的思想作风决定了他不随风倒、不人云亦云。作者塑造的这一形象与其他同类题材中高大完美的合作化运动的领导者比较起来更具有人情味,也就更显得真实。

刘雨生是书中另一个主要人物。作者通过日常生活的典型事件的描绘,挖掘出刘雨生身上可贵的思想品质。"社长"、"分歧"、"涨水"等章节,揭示出这个农村基层干部任劳任怨、大公无私、关心群众等工作作风。在"争吵"、"回心"、"插田"等章节,通过对刘雨生情感世界的描绘,揭示了他的本真、至诚。他面对去意已决的妻子张桂贞的留恋,表现出了他人性中非常真实的一面。忍受住"家庭散板"给他带来的巨大痛苦,积极办社,坚定不移地走社会主义道路,充分体现了一个党员、干部的高风亮节。

在老一代农民中,"亭面糊"和陈先晋的形象是塑造得最为出色的。绰号"亭面糊"的盛佑亭是一个难得的艺术创造。"亭面糊"是一个贫农,他的性格特点是"面里面糊",充满喜剧性。他在旧社会的痛苦经历使他对新社会有着很深的感情,"没有党,就没有我盛佑亭",但又怕被别人看轻,吹嘘自己"也起过好几回水","只差一点,要做富农了,又有一回,只争一点,成了地主"。他在土改中翻了身,但谣言一来就晕头转向。作者充满善意地描绘他在会上溜出去睡觉,在乡政府有声有色地编造"夫妻夜话",奉命侦察破坏分子龚子元的行动却被灌得酩酊大醉……这一切都活现出他的啰嗦、虚荣、糊涂的性格特点。这些性格的形成和长期的小生产者的生活、生产方式，以及由此形成的私有观念是紧密联系在一起的。随着社会的巨大变革，他的性格也发生了变化，抛弃了旧习惯。在合作社里，他积极犁田、育秧，支持老伴办托儿所，他身上积极向上的因素越来越多，终于成为一个积极社员。作者在塑造这个形象时，既写出了他的矛盾性格，又顺乎自然写出了他思想性格发展转变的过程。陈先晋也是一个性格复杂的老农民，与"亭面糊"好吹嘘的性格不同，他沉默寡言，思想保守，恪守着古老的处世哲学。他的保守和他漫长的痛苦经历以及祖辈对他的谆谆教诲是分不开的。他的祖辈开荒耕种，付出几代人的血汗与生命，他父亲临终前对他说："这几块土，是自家开的。地方虽小，倒是个发财的根本。"陈先晋牢记父训，狠命劳作，"总是想买田置地，总想起新屋"。而现在要把刚刚获得的土地交公，他在感情上是很难一下子接受的，因而他的思想转变是非常痛苦的，这是一个漫长而复杂的心灵搏斗过程。这个人物，体现了我国农民长期遭受剥削的惨痛遭遇，也反映了他们在农村历史性变革中所面临的根本转变。

　　此外，作品对两位中农王菊生和张桂秋，对落后分子符贱庚、青年团员陈大春、盛淑君以及张桂贞、盛佳秀两位女性的刻画都是极为成功的。

二、艺术特色

　　作者善于采用纤细的笔墨，把轰轰烈烈的社会变革融入琐屑的日常生活中去描写。作者避开了当时同类题材作品中以阶级关系及冲突作为主线的流行写法，转而开始了对日常生活兴趣盎然的诉说：刘雨生家的夫妻争吵，陈大春家先进与落后的矛盾，"菊咬筋"的装病和假离婚，盛淑君的情感纠葛，"亭面糊"的吹牛……这些生活画面和生活故事构成了全书自然而和谐的内容，并从不同侧面反映了当时农村的时代风貌。

　　对江南水乡水墨画式的描绘，是《山乡巨变》另一引人注目的特色。作家常常用简笔勾勒出一幅幅柔美、平和的风景画和风俗画,使全书充满浓郁的生活气息,散发着泥土的芳香。作家并非为写景而写景,而是用充满诗情画意的景物来映衬时代的新生活、新风貌。比如小说开始借邓秀梅的眼睛写道:

> 虽说是冬天,普山普岭,还是满眼的青翠。一连开一两个月的白洁的茶子花,好像点缀在青松翠竹间的闪烁的细瘦的残雪。林里和山边,到处散发着落花、青草、朽叶和泥土的混和的、潮湿的气味。

这段描写既展现了清溪乡优美的自然风光,又烘托出人物喜悦、幸福的心情。再如,"面糊"一节中对"亭面糊"家周围环境,房子的规模、样式,门楣上的字,家畜、家禽兴旺的描写,既描绘了一幅山村朴素的风景画,也表现了"亭面糊"的性格。

小说的语言也很有特色。作者很擅长运用经过提炼的湖南方言叙述故事、描写人物、刻画心理,不仅生动、朴素,而且富有浓郁的生活气息,散发着泥土的芬芳,极具表现力。但个别地方也用了冷僻的方言,妨碍了读者对作品的阅读和理解。

《山乡巨变》的不足也是显而易见的。作者受当时阶级斗争扩大化的影响,在小说的下篇中,龚子元呼风唤雨,成了一切矛盾的凝结点,使作品显露出人为地扩大阶级斗争的痕迹,脱离了生活的真实。

第四节 柳青的《创业史》

柳青(1916—1978),原名刘蕴华,陕西省吴堡县人。1938年来到革命圣地延安,并创作了短篇小说《地雷》。1947年创作了他的第一部长篇小说《种谷记》。1953年,柳青举家迁居陕西省长安县皇甫村,在那里安家落户达14年之久。在长期体验生活的基础上,他创作了中篇小说《狠透铁》,多卷体长篇小说《创业史》的第一部和第二部的部分章节。"文革"中,柳青的身心遭受了极大的摧残。"文革"结束后,柳青不顾体弱多病,坚持修订了《创业史》的第一部,并抓紧从事第二部的创作和修改工作,直到去世。

一、《创业史》的思想内容

《创业史》是一部反映农业合作化运动的史诗式巨著。全书计划写四部:第一部写互助组到农业合作社的成立,第二部写农业合作社的巩固和发展,第三部写合作化运动的高潮,第四部写全民整风和"大跃进",直到人民公社的成立。我们现在所能读到的是《创业史》的第一部和柳青尚未修订完的第二部。从作者的整体构思来看,他是想完整而全面地再现我国农村社会主义改造的全过程。从《创业史》的第一部和未完成的第二部来看,作者已部分地完成了这一构想。《创业史》(第一部)以我国西北地区一个小村落蛤蟆滩作为故事展开的地点,通过梁生宝互助组的建立、巩固和发展的描写,力图表现出我国农村社会主义改造过程中各阶级、各阶层之间激烈的矛盾冲突,从而揭示中国农民在向几千年的生产、生活方式及思想观念告别时所引发的深刻的思想及心理变化。

小说一开始在"题叙"中叙述了梁家三代人在旧社会的艰难而悲惨的创业经历,这是一部创业史,也是一部劳苦史、辛酸史。这是几千年来满怀着发家致富梦想的中国农民所走过的历史道路的典型概括。"题叙"意在表明:在私有制条件下,中国农民无论怎样地艰苦劳作,都不可能实现发家致富的梦想。只有在社会主义公有制条件下,在中国共产党的领导下,中国农民才有可能走上富裕之路,奔向光明的前途。小说的正文通过"梁生宝买稻种"、"活跃贷款"、"进山割竹"、"新法育秧"等一系列事件的描述,显示出了农村进行社会主义改造的艰巨性和复杂性。小说以梁生宝作为矛盾冲突的中心，他领导蛤蟆滩农民走合作化的道路上充满了复杂的斗争。斗争的对立面主要是蛤蟆滩"三大能人"：一是富裕中农郭世富，他是农村个体经济的代表，他以自己优厚的经济实力对抗农业集体化；二是富农姚士杰，他是农村反动势力的代表，或公开或借助他人破坏互助组；三是党员干部郭振山，他是党内自发势力的代表人物，暗中抵制合作化运动。除此之外，梁生宝还面临着与落后保守的老一代农民的矛盾冲突，如梁三老汉、王二直杠等。作品正是围绕着这一系列的矛盾冲突，全面而深刻地再现了20世纪50年代我国农村的现实生活，并塑造出了一大批栩栩如生的人物形象。

二、人物形象

《创业史》中写得最成功的人物是梁三老汉。梁三老汉是勤劳、善良、务实而又自私保守的老一代农民的典型，是一度动摇于社会主义与资本主义两条道路中间的部分农民的代表。作者着重从精神上、心理上揭示了梁三老汉从旧的创业道路向新的创业道路的转变。在旧社会，他曾立志发家，结果是以失败而告终，他带着小生产者几千年来的私有观念的因袭重负来到新社会，希望能创立家业，当上三合头瓦房院的长者。从小生产者的私利出发，势必与合作化运动产生矛盾，甚至抵触。另一方面，梁三老汉作为一个劳动者，在旧社会受到剥削和压迫，从阶级感情出发，使他又愿意"在精神上和王书记、党支部、生宝们接近"。这一切决定了他行动的矛盾性：对儿子又恨又爱，一边与梁生宝一心为公的做法发生冲突，讥讽儿子为"梁伟人"、"梁代表"、"梁老爷"，怨恨他不帮助自己实现创业的梦想；一边又自觉地为儿子操持家务，为儿子的事业担心，特别是当别人贬低儿子时，他又为儿子打抱不平。作品通过对这个老人内心世界复杂情感的揭示，表现了当时一部分人真实的思想经历。此外，小说还成功地描写了梁三老汉思想性格的转变过程：开始对互助组表示怀疑，对儿子感到不满，后来采取观望的态度,最后在儿子的成功面前服气了,终于以生活主人的姿态出现在黄堡镇的集市上,并感到了生活在这个时代的自豪感。

合作化运动带头人梁生宝是作者倾心塑造的社会主义新农民的典型形象。他生活在中国新旧社会的转折时期,即中国结束了几千年的黑暗统治而走向新生的时期。梁生宝从父辈那里继承了勤劳、朴实、坚忍的性格。他从小讨过饭,长大给地主熬过长工,逃进终南山当过"地下农民",并和父亲一起经历过创业梦想破裂的惨痛,这一切对他性格磨炼、形成都起到了至关重要的作用,也为他在奔向社会主义道路时的所有举动做了铺垫。当共产党使农民获得解放时,他从自身经历出发,最能理解"解放"的含义。所以他一旦迈入新社会,就会全身心地投入进去。在工作中,他表现出勤勤恳恳、善于思考、大公无私、富于牺牲精神的高尚品质。互助组成立初期,当郭世富以他雄厚的经济实力炫耀于人,而农民纷纷把艳羡的目光投向郭世富时,梁生宝跑到郭县去买稻种,在互助组内搞稻麦两熟,一下子把农民们的注意力吸引过来。当"活跃贷款"受阻后,他组织农民进山割竹,解决了困难户的粮食和互助组的肥料问题。正是通过梁生宝实实在在的努力,使广大农民看到了社会主义的优越性,并自觉地走到这条道路上来。小说还对梁生宝的内心世界进行了充分的展示,通过和高增福夜谈以及对徐改霞的爱情思考等,表现出了一个共产党员的人生观、价值观。总之,梁生宝是一个实践者兼思想者的新型农民形象。值得一提的是,由于作者完全过滤掉了梁生宝身上的小生产者的痕迹,使这个人物过于理想化,从而影响了这一形象的现实主义深度。

蛤蟆滩"三大能人"郭振山、郭世富、姚士杰的塑造也是非常成功的。郭振山是党内热衷于个人发家致富的代表。在土改期间,他凭着敢作敢为的气魄赢得了群众对他的拥护,被称为"轰炸机",并被选为"人民代表"。他分得好地后,对公家的事不再热心,而一心一意搞个人发家致富,用他自己的话说就是"给自己当家,不给贫雇农当家了"。他对互助组冷眼旁观,并给它泼冷水,成为合作化运动的巨大阻力。他虽然是一名党员,对党的指示却阳奉阴违,同党的要求背道而驰。他明明走的是一条错误道路,却装腔作势、强词夺理。由于他和群众离心离德,逐渐失去了在群众中的威信。郭振山的演变是小生产者因袭守旧思想在党内的表现。富裕中农郭世富和富农姚士杰在反对合作化上是一致的,但郭世富精明谨慎,外奸内善,出于个人发家的愿望处处和合作化运动作对,搞的是和平竞赛;而姚士杰表面"老实"、"积极",内心阴险狡诈,他站在郭世富的背后,暗地里进行破坏活动,表现出了他的反动本性。

除上述人物外,《创业史》中的其他人物,如高增福、任老四、王二直杠、徐改霞、素芳等形象,都给读者留下了深刻的印象。

三、艺术成就

《创业史》标志着中国当代文学中农村题材的小说创作进入到了一个崭新的阶段,这和小说在艺术上的独特是分不开的。

《创业史》艺术构思深邃宏大,具有史诗的特点。作品取材于变革中的农村生活,作者把他所描写的人物和"生活故事"放在十分广阔的历史、现实的背景中去表现。"题叙"以凝练的笔墨概括了梁家数十年的血泪斑斑的"创业史",这实际上是数千年来中国贫苦农民创业的缩影。这样,作者把作品的脉络伸向中国农民历史命运的深处,并通过新旧创业的对比,勾画出一幅中国农村生活变革的历史画卷。作品又通过郭世富黄堡镇卖粮、改霞进工厂等情节,把蛤蟆滩的生活和全国的社会主义革命和建设联系起来。小说所写的蛤蟆滩,是整个中国农村社会主义革命的缩影,从而使读者从小小村庄的风云变幻中,感受到时代脉搏的跳动。

《创业史》在人物的塑造上,除了继承传统小说中通过语言、行动刻画人物的技法外,又学习了西方小说中注重通过心理刻画来表现人物的长处。作者抓住重大历史变动和人物生活上的转折点,真实、细致地描绘出农村各个阶级和各个阶层的人物在摆脱几千年的私有观念的束缚而逐步接受公有制这一新生事物时的心理变化过程。梁三老汉对合作化由怀疑、旁观到信服这一变化过程,被刻画得极为精ંͰ,作者一层一层地打开老汉的内心世界,真诚地去理解他,把握他,从而使这个人物极为真实,成为当代文学史中一个不可多得的艺术典型;对郭振山的塑造最为出色的仍然是心理描写,如在遭到卢支书批评后,他的一系列的心理活动,把他的患得患失的心理刻画得入木三分;作者对处于恋爱时期的改霞的微妙复杂而多变的心理描写得更是惟妙惟肖。此外,作者对王二直杠的愚顽、素芳的痛苦、姚士杰的阴险,也刻画得十分真实。

《创业史》的艺术结构也很有特点。作品首先安排了一个"题叙",在"题叙"中既概括了梁家几代人辛酸的创业历程,又在最后点出了梁家父子的矛盾。接下来的第一章,在郭世富上梁的爆竹声中,把梁家父子的矛盾引入到了蛤蟆滩总的矛盾中去。在上梁这个热闹的场面中,蛤蟆滩"三大能人"一一出场。这样,随着人物的出场,各种矛盾也初露端倪,然后,各种矛盾齐头并进,并展开激烈冲突。最后,在"结局"中以梁家父子矛盾化解而形成首尾呼应。同时,把其他人物及其关系的发展一一加以交待,并埋下了第二部的伏线。

《创业史》也存在着缺陷。由于受到当时政治的影响,柳青在《创业史》的创作中存在着以观念代替现实,以形象适应观念的弊病,从而造成了主要人物梁生宝的失真。另外,相对于作品的史诗性规模而言,作品的内容不够厚重。

第三章 革命战争题材的长篇小说

第一节 概　　述

　　新中国是经过漫长的战火的洗礼而诞生的，诞生不久，又经历了严酷的抗美援朝战争的考验。因此，十七年文学中关于战争的作品占有相当大的比重。其中，以长篇巨制的形式对中国共产党领导的波澜壮阔的革命战争加以艺术再现的作品取得的成就最大。杜鹏程的《保卫延安》、吴强的《红日》、曲波的《林海雪原》、知侠的《铁道游击队》、冯志的《敌后武工队》、刘流的《烈火金钢》、杨朔的《三千里江山》、陆柱国的《上甘岭》，在当时都是家喻户晓的小说。

　　新中国成立之后，新生的政权要求作家通过对战争的叙述来确认和歌颂中国共产党所领导的革命战争的合理性，正如周扬在第一次文代会上所呼吁的那样："假如说，在全国战争正在剧烈进行的时候，有资格记录这个伟大战争场面的作者，今天也许还在火线上战斗，他还顾不上写，那末，现在正是时候了，全中国人民迫切地希望看到描写这个战争的第一部、第二部以至许多部的伟大作品！它们将要不但写出指挥员的勇敢，而且还要写出他们的智慧、他们的战术思想，要写出毛主席的军事思想如何在人民军队中贯彻，这将成为中国人民解放斗争历史的最有价值的艺术的记载。"① 周扬在这段话中已表露出，在那个时期，不是任谁都有资格涉足这一题材

---

① 《周扬文集》第 1 卷，人民文学出版社 1984 年版，第 529 页。

领域的：首先，创作者应是那段历史的亲历者；其次，作家应站在"时代思想水平"上。除此之外，对战争的叙述必须负载特定的意识形态目的。正是由于主流意识形态的鼓励，再加上战争亲历者自我言说的渴求，形成了50～60年代革命战争题材小说的空前繁荣。

综观十七年革命战争题材的长篇小说，我们可以归纳出如下两种审美倾向。第一，对战争的"史诗性"再现。吴强的《红日》、杜鹏程的《保卫延安》等，都试图以宏伟规模的建构、众多人物的塑造，以及对战争的全方位描摹，来充分展示作家的"史诗性"追求。第二，对战争的"传奇性"再现。曲波的《林海雪原》、知侠的《铁道游击队》、刘流的《烈火金钢》、冯志的《敌后武工队》等，体现出鲜明的传奇色彩。中国传统文学中屡见不鲜的"游侠"、"绿林"、"侠义"小说，"一向为社会下层民众所喜闻乐见，其传统的艺术结构、道德观念和审美模式虽然含有传统封建意识形态的因素，但同时也渗透着劳动大众强烈向往自由的文化心理积淀"。①曲波等人用有关现代革命战争的叙述再次激活了这一传统的审美模式，并唤醒了当代读者的审美记忆。相对于杜鹏程等人的"史诗性"追求，曲波等的叙事显得更具活力，易为中国老百姓所喜闻乐见。《铁道游击队》中的游击队员大多身怀绝技，并具有草莽英雄的种种习性，如喝酒、赌钱等；《烈火金钢》中的史更新智勇双全、临危不乱，侦察员肖飞足智多谋、来无影去无踪；《敌后武工队》中的主人公魏强延续的大体上也是传奇人物所具有的有勇有谋、百战不殆的特点。

十七年革命战争题材小说创作的局限性也是显而易见的。首先，在对战争的叙述上，大多囿于对战争过程的描写，把注意力集中在敌我双方的厮杀上，而缺少对战争本质内涵的思考。其次，在

---

① 陈思和主编：《中国当代文学史教程》，复旦大学出版社1999年版，第60页。

英雄人物的塑造上，注重人物英雄行为的描绘，缺少对丰富的内心世界的刻画，这不能不使人物的塑造趋于刻板。

第二节　杜鹏程的《保卫延安》

杜鹏程（1921—1991），陕西省韩城县人。1938年到延安参加革命。1949年开始创作长篇小说《保卫延安》，1954年正式出版。1958年他创作了著名的中篇小说《在和平的日子里》。此外，杜鹏程还创作了一系列的短篇小说，其中最有影响的是《夜走灵官峡》。

一、《保卫延安》的主题与人物形象

《保卫延安》是新中国文学史上第一部大规模正面描写解放战争的优秀长篇小说。作者以恢宏的气势真实地再现了解放战争时期西北战场延安保卫战中几次著名的战役——青化砭伏击战、蟠龙镇攻坚战、沙家店歼灭战，热情歌颂了党中央的军事思想，塑造了一系列的人民战士的英雄形象，尤其是第一次在我国当代文学作品中再现了彭德怀将军的光辉形象。

《保卫延安》塑造了一系列人民英雄的艺术形象，其中最为出色的两个形象是彭德怀将军和营级指挥员周大勇。

彭德怀是中国人民解放军副总司令、西北野战军总司令兼政治委员。作者通过正面描写和侧面烘托的手法为我们勾勒了一位无产阶级革命家的精神风彩：他能够有创见性地执行党中央的军事思想；他重视战争规律的研究，知己知彼，以己之长，攻敌之短；他在战略上藐视敌人，在战术上重视敌人；他具有平民风度，虚心听取意见，体察下情，但又不人云亦云，能够坚持自己的正确判断；他与普通战士一样，过着极为俭朴的生活，与他人保持着非常亲善的关系。总之，这是一位高瞻远瞩、虚怀若谷、和蔼可亲的无产阶级革命家的感人形象。这一形象的成功塑造为如何在文学中再现我

国老一辈无产阶级革命家提供了良好的借鉴。

周大勇是作品的主人公,是一位塑造得比较成功的英雄形象。小说描绘了他在延安保卫战几次重大战役的锤炼下,从一个勇敢有余而智谋不足的连级干部成长为一位出色的、智勇双全的营级指挥员的过程。作品充分展示了他不够成熟的一面:在我军决定撤离延安时,他被"惨厉的痛苦和愤怒"煎熬着,这一方面表现出他对党中央、毛主席的深厚感情,另一方面说明作为连长的周大勇还不能深切地理解与领略我军的战略意图;他希望他领导下的连队战士个个都具有钢铁的意志,所向披靡,但他却缺乏把战士们的激情完全激发出来的能力;他也缺少脱离主力部队单独指挥作战的能力。这一切都再现出周大勇作为指挥员在很多地方有待进一步提高。同时,作品也描绘了他作为军人的本色:为保护妇女、儿童,用自己的身体去挡住子弹;在枪林弹雨中冲锋陷阵,视死如归,处于昏迷状态,也未曾失去顽强的战斗毅力。这是一个具有钢筋铁骨的英雄战士。第五章"长城线上"集中展现了周大勇的飞速成长。在这一章中,周大勇和自己的部队失去了联系而率领连队单独与敌人作战,这是一场持续的、激烈的、以少对多的战斗。周大勇面对顽敌刚毅、勇猛,指挥时冷静、果断,时刻以人民群众的利益为重,以身作则,维护人民军队的威望。此时的周大勇已是一位比较成熟的、指挥若定的指挥员了。周大勇的成长"体现着一个普通的勇敢的战士怎样成为一个英雄和出色的指挥员的过程,而尤其体现着一个普通人怎样成为一个不能摧毁的坚强的革命战士的成长"。①

二、《保卫延安》的"英雄史诗精神"

冯雪峰在《论〈保卫延安〉》一文中指出:"以这部作品所已达

---

① 冯雪峰:《论〈保卫延安〉(代序)》,杜鹏程著:《保卫延安》,人民文学出版社1979年版。

到的根本的史诗精神而论，我个人以为它已经具有古典文学中英雄史诗的精神；但在艺术的技巧或表现的手法上当然还未能达到古典杰作的水平。"这一评论抓住了《保卫延安》的艺术精魂。"英雄史诗精神"被评论者公认为概括了《保卫延安》的艺术风貌。

小说的"英雄史诗精神"首先表现在它为读者全方位地描绘了一幅波澜壮阔的人民战争的图景。延安保卫战敌我力量对比悬殊，我军以装备极差的两万余人迎接装备精良的二十几万敌人，战争的激烈、艰苦程度可想而知。《保卫延安》的作者正是从这样的角度描写了几次规模宏大、场面惨烈的重大战役。在战斗中，我军付出了血的代价，但战士们对胜利的美好憧憬，以及"战斗、困苦、血、汗、死亡，什么都吓不倒我们"的坚定信念，使全书洋溢着革命英雄主义的乐观情绪，从而歌颂了人民战争的伟大力量。

小说的"英雄史诗精神"还表现在以激昂的笔调塑造了一系列人民英雄形象，从而谱写了一曲英雄赞歌。作品中的人物上至中国人民解放军总司令，下至最普通的战士，无论哪一个人，都以他自己平凡的举动实践着英雄的壮举：指挥若定，平易近人的总指挥彭德怀将军，在战争的磨炼中逐渐成长起来的营级指挥员周大勇，具有非凡的工作精神的政工干部李诚，静如处子、动如脱兔的王老虎，默默无闻的孙全厚，倔强、耿直的马全有……正是他们把这样一场力量对比悬殊的战争不断地推向胜利。

小说笔调豪放，具有高屋建瓴的气势。作者虽然描绘了几次重大的战役，但又不拘泥于具体的战役，而是把它们当做全国解放战争的组成部分，如书中多次提到陈赓大军渡黄河，刘、邓大军挺进大别山的壮举。全书视野开阔，从而使读者更深层地领悟到延安保卫战的重大战略意义。在人物塑造上，也体现出作品豪放的特色，作者将人物放在激烈的矛盾冲突中显示人物的英雄风貌。总之，这种豪放、粗犷的笔力，高屋建瓴的气势，从另一角度增强了作品"英雄史诗"的特色。

第三节 吴强的《红日》

吴强(1910—1990),江苏省涟水县人。1933年开始发表作品。1938年在皖南参加新四军。1957年出版长篇小说《红日》,这是他的成名作。1978年发表优秀短篇小说《灵魂的搏斗》,1979年出版反映抗日战争时期反清乡斗争的长篇小说《堡垒》(上部)。另外,还著有散文集《淮海前线纪事》等。

一、《红日》的主题与人物形象

《红日》是一部规模宏大的军事题材的长篇小说,人物众多,结构完整,形象地再现了解放战争中人民军队气吞山河的英雄气概。小说以陈毅、粟裕领导的华东野战军从战略防御转向战略进攻,最终在孟良崮全歼王牌师整编七十四师的史实为蓝本,以涟水、莱芜、孟良崮战役为主线,通过一个军由挫败到胜利的战斗历程,展示了解放战争的一个横断面。发生在1946年底的涟水战役以国民党军队攻战涟水,解放军因伤亡惨重被迫撤退的结果而结束。然后以莱芜大捷作为过渡,最后集中笔力描写孟良崮战役,在这次战役中全歼国民党王牌师整编七十四师,全书达到高潮。作品除了写紧张激烈的军队生活外,还写了情趣盎然的后方生活;不仅描绘了革命战士丰富多彩的内心世界,也展示了敌人官兵阴暗恐慌的内心世界,从而使《红日》成为一部多侧面、多角度展示解放战争的宏伟巨著。

《红日》人物众多,其中个性鲜明的人物为数不少,尤其是成功地塑造了我军高级指挥员沈振新和梁波的形象。

军长沈振新是一位身经百战的老革命,作者着力表现了他沉着、冷静、果敢的意志,这是他作为一位战斗指挥员的气度。同时作品还表现了他作为一个普通人的思想感情:对牺牲战友的沉痛思念,对犯了错误的部下既严厉批评又热情帮助,对妻子满怀思念之情⋯⋯这些

第三章 革命战争题材的长篇小说

都真实地展示出这个运筹帷幄决胜千里的指挥员丰富的内心世界。

副军长梁波与沈振新一样，都是身经百战的军事指挥员，但他们的性格与风度有着很大差别。"副军长梁波，和沈振新有同样的品质，但和沈振新又有所不同：沈振新比较严肃，梁波比较活泼，比较平易近人，说话也比较幽默，引人生趣。"① 作者通过涟水战役失利后梁波的到来、羊角庄侦察、吐口丝战斗和他的情感生活的描绘，表现了他的务实精神和文韬武略。

连长石东根这个人物的塑造突破了文学作品中写一般英雄的模式。石东根是战场上叱咤风云、雷霆万钧的英雄人物，但也存在着人性的弱点：幼稚、浮躁、容易被胜利冲昏头脑。莱芜大捷后，他得意忘形，酒醉纵马，受到军长的严厉批评。瑕不掩瑜，占据石东根性格主导的是他对党的忠诚，对集体荣誉的珍视以及对阶级敌人的仇恨。作品细致地描绘了他在革命战争的磨炼之下，逐渐克服自身的弱点不断成长的过程。

《红日》在对敌对人物刻画方面也做了可贵的探索，它突破了以往军事题材作品中对敌人做漫画式处理的方式，深入敌人的内心世界。张灵甫的塑造便是一个成功的范例。张灵甫是国民党王牌师整编七十四师的师长，七十四师是蒋介石用美式装备武装起来的嫡系王牌部队，是国民党主力部队之一，身为这样一个部队的首领，决非等闲之辈。张灵甫在军事上确实很有才能，被称为"常胜将军"。他在攻占涟水城后显得不可一世，甚至在他已陷入了解放军的重围之中，仍在盘算着一举歼灭华东野战军，这充分显示了他狂妄骄横、刚愎自用的性格。同时，作品还写了他孤军突围时的恐慌，以及他作为高级指挥员稳重干练的一面。在解放军强大的攻势面前，这个"名将之花"也只能一次又一次地错打算盘，最终是以失败而告终。作品通过这一形象的塑造，揭露了一切反动派色厉内

---

① 吴强：《谈〈红日〉的创作体会》，载《文学评论》1978年第3期。

茬的本质，有力地衬托出中国人民解放军所向披靡的英雄气概。

二、艺术特色

《红日》在整体艺术构思上张驰结合，疏密相间。作品以涟水、莱芜、孟良崮几个大的战役为重点情节，描绘了一幅光彩夺目的革命战争画卷，其中又穿插了后方人民的支前活动、军人的爱情生活等场面。小说以作战部队的战斗生活为主线，把紧张的前方与安定的后方，激烈的战斗场面与轻松的生活瞬间有机地结合起来，做到了张驰有致。作品在对几个重点战役的描写中，进行了有主有次、疏密有致的安排。涟水战役是揭幕战，揭示了敌人暂时处于优势的特点，作者用笔简略。莱芜大捷是事件的发展，敌我力量的优劣对比发生变化，描写得较为细致。孟良崮歼灭战是事件发展的高潮和结局，用墨最多。由于作者对情节所做的合理安排，使小说结构具有立体感，情节发展具有节奏感。

《红日》在军人形象的塑造上取得了巨大成就。作品首先着重刻画了一系列我军不同层次的军人形象，上至军长，下至普通战士。作者能够从各人的身份、经历以及性格特点出发，塑造出比较丰富具体的人物精神风貌。作者没有把我军官兵写成十全十美的完人，而是在突现他们的英雄行为的同时，也注意表现他们的情感世界，以及他们自身的性格弱点。这些人不仅是叱咤风云的英雄，更是有着七情六欲的实实在在的人。把英雄人物还原为普通人，是《红日》所做的重要探索。其次，作品对敌对人物形象的刻画也具有相当的深度。它没有像其他战争题材的作品那样，把敌人描写得如同草包一样，不仅愚蠢，而且不堪一击，而是把笔深入到敌人的内心世界进行扫描，从而使人物较为真实、生动。

《红日》的不足是：在人物的塑造上，高级指挥员大都描写得极为形象、生动，而一般战士的形象比较模糊，难以给读者留下深刻的印象。

第四章 革命历史题材的长篇小说

第一节 概 述

在十七年文学创作中,革命历史题材的小说创作极为盛行。所谓的革命历史题材的小说指的是那些"在既定的意识形态的规限内,讲述既定的历史题材,以达到既定的意识形态目的"的创作。① 代表作品有柳青的《铜墙铁壁》、李六如的《六十年的变迁》、孙犁的《风云初记》、梁斌的《红旗谱》、欧阳山的《三家巷》、杨沫的《青春之歌》、罗广斌和杨益言的《红岩》、冯德英的《苦菜花》、高云览的《小城春秋》、李英儒的《野火春风斗古城》等。这些作品主要讲述的是"革命起源的故事,讲述革命在经历了曲折的过程之后,如何最终走向胜利"。②

由于从事革命历史题材小说创作的作家在审美地把握历史经验和生活方面存在着差别,他们的作品所表现出来的艺术形态也各不相同。

一是以阶级性与典型性相结合,并通过人物的阶级关系来展示社会历史发展过程。代表作品有《红旗谱》、《青春之歌》、《红岩》等,其中最具经典性的是《红旗谱》。在这部作品中,朱严两家三

---

① 黄子平著:《革命 历史 小说》,香港牛津大学出版社1996年版,第2页。

② 洪子诚著:《中国当代文学史》,北京大学出版社1999年版,第106页。

代农民和地主冯家两代人之间的阶级矛盾构成了行文发展的主线索,正如梁斌所说:"我写这部书,一开始就明确主题思想是阶级斗争,因此前面的楔子也应该以阶级斗争概括全书。"① 在激烈的矛盾中,作家梁斌为我们塑造了朱老巩、朱老忠等农民英雄的典型形象。

二是全景式地描绘时代的变迁,讲述中国革命的来龙去脉。代表作品有《六十年的变迁》、《三家巷》等。《三家巷》的作者欧阳山曾经说过,他要创作一部"反映中国革命来龙去脉"的历史小说,《三家巷》即是其中的第一部。在这部小说中,每个人物都是某个阶级的象征,在错综复杂的阶级关系中,作家又精心编织了以血缘关系、婚姻关系和社会关系为主的人物关系网,并写出了随着革命的冲击,人与人之间关系的不断分化、重组,使这部小说成为那个时代的"浮世绘"。

三是迷人的风土民情与血雨腥风的斗争相融合。代表作品有《风云初记》、《苦菜花》等。孙犁的革命历史题材的小说创作在十七年文学中别具一格,其中的《风云初记》以他所特有的人性关怀及浓郁的抒情性描写了滹沱河沿岸五家人在抗日战争初期的命运沉浮,不仅成功地塑造了春儿等典型形象,而且为读者描绘了冀中平原风土人情的纯朴及自然风光的旖旎。

正是由于这些差别的存在,使革命历史小说的创作显示出变化之美。

第二节 梁斌的《红旗谱》

梁斌(1914—1996),原名梁维周,河北蠡县人。1930年考入河北保定省立第二师范,1932年学校闹学潮,他参加了护校斗争。

---

① 梁斌:《漫谈〈红旗谱〉的创作》,载《人民文学》1959年第6期。

同年，故乡蠡县发生暴动。这一切对梁斌的文学创作产生了重要影响。1935年，梁斌创作了以高蠡暴动为题材的短篇小说《夜之交流》，此后又创作了剧本《千里堤》、《抗日人家》以及短篇小说《三个布尔什维克的爸爸》、中篇小说《父亲》等。1953年梁斌开始创作多卷本长篇小说《红旗谱》。第一部《红旗谱》于1958年出版，第二部《播火记》于1963年出版，第三部《烽烟图》于1983年出版。此外，他还创作了反映土改运动的长篇小说《翻身记事》。其中，《红旗谱》典型地体现出梁斌雄浑而豪放的创作风格。

一、《红旗谱》的思想内容

《红旗谱》是新中国成立后最优秀的长篇小说之一，是一部党领导农民革命运动的壮丽史诗。作品所反映的历史故事发生在大革命至抗日战争初期，在这个时期，进行了北伐战争，发生了"四一二"反革命政变和"九一八"事变，革命由高潮转入低潮，白色恐怖笼罩全国，民族危机日益加重，阶级矛盾空前尖锐。但是，中国人民在共产党的领导下，进行了不屈不挠的斗争，使革命从低潮走向高潮。《红旗谱》就是在这样波澜壮阔的历史背景下，通过冀中平原锁井镇朱严两家农民三代人和冯家地主两代人之间的尖锐斗争的描写，深刻地表现了中国农民英勇不屈、坚持斗争的伟大精神，并揭示出这种精神只有与无产阶级革命结合在一起，才会放射出更加灿烂的光华。从而也证明了这样一条真理：中国农民只有在共产党的领导下，才能最终获得自身的解放。

小说通过三代农民的不同命运，艺术地概括了中国近、现代农民的斗争道路。朱老巩、严老祥是小说塑造的第一代农民形象，他们是中国农民传统性格的化身，嫉恶如仇，见义勇为。朱老忠、严志和是第二代农民形象，也是承先启后的一代，他们一方面继承了父辈身上的优秀品质，另一方面又接受了中国共产党的领导。运涛、大贵、江涛等是第三代农民形象，在他们身上，既流淌着父辈们的反抗精神的血液,又注入了无产阶级崭新的生命因子,并以他们身上新鲜的生命活力去影响父辈们。如果从中国农民的反抗斗争史这个角度来看作品所塑造的三代农民形象的话,序幕中所写的"朱老巩大闹柳树林"的故事就不仅仅是出于情节发展的考虑,它更是中国农民几千年来反抗斗争及命运的缩影。朱老巩手抡铡刀力护古钟的壮举像中国历史上无数揭竿而起的农民起义一样,虽然惊天动地,但最终只能以失败而告终,因为他们走的是一条自发的个人反抗的道路。所以说,"朱老巩大闹柳树林"对于《红旗谱》的情节而言是第一个故事,而对于几千年的农民起义英雄来说是最后一个故事。从此,中国农民在中国共产党的领导下开始了全新的斗争,作品所描写的"反割头税斗争"和"保定二师学潮"两大内容正是这一全新斗争的深刻表现。

二、《红旗谱》的人物形象

《红旗谱》出色地刻画了由朱老忠、朱老明、严志和、伍老拔等组成的农民群像。尤其是朱老忠、严志和形象的塑造,是新中国文学人物画廊中最成功的人物形象。

朱老忠是一个横跨新旧两个时代,在斗争中找到了正确方向的农民英雄。他突出的性格特征是强烈的阶级爱憎和有勇有谋、既坚且韧的斗争精神。这种思想性格特征的形成与他的生活环境和生活道路是分不开的。朱老忠像千千万万灾难深重的中国农民一样,对统治者怀有刻骨的仇恨。当他还是个孩子时,父亲朱老巩的惨死,姐姐的受辱自尽,都在他心底埋下了复仇的种子。避祸闯关东,在长白山挖过参,在黑河里打过鱼,在海兰泡淘过金……颠沛流离25载,他时刻牢记这血海深仇。"他一想起家乡,心上就像辘轳一样,搅动不安","回去!回到家乡去!他拿铜铡铡我三截,也得回去报这份血仇!"这25年的经历,不仅磨炼了朱老忠不屈不挠的斗争意志,同时也增长了他的才干和见识,所以他虽然时刻想为父报仇,但却未像他父亲那样对仇人逞一时之勇,"出水才见两腿泥"的口头禅鲜明地体现了他的深谋远虑。回到锁井镇后,他定下了"一文一武"的长远复仇计划,让江涛去读书,大贵去从军。这对于中国农民来说是至关重要的进步,世世代代盲目反抗的农民已经意识到赤膊上阵式的反抗是无法改变自己命运的。找到中国共产党的领导后,他把个人的复仇与整个被剥削阶级的反抗斗争结合在一起,从传统的草莽式英雄成长为优秀的无产阶级先锋战士。

朱老忠的另一突出性格是急公近义、舍己为人。朱老忠的这种思想性格正是作者对劳动人民正直无私、慷慨仗义的精神品质的高度概括。早年的朱老忠,乐于助人的品德中更多地包含了"为朋友两肋插刀"的江湖义气。比如他初回锁井镇,听说朱老明瞎了双眼并破了产,就立刻去探望,说:"大哥!你甭发愁,好好养病吧,养了再说。有朱老忠吃的,就有你吃的。有朱老忠穿的就有你穿的。"说着,掏出十块钱,往炕上一扔,咣啷一响,又说:"看看,够治眼病吗?"当江涛上学有困难时,他卖掉了自己心爱的小牛犊资助江涛。运涛被捕入狱,老奶奶身亡,严志和一家陷入悲惨境地,朱老忠不仅去济南探监,为老奶奶主持丧事,而且还承担起了他们全家生活的担子。这一切,都表现出了他的豪爽、慷慨无私。但在以后的一系列行动中,他表现出的是一个无产阶级先锋战士以服从阶级利益为天职的高度觉悟,如在"保定二师学潮"中冒着危险为学生送食品等,就不仅仅是出于江湖义气。

朱老忠的思想性格有明显的发展变化。他虽然在斗争中认识到父亲朱老巩式的赤膊上阵、朱老明式的打官司告状都不可能扳倒冯兰池,而制定了"一文一武"的复仇计划,然而,即使是培养出"一文一武",也不可能取得胜利,因为冯兰池背后是强大的统治阶级在做后盾。"出水才见两腿泥"也是朱老忠基于对个人力量、胆识的自信。这既表现出了他不屈不挠的斗争精神,同时也表现出了农民反抗斗争的局限性。当他接受了党的领导后,他的思想觉悟迅速提高：在"反割头税斗争"中，他冲在最前面；在"保定二师学潮"中，他救出了张嘉庆，并帮助欲寻短见的严志和树立起坚定的革命信念。朱老忠的成长道路，是每一个力图改变自己命运的现代中国农民的必由之路。

朱老忠的形象，高度概括了我国农民革命斗争的历程，在他身上，既有中国农民传统的美德，又闪现着新时代农民的英雄特征。朱老忠形象的出现，标志着新中国文学在农民形象的塑造上达到了一个新的高度。

如果说朱老忠是农民群体中优秀分子的代表的话，那么严志和这个形象在中国农民中更具有普遍性。严志和勤劳、朴实、善良，但又软弱、狭隘。他仇恨地主阶级，有推翻冯兰池、过好日子的愿望，但又对强大的封建势力感到畏惧，只求能够忍气吞声地活下去。他的生活信条是"什么也别扑摸，低着脑袋过日子吧！"运涛入狱、母亲病逝、江涛被捕等残酷的现实给他以沉重的打击，心里"像铅块一样，又凉又硬"，甚至想投河自杀。他在朱老忠等人的帮助下，不断摆脱旧的精神负担，觉悟逐渐提高，走上革命的道路。他的思想变化过程，集中表现了中国大多数农民在旧社会遭受的苦难及逐渐觉醒的过程，也从另一个侧面显示了农村革命运动的成长壮大。

此外，作品还成功地塑造了青年一代农民形象，热情稳重、坚定不渝的运涛，智勇双全的江涛，淳厚爽直的大贵，开朗刚烈的春兰等都给读者留下了深刻的印象。

《红旗谱》还成功地刻画了一组反面人物形象，如保守、贪婪、残忍的老式地主冯兰池，带有一定资本主义色彩的新兴地主冯贵堂等。

三、《红旗谱》的民族风格

《红旗谱》在艺术上取得了极大的成功，尤其是具有鲜明的民族特色。作品鲜明的民族风格主要表现在以下几个方面。

首先，表现在作品的主题和题材上。《红旗谱》真实描绘了中国北方的农村生活、风土人情，表现了中华民族的伟大精神和性格。朱老巩大闹柳树林、朱老明三告冯兰池、脯红鸟事件等所表现出的壮烈情怀、侠肝义胆，鲜明地体现了"燕赵多慷慨悲歌之士"的传统。作者在表现这一切时，又按照自己家乡的风俗习惯来写，如杀年猪、过除夕、喝胜利酒等，无不具有冀中平原的地方色彩。

其次，表现在用中国古典小说的技法来描绘生活、刻画人物上。如朱严两家三代人的斗争就是由大闹柳树林、闯关东、脯红鸟事件、反割头税等一系列故事来表现的，这些故事中又穿插着无数个小故事，层次分明，环环相扣。此外，作品还善于以行动、语言刻画人物，如朱老忠的练把式、严志和的跺跺脚、朱老明的仰天大笑等，无不传神地刻画出人物的个性。人物的语言更能充分而直接地表现出人物性格，如朱老忠的口头禅"出水才见两腿泥"刻画了他不逞一时之勇、深谋远虑的性格。"咱们什么也别扑摸，低着脑袋过日子吧"，正是严志和胆小怕事性格的体现。

最后，表现在语言的朴实生动、浑厚有力、富于个性化和地域色彩上。作品的叙事简捷流畅，如小说的开头："平地一声雷，震动了锁井镇一带四十八村：'狠心的恶霸冯兰池，他要砸掉这古钟了！'"开门见山，又给读者留下悬念。作品在描写朱老忠在保定车站听到严志和说冯兰池还是那样霸道时写道："心里那个火球，一下子蹿上天灵盖，脸上腾地红起来。闪开襟怀，把茶碗在桌子上一顿。伸手拍拍头顶，倒背手走来走去。"这是从群众语言中提炼出来的，生动、流畅、有力，并洋溢着浓郁的泥土气息。

《红旗谱》也存在着不足，如"反割头税斗争"和"保定二师学潮"两大内容之间缺少必要的联系，朱老忠的性格在"保定二师学潮"中没有发展。

第三节 杨沫的《青春之歌》

杨沫（1914—1995），原名杨成业，祖籍湖南湘阴。1928年，进入北平西山温泉女子中学读书。后为逃避封建包办婚姻而离家出走，做过乡村小学教师、家庭教师等。这些经历为她后来创作《青春之歌》打下了生活基础。1958年，杨沫经过长期酝酿，终于推出了长篇小说《青春之歌》。1978年又出版了第二部长篇小说《东方欲晓》。1986年出版了《青春之歌》的姊妹篇《芳菲之歌》。

一、《青春之歌》的主题

《青春之歌》是新中国文学史上第一部描写学生运动、塑造革命知识分子形象的优秀长篇小说。作品以1931年"九一八"事变到1935年"一二·九"运动这一历史时期党所领导的北平学生运动为背景，通过对林道静从寻求个人出路到自觉参加革命，从苦闷彷徨的小资产阶级知识分子成长为无产阶级先锋战士这一艰难历程的描写，形象地揭示出了在阶级斗争、民族矛盾空前激烈的年代，知识分子的觉醒与分化，展示了中国革命知识分子的历史道路，表明了青年人只有走共产党所领导的革命道路，只有把个人的命运和祖国的命运联系在一起，才是惟一正确的道路。由此也可以说，《青春之歌》是一曲歌颂党、歌颂革命青春的赞歌。

二、人物形象与艺术特色

《青春之歌》对当代文学的最大贡献在于塑造了形形色色的知识分子形象。

主人公林道静是作品中塑造得最为成功的艺术形象。她是20世纪30年代革命知识分子的典型形象。小说着重描写了她由一个充满幻想的小资产阶级知识分子成长为无产阶级革命战士的过程。

第四章 革命历史题材的长篇小说

她的成长过程大体经历了三个阶段。

第一阶段,从离家出走到与余永泽结合。林道静出生在一个封建家庭。她的父亲是一个大学校长兼大地主,她的生母是个被侮辱以至被摧残致死的佃农的女儿。林道静是在继母的虐待下长大的,她在这个家庭中感受到的温情来自于家中的佣人。这一切养成了她矛盾的性格:一方面有着狂热的小资产阶级情调,幼稚、软弱、耽于幻想;另一方面又有着秉承于下层劳动人民的倔强、善良、富于同情心的品质。这种矛盾的性格注定了她在成长的过程中,将要经历超出常人的痛苦与磨炼。

林道静在五四个性思潮的影响下,为反抗封建包办婚姻离家出走,寻求"自己养活自己"的道路,但迎接她的是更加腐朽、黑暗的现实:她躲开了做局长姨太太的厄运,但县长姨太太的位置又在等待她。她不甘屈服,但又无力反抗,幻想破灭。最后,决心到滔滔的海水中去寻求归宿。她被北大学生余永泽救起,并再次陷入空虚庸俗的情感罗网中,她与余永泽的结合并没有使她获得理想的自由独立的人格,余永泽只希望她做一个小鸟依人般的"笼中雀",这无疑使林道静再次陷入苦闷彷徨的境地。这一切说明,以寻求个人出路为目的反抗是不可能实现的。

第二阶段,从参加东北流亡学生的除夕聚会到第一次被捕。在这一阶段中,林道静由小资产阶级知识分子开始向无产阶级战士转变。结识卢嘉川是林道静思想变化的转折点。通过与卢嘉川的谈话、阅读革命书刊,郁郁寡欢的林道静逐渐从苦闷中摆脱出来,对人生有了新的认识,开始明确地把个人命运和祖国的命运结合起来,并投身到如火如荼的时代洪流中去。林道静对革命的寻求使她与余永泽的分手在所难免。林道静与余永泽分手是知识分子在政治上的分化。林道静对余永泽的认识经历了从对其自私、庸俗的言行的反感到对其丑恶灵魂的深恶痛绝的过程。从林道静对自我人生道路的重新选择,我们看到了她严肃的生活态度和执著的追求精神,也看到了一个小资产阶级知识分子在成长过程中所经历的曲折的历程。与余永泽决裂后的林道静并没有完全从小资产阶级的狂热和个人英雄主义的幻想中挣脱出来,导致了她的第一次被捕入狱。这次被捕使她逐渐成熟。尤其在宋村,她接受了阶级斗争的洗礼,生平第一次"为了别人而仇恨起自己的父母","恨起地主阶级和一切压迫阶级",从而促进了她思想的又一次飞跃。

第三阶段,从第二次被捕到"一二·九"运动。在这一阶段中,林道静已由一个进步的知识分子成长为一个优秀的共产党人。在一年的铁窗生活中,林道静的思想感情和革命理想都有了新的升华。她经受住了毒刑拷打,用坚定的意志战胜了肉体上的痛苦。共产党员林红的言传身教使她懂得了更多的革命道理,思想也更趋于成熟。出狱不久,她就入了党。后来,党又派她到北大领导学生运动,她终于成为虽不完善却异常坚强的革命战士。

小说通过对林道静走向革命的艰难历程的描绘,深刻地揭示出:知识分子走上革命之路是需要经过痛苦的磨炼的。读者从林道静身上看到了30年代知识分子的自我选择和自我改造之路,更看到了党的教育和革命理论的指导作用。

除林道静外,作者还塑造了共产党员卢嘉川、江华、林红的形象。他们是以"党的使者"的身份出现的,对林道静走上革命之路产生了重要影响。卢嘉川是北大党组织的负责人,是一位有着卓越的领导才能和坚贞不屈的品格的杰出的共产党员,是林道静接受革命的启蒙者。江华是一个沉重、质朴、刚毅,有更多工人气质的共产党人。林红以共产党人的爱心和坚忍的人格力量,感召着林道静,使她最终完成了人生的重大转折。

《青春之歌》在艺术上也很有特色。作者善于选择富有个性特征的细节来展示人物的内心世界,善于通过对比来刻画不同人物的心理特征,布局严密,层次清晰,结构严谨。

第五章 主题与风格多样的短篇小说

第一节 概 述

在十七年的小说创作中,有一批作家一直用短篇的形式来叙述历史、关注现实。短篇小说的创作虽不如长篇小说那样被关注,但它为整齐划一的十七年文学贡献了最富有开拓性、最富有诗意的一道风景。下面,我们将从作品的题材、主题等层面对十七年短篇小说创作的整体情况加以描述。

一、对革命历史的叙述和对现实的关注

在十七年的文学环境中,作家在对革命历史加以再现时,倾向于采用长篇巨制的形式,如前文提到的《红旗谱》、《青春之歌》等。而孙犁的《山地回忆》、王愿坚的《党费》和《七根火柴》、路翎的《洼地上的"战役"》、茹志鹃的《百合花》、刘真的《长长的流水》、萧平的《三月雪》等作品却以短小的篇幅去拣拾被宏伟叙事所遗漏的生活片断。这些被拣拾的生活片断以最朴素的人性之美长久地撞击着读者的心扉。在上述创作中,孙犁的抒情性、茹志鹃的清新隽逸,以及他们对战争年代美好而淳朴人性的挖掘,为十七年文学增添了最富个性光辉的一个艺术层面。

马烽的《一架弹花机》、赵树理的《登记》、谷峪的《新事新办》、周立波的《山那面人家》等小说表现了因社会的变动而引起的农民在家庭、婚姻观念等方面的变化;王汶石的《新结识的伙伴》、李准的《李双双小传》、茹志鹃的《如愿》和《春暖时节》等

作品抒写了中国妇女在时代潮流的推动下挣脱几千年的束缚，走向广阔社会实现自我价值的心理过程；马烽的《我的第一个上级》、赵树理的《实干家潘永福》及《锻炼锻炼》、张庆田的《"老解决"外传》、西戎的《赖大嫂》等作品，力图在浮夸与虚饰的时代风气中，传递出来自民间的真实声音，以及作家们对生活的严肃思考。

二、"干预生活"和"人道主义"主题的涌现

1956年，毛泽东提出"双百"方针之后，作家们开始突破僵化的教条，大胆表达他们对生活的真正理解，于是，"干预生活"和"人道主义"这两股具有打破禁忌意义的文艺思潮在十七年那样闭锁的环境中同时奏响在短篇小说作家所谱写的篇章中。刘绍棠的《田野落霞》及《西苑草》、李国文的《改选》、王蒙的《组织部来了个年轻人》、李准的《灰色的蓬帆》、白危的《被围困的农会主席》等作品，敢于正视生活中的矛盾，揭露生活的阴暗面，有人把这些作品的主题概括为"干预生活"。另外，邓友梅的《在悬崖上》、宗璞的《红豆》、丰村的《美丽》、李威仑的《幸福》、陆文夫的《小巷深处》、高缨的《达吉和她的父亲》等作品，因打破了十七年文学描写人情人性的禁区、细致挖掘人的丰富而隐秘的内心世界、充满浓郁的人情味而被视为"人道主义"在文学中的回归。《美丽》、《红豆》等作品通过对两性之间细致绵密的情感描写，表达出历史进步的本质需要和个体生命追求之间不可避免的矛盾冲突，以及在这种冲突中人性的痛苦。而《达吉和她的父亲》等作品，则通过描写"家务事"、"儿女情"，对普通人质朴、美好的人性作了最真挚的咏叹。

不幸的是，在1957年的"反右"斗争以及以后的政治运动中，上述作家大都被打成右派，作品被划为"毒草"。一直到粉碎"四人帮"之后，这些作家才陆续重返文坛，他们在50年代创作的那

些富有探索的作品成为"重放的鲜花",① 继续装点着文学的花园。

通过以上描述,我们可以看出,十七年的短篇小说的创作数量并不多,但它几乎涉及了生活的各个层面,并表现出了可贵的探索精神,这是长篇小说所望尘莫及的。

第二节 王蒙的《组织部来了个年轻人》

1956年,在"双百方针"的鼓舞下,文艺界针对文学创作中存在的某些粉饰现实、回避矛盾的倾向,呼吁作家大胆"干预生活",反映生活的真实。其时文学创作空前活跃,作品的主题和题材得到新的拓展,体裁和风格渐趋多样,出现了一批触及社会矛盾、揭露生活阴暗面以及大胆展现人物内心世界的小说。如耿简的《爬在旗杆上的人》、萧也牧的《我们夫妇之间》、路翎的《洼地上的"战役"》、宗璞的《红豆》、邓友梅的《在悬崖上》、陆文夫的《小巷深处》等。其中王蒙的《组织部来了个年轻人》以清新的格调、纯真的感情、直率的态度、大胆干预现实的精神,通过一个新到区委组织部工作的青年干部林震理想与现实的冲突,表现了社会生活的复杂性和人的思想的多样性。

一、《组织部来了个年轻人》的开拓性主题

在这篇作品中,王蒙敏锐地指出:在社会主义大规模的经济建设中,严重阻碍社会主义事业发展的,是一些领导干部身上存在着的思想僵化和官僚主义作风。小说以锋芒毕露的笔法和棱角分明的态度,通过刻画保守官僚主义者刘世吾的形象,对现实生活中存在的思想僵化和官僚主义及其危害性进行了猛烈的抨击,大胆地提出

---

① 1979年,上海文艺出版社将这批作品汇集成册,重新出版,定名为《重放的鲜花》。

了党和人民共同关心的党的肌体是否健全这个敏感的问题,而且还深刻地揭示了产生官僚主义的原因——干部制度和工作制度上的缺陷。作品通过几个官僚主义形象的塑造,提出了一系列值得我们深思的社会问题,如上级对下级的态度,对干部的使用、培养、提拔和处理的方法,党内不民主的政治空气等,大胆地触及了社会的阴暗面,显示出强烈的干预生活的态度和现实主义精神。新中国成立以来,像这样针对处于一定领导地位的干部的问题进行揭露和讽喻的作品是不多见的,在这个主题层面上,《组织部来了个年轻人》是具有明显的开拓意义的。

二、人物形象与艺术特色

《组织部来了个年轻人》通过对区委组织部日常生活的真实描写和组织部第一副部长刘世吾形象的刻画,将当时人们所关心的社会矛盾摆在了读者面前。小说的突出成就是通过区委组织部第一副部长刘世吾的典型形象,深刻地剖析了官僚主义产生的根源及对革命事业的危害。作为组织部第一副部长的刘世吾,他引以为豪的是有过一段光荣的革命历史。他有工作能力,也有丰富的实践经验,他满有把握能把自己的本职工作做好。但事实恰恰相反,他不但没有做好本职工作,甚至成为革命事业发展的阻力,其原因就在于对生活、对事业缺少热情,对党和人民的事业缺乏责任感。刘世吾有一句口头禅:"就那么回事",集中反映了他冷漠、拖沓、不思进取的性格特征。作者正是通过刘世吾的这一性格特征,通过他与林震的矛盾,揭示了官僚主义作风的危害性。

年轻的共产党员林震是与刘世吾对立的人物形象。这个年轻的共产党员在工作了一段时间后,发现他所尊敬的领导同志身上有种可怕的冷漠和圆滑。他因此焦急地感到:党的优良传统正被某些人丢失。他大声疾呼:党是人民的,我们不许党蒙上灰尘!他因此对刘世吾的官僚主义进行了猛烈的抨击,而且决心"一次两次三次地斗争到底,一直到事情改变为止"。实际上林震和刘世吾的冲突,是对待党和人民的事业两种不同态度的矛盾冲突。林震身上闪耀着坚持真理、勇于思考的可贵品质,作者通过林震这一形象,表达了消除官僚主义、投身人民事业的热切愿望。

作品不仅思想深刻,反映的问题敏锐,在艺术形式方面也有着独特的风格。小说运用语言、行动、心理描写等手法,成功地塑造了刘世吾、林震的典型形象。王蒙擅长通过人物的语言来突出人物的性格特征,如小说通过"就那么回事"这个口头禅,非常形象地突出了刘世吾拖沓而冷漠的性格特征,极富个性色彩。王蒙还善于以散文的笔法营造典型意境。如林震与赵惠文的夜谈、听音乐,在宁静诗意的氛围中,形成一种典型情境。此外,小说的语言精练有力、饱含激情,已初步具有王蒙独特的语言特征。

第三节 茹志鹃的短篇小说

一、生平与创作概述

茹志鹃(1925—1998),曾用笔名阿如、初旭。原籍浙江杭州,生于上海。茹志鹃是一位有着独特艺术风格的当代女作家。第一篇作品《生活》发表于1943年11月22日《申报》副刊上。1950年发表了新中国成立后的第一篇小说《何栋梁和金凤》。1958年发表短篇小说《百合花》,此后又陆续写出了一批艺术质量较高、显示出她艺术风格的短篇小说,如《春暖时节》、《如愿》、《三走严庄》、《静静的产院》、《阿舒》等。十七年期间写的作品,大都收入《高高的白杨树》、《静静的产院》两个集子。这些作品可以分为两类:一类是写战争年代的生活,如《关大妈》、《澄河边上》、《百合花》、《三走严庄》、《同志之间》等;另一类是写社会主义建设时期的生活,如《妯娌》、《在果园里》、《新当选的团支书》、《高高的白杨树》、《里程》、《春暖时节》、《如愿》、《静静的产院》和《阿舒》。

茹志鹃的小说在立意上有着显著的特征。在她描写战争年代的作品中，从不正面展现千军万马的厮杀场面以及动人心魄的战争进程，也不在血与火的战争考验中塑造舍身忘死、叱咤风云的人物形象，而是着力描写人民军队的同志之间或军队和人民群众之间的战斗情谊和亲密关系。《百合花》是这方面优秀的代表作。

　　《百合花》叙述的只是解放战争时期发生在战场一侧的一个小插曲。作品将出生入死的战争场景作为故事的背景，而借助前沿阵地包扎所小战士向当地群众借被子这一平凡的事件，展开了对军民关系富有诗意的描写。小说以一条枣红色底、洒满白色百合花的新被子作为情节纽带，以纯洁的百合花为人物思想、感情、精神风貌的象征，把作品中的两个人物连接起来。小通讯员淳朴、腼腆，当他得知借来的新被子是新媳妇惟一的嫁妆时，颇费一番踌躇，要将被子送回去；新媳妇是一位真诚而羞涩的年轻女性，她热爱人民军队，当她弄清楚部队打仗是为了老百姓时，便深为自己没有把被子借给小通讯员而内疚，毅然把被子借了出来。小说通过他们之间这一平常交往所引起的细微的、隐蔽的情感波澜，层层揭示出他们美好的心灵世界和血浓于水的军民深情，小说也因此从一个独特的角度揭示了人民战争最终取得胜利的力量源泉。

　　"文化大革命"中，茹志鹃被打成"文艺黑线"的"金字招牌"，她的作品成为批斗所谓"黑八论"的"活靶子"。十年中，她仅在1975年写了一篇短文《凉亭漫话》。

　　粉碎"四人帮"后，1977年茹志鹃发表了题名具有象征意义的小说《出山》。后又陆续发表了报告文学《离不开你》、《红外曲》，小说《冰灯》、《剪辑错了的故事》（获1979年全国优秀短篇小说一等奖）、《草原上的小路》、《儿女情》、《家务事》等，出版了小说集《百合花》、《茹志鹃小说选》。茹志鹃新时期的作品，保持着过去艺术风格的重要特点，但随着时代的变化和作家生活体验的深入，创作风格又有所发展，即作品表现的生活范围比以前深广，细腻柔美之中，增加了深沉和思考的色调。

二、茹志鹃小说的艺术独特性

茹志鹃的小说细腻、柔美、清新、俊逸，有着独特的艺术风格。

在结构上，茹志鹃的小说故事都比较简单，没有离奇曲折的故事情节，也没有惊心动魄的矛盾冲突，而是采取通过人物心理活动为中心来展开情节和组织细节的结构方法。作品的构思巧妙，结构严谨，富于节奏感。如《百合花》就是典型的用人物的心理活动变化来组织情节，这种心理情绪上的启承转合，浓缩在作品的结构框架中，形成了茹志鹃的小说结构精巧严谨、节奏感强的风格。

在取材上，茹志鹃善于通过平凡的事件和平凡的人物来反映时代的精神风貌。她很少描写生活中重大复杂的矛盾斗争，多是撷取生活激流中的几朵浪花，借以反映时代生活的主流和风貌。这种大处着眼、小处落墨、以小见大的艺术方法，使茹志鹃的小说往往能够通过日常生活的普通事件，表现重大的时代主题和时代精神，这也因此使她的小说获得了举重若轻的艺术效果。

在人物塑造上，由于茹志鹃很少切近大题材，因而茹志鹃小说中的人物大都不是光芒四射的英雄形象，而是在生活中逐渐成长起来的普通人。作者善于通过细腻入微的心理刻画和提炼某些富有象征意义的细节作媒介，深入挖掘人物性格的某一方面。作为一名女性作家，茹志鹃特别爱写那些沿着自己脚步前进的妇女形象，她把笔触深入到这些女性心灵深处，敏锐而又细心地提炼她们隐秘细微的感情潜流，再通过细节描写揭示出来，十分真实地表现出人物的心理状态，情真意切，韵味绵长。

在语言上，茹志鹃的小说语言朴素生动、委婉清新、精练流畅又饱含深情。作者经常运用象征手法抒写情怀，在清新而富有哲理的语言中，营造出诗的意境，因而茹志鹃的小说经常写得柔婉优美、诗意盎然，在新文学作家中显得独树一帜。

第六章 十七年的诗歌

第一节 概　　述

一、十七年的诗歌创作

十七年，这是一个文学和政治的关系空前密切的时代。谈起十七年的诗歌，我们同样无法回避它与政治之间难解难分的关系。当代诗歌的最初乐章是伴随着中华人民共和国成立的轰鸣礼炮而奏响的。《我们最伟大的节日》（何其芳）、《新华颂》（郭沫若）、《时间开始了》（胡风）、《我想念我的祖国》（艾青），是诗人们献给新生祖国的最真挚、最热烈的赞歌。虽然这些诗作在个体经验的表达上还欠火候，却确立了十七年诗歌的一个基本走向——大唱赞歌和颂歌。

在1956年相对宽松的艺术氛围中，诗歌创作和其他创作一样，开始表现出探索的锋芒。《草木篇》（流沙河）、《养花人的梦》（艾青）、《望星空》（郭小川）等诗作，分别以各自的方式表达了诗人对人及时代的独特思考。尤其是《诗刊》、《星星》的创刊，使不同形式、不同主题的诗歌有了汇集与展现之地。

随之而来的"反右"斗争使中国的诗歌受到重创。艾青、公木、公刘、邵燕祥、白桦、流沙河等诗人被划为右派；穆旦、唐祈、唐湜等"九叶"诗人被迫离开了诗坛。"七月派"诗人（因胡风事件而罹难）也告别了诗歌创作。上述诗人由于政治的原因而从文坛"隐失"（直到80年代，他们才唱着"归来的歌"复出诗坛），这些诗人的隐失，是当代诗坛最大的损失。

一大批优秀诗人的隐失带来了诗坛的沉寂。而1958年开始的"新民歌运动"为沉寂的诗坛带来了虚幻的繁荣。"新民歌运动"兴起的政治背景是"大跃进",在这场全民性的诗歌运动中,出现了数以万计的作品,郭沫若、周扬经过反复筛选,选出300首,编辑出版了《红旗歌谣》。在这次运动中出现的作品大多粗制滥造,好的作品凤毛麟角。

在1960年前后,诗坛出现了一个写长篇叙事诗的热潮。《复仇的火焰》(闻捷)、《杨高传》(李季)、《将军三部曲》(郭小川)、《赶车传》(田间)、《李大钊》(臧克家)等诗作,大都规模宏大,并塑造了鲜明的人物形象。但许多研究者认为,叙事诗的大量制作造成了诗人精力的浪费,甚至有人在探讨用诗的形式叙事是否必要。这些问题的提出确实值得我们深思。

到60年代,随着对阶级斗争的不断强调,诗歌创作进一步政治化,出现了所谓的"政治抒情诗"。郭小川的《甘蔗林——青纱帐》、《厦门风姿》,贺敬之的《雷锋之歌》、《十年颂歌》等诗作,以火一般的热情及高度的政治责任感为十七年政治抒情诗在诗体形式、题材内容等方面都做了有益的探索,这是值得肯定的,但政治抒情诗普遍存在着以膨胀的政治激情淹没诗的优美情境的弊病。

在十七年诗歌中,最富有特色的一部分是来自于各少数民族的民间叙事诗。我国各少数民族大多都有着深厚的诗歌传统,尤其是长篇叙事诗的创作,更是源远流长。少数民族的长篇叙事诗分为原始史诗、英雄史诗和民间故事三类。原始史诗大多描述人类的起源,如《阿细的先基》(彝族)、《梅葛》(彝族)讲的都是开天辟地、万物起源的故事。英雄史诗是对民族英雄的歌颂,也是民族精神的赞歌,《格萨尔》(藏族)、《嘎达梅林》(蒙古族)是最具有代表性的。民间故事大都与爱情有关,《召树屯》(傣族)、《望夫云》(白族)、《阿诗玛》(彝族)、《逃婚调》(傈僳族)等表现了各民族人民不畏强暴、勇于追求幸福的自由精神。

十七年诗歌的基本主题和类型是"颂歌"（以正面歌颂为主）和战歌（表达充沛的战斗激情），这不能不使十七年诗歌陷入单一刻板之中。具体说来，十七年诗歌存在如下不足。首先，诗歌的表现题材单一，除了重大的政治运动之外的其他生活领域很少被表现。其次，诗的个性被削弱。十七年中，诗人的个体审美必须让步于时代审美，所以，洋溢在诗中的只能是时代所要求的激昂、火热的情调。最后，诗的表现方式单一。赞歌和颂歌成为十七年诗歌创作的通行证，诗人稍有偏离，便会遭到政治的强力"纠错"。

二、对政治抒情诗的评价

广义上说，政治抒情诗是指那些具有强烈政治思辨色彩和特定时代政治特征的抒情诗歌。这类诗歌以高昂的格调、战斗的激情介入当时的时事政治和重大的社会事件，往往将重大的主题与饱满的激情、丰富的形象融为一体，具有强烈的时代精神。政治抒情诗这一概念的提出，大约在20世纪50年代末、60年代初，但这种诗体的出现，却要更早。石方禹的《和平的最强音》(1950)，邵燕祥的《我爱我们的土地》(1954)，郭小川的《致青年公民》(1955)、《甘蔗林——青纱帐》(1962)，贺敬之的《放声歌唱》(1956)、《东风万里》(1958)、《十年颂歌》(1959)、《雷锋之歌》(1963)等，都是当时比较有影响的政治抒情诗作品。

政治抒情诗作为一种诗体在当代的确立，与社会环境有直接的关系。50年代到"文化大革命"期间，政治运动几乎从未间断过，并且占据着社会生活最重要甚至是支配一切的地位。在这种情况下，人们日常生活中的政治因素极大加强，一切都蒙上了政治色彩，政治情绪成为社会的普遍情绪，这既是政治抒情诗繁荣发展的现实土壤，也是其繁荣发展的现实原因。而且我们应该看到，政治抒情诗在当代的生长，对中国新诗的艺术积累，也提供了一些值得重视的经验。它加强了自30年代以来一部分诗人关心广阔的社会现实人生,以诗人的情感和体验去概括、表现时代的大哲理的这一可能性。但是,它在发展的过程中,由于诗对具体政治事件、政治命题的依附越来越严重,因而便带来许多失误。

从诗歌的艺术角度说,诗歌是有其自身发展规律的。诗人独特的审美角度和充满个性色彩的情感体验,对诗歌来说至关重要。而在政治抒情诗中,诗人所关注的是社会生活的政治层面,诗中所表现的或是具体的政治事件,或是通过生活的不同侧面来表现社会的普遍的政治情绪。题材上的这种社会性和政治性的特点,使政治抒情诗的诗歌主题通常是一个普遍的政治主题,诗歌的抒情主人公常常不是富有独特个性的诗人自己,而往往是一个作为阶级代言人的抽象的"大我"。这种附属于政治而存在的情绪体验,虽然在一定程度上可以扩大诗歌对社会人生的关怀领域,但反过来也可以成为窒息诗歌发展的强大力量。新中国成立后的政治抒情诗,正是在这个维度上,走向了它的衰落。

此外,政治化的主题和抒情的范式决定了政治抒情诗的艺术结构往往表现为观念的演绎。诗人对现实政治和社会问题的观察、感受和思考所获得的观念,是诗的主干,成为贯串感情、连结形象的线索,这样,抒情诗不但具有浓厚的"政论"色彩,而且常以口号入诗,并拥有一套符号化的象征体系。这就决定了政治抒情诗不可能在诗的思想内涵上做更深入的探求,而较多地关注于诗的外部形式因素,在词藻、韵律的精心营造上下功夫,从而使政治抒情诗具有明显的概念化倾向。

总之,政治抒情诗以其澎湃的政治激情和精巧的艺术形式,在50～60年代的诗坛及社会上是产生过相当广泛的影响的,在抒发革命豪情、激励人民斗志方面,的确起到一定的感染鼓舞作用。然而,我们也应该看到,其中有些诗篇和诗句,思想深度开掘不足,显得比较空泛。抽象的概念和口号,虽然作者力图赋予它们以形象的色彩,但依然有生硬、做作之感。有些诗篇在主题思想上受到当时形势和认识程度的制约,经不起历史的考验。

第二节 贺敬之的《桂林山水歌》

一、创作概述

贺敬之(1924—　　),山东峄县(今属枣庄市)人。早年参加抗日救亡活动,1940年到延安"鲁艺"学习,曾与丁毅等人合作共同创作了歌剧《白毛女》。贺敬之的诗歌创作开始于30年代。早期的作品有《并没有冬天》、《乡村的夜》、《朝阳花开》等诗集。新中国成立后他最先受到好评的诗是1956年初用信天游的形式创作的《回延安》。以后又陆续创作了《三门峡歌》、《放声歌唱》、《东风万里》、《十年颂歌》、《雷锋之歌》等,这些诗后来部分收在诗集《放歌集》中。粉碎"四人帮"之后,贺敬之又创作了抒情长诗《中国的十月》、《"八一"之歌》等。

贺敬之在新中国成立后的诗作大致可以分为两类:一类是抒情短诗,如《回延安》、《桂林山水歌》、《三门峡——梳妆台》等,这类短诗往往从现实生活的某种感受出发,感情真挚,构思精美,意境深远,韵律和谐;另一类是长篇政治抒情诗,如《放声歌唱》、《雷锋之歌》、《中国的十月》等,在这类诗歌中,诗人总是从时代生活中选择有重大意义的题材,因而政治倾向强烈,感情饱满,气势雄壮。

二、《桂林山水歌》

《桂林山水歌》创作于1959年7月至1961年8月,发表于《人民文学》1961年第10期,后收入作者诗集《放歌集》。

(一)思想内容

这是一首优美的山水诗,又是一首深情的祖国颂歌。全诗26节,每两句组成一小节,在并不算长的篇幅内,诗人移情于景,描绘了"甲天下"的桂林山水难以名状之美,抒发了诗人对祖国锦绣河山的无比热爱和为祖国"挥洒汗水"绘新容的思想感情。诗歌一开始,就以整齐的形式和凝练的语言,对"神姿仙态"、"如情似梦"的桂林山水作了描绘和赞美:"云中的神呵,雾中的仙,/神姿仙态桂林的山!/情一样深呵,梦一样美,如情似梦漓江的水!/水几重呵,山几重?/水绕山环桂林城……/是山城啊,是水城?/都在青山绿水中……"在这里,作者抓住桂林山水环绕的自然特征,将自己对祖国山川的热爱之情融入到普通的景物描写之中。在诗人的笔下,桂林山水的多彩多姿、如诗如画,无时无刻不唤起诗人对祖国河山的热爱之情和自豪之感:"对此江山人自豪,使我青春永不老","啊,桂林的山来漓江的水——祖国的笑容这样美",作者对祖国山川的热爱和赞美之情跃然纸上。

《桂林山水歌》还借桂林的丽山秀水抒发了豪迈的战士情怀。诗人毕竟是战士,是光明的歌者。因而在作品中,诗人立意的基点并不在于对桂林山水的陶醉,而是把战士的情怀寄托于山水之中,或者说是借山水抒发战士情怀。诗人以战士的胸怀去拥抱桂林山水,"桂林山水入胸襟,此情此景战士的心","红旗万梭织锦乡,/海北天南一望收!/塞外的风沙呵黄河的浪,/春光万里到故乡。/红旗下:少年英雄边地生——/望不尽:千姿百态'独秀峰'!"在这里,诗人把战士的情怀与"甲天下"的桂林山水以及祖国的天南地北联系起来,既唱出了祖国的新貌、时代的强音,也唱出了诗人自己的企盼。战士们来自各处边塞,征战年代只能梦见桂林山水,今天却身临其境了。诗人以真挚的诗句,通过桂林山水,抒发了战士的爱国情怀,显示了富有时代特色的激情和壮美。

(二)艺术特色

作为抒情短诗,《桂林山水歌》的风格既有着诗人个人独特的印记,又有着鲜明的时代色彩。作者以虚写实,移情于景,以景写情,景从情出,感情真挚强烈。古往今来,寄情于桂林山水的诗篇不胜枚举,但贺敬之却能够独辟蹊径,并没有对桂林山水的美景进行纯客观的再现,而是将其作为向感情和理想升华的载体,虚实结合,抒发情感。因而在全诗中,诗人并不去具体描绘桂林山水的秀美,而是用自己满怀深情的倾诉,从侧面表现"山水甲天下"的迷人风姿。所以诗人表面上是写水绕山环的桂林城,实际上抒发的是可感而又看不见的漓江般的深情。正是在这种创作主旨的引导下,漓江、老人山、伏波山、鸡笼山等奇异景物,都被诗人织入了自己笔下的"画中画",融入到作者心中的"歌中歌"。这种凝聚着作者深挚主观情感的客观形象,既便于意境的营造,又有助于诗人情感的抒发,从而使全诗景美情深,诗意盎然,获得了令人心醉的魅力。

在诗体上,《桂林山水歌》采用民歌"信天游"的形式,运用两行体以及比兴、蝉联、夸张等手法书写情怀,音韵节奏和谐,便于吟咏歌唱。诗歌语言细腻朴素,清新活泼,自然流畅,浓烈而婉转。诗人还刻意地运用了一些古典诗词的手法,如对偶、对仗、押韵等,诗体整齐,具有建筑美和音乐美。

第三节 郭小川的《祝酒歌》

一、生平与创作概述

郭小川(1919—1976),河北丰宁人。1943年参加八路军。抗战时期写过一些诗歌,1950年出版第一本诗集《平原老人》。他的成名作是50年代中期发表的《致青年公民》组诗(包括《投入火热的斗争》、《向困难进军》、《在社会主义高潮中》、《闪耀吧,青春的火光》等),这是郭小川新中国成立后献给诗坛的第一批热情昂扬的战歌,初步显示了他壮美的艺术风格。其后,他又创作了长篇叙事诗《白雪的赞歌》、《深深的山谷》以及《将军三部曲》等。60年代,他写了《厦门风姿》、《甘蔗林——青纱帐》、《林区三唱》、

第六章 十七年的诗歌

《祝酒歌》等作品,深邃的思想内容和出色的艺术表现标志着他的诗歌创作进入了成熟期,雄浑而壮丽的气势和激昂的调子形成了他独特的风格。"文革"中,他在遭受迫害的极端困难条件下仍写了《秋歌》、《团泊洼的秋天》、《丰收歌》等诗作。

郭小川的诗歌以叙事诗和政治抒情诗为主,其中叙事诗的内容主要有两类。一类是对革命过程中纯贞爱情的歌颂,另一类是将军的颂歌。写于1957年的《白雪的赞歌》和《深深的山谷》是叙事诗的代表作。《白雪的赞歌》围绕着女主人公的爱情经历,写了一段在烈火中备受考验的爱情故事。女主人公于植的丈夫因在战斗中负伤与部队失去了联系,据估计可能被俘。为争取抗战的胜利,于植克服了重重困难,既要照顾幼小的孩子,又要加倍地努力工作。但是有一次孩子患了重病,幸好遇到了一位认真负责、医术高明的医生,使孩子脱离了危险,同时也在于植和医生之间情不自禁地产生了爱的思念,但是他们用革命的理性控制住了个人的感情。最后,在医生的帮助下,于植终于找到了自己的丈夫。在这里,诗人要表达的是对他们尤其是于植雪一样的心灵和思想的赞颂。《深深的山谷》写的是大刘与丈夫之间,因缺乏共同的革命理想而最终导致的爱情悲剧。这首诗的主题很明显,它通过大刘与丈夫的决别,形象地说明没有共同理想的爱情是无法持久的。郭小川的这类诗歌充分发挥了叙事诗的特点,重点表现了人物复杂的思想感情,在矛盾冲突中刻画出生动丰满、有血有肉的人物形象。

郭小川另一部叙事诗代表作是创作于1959年,以革命指挥员为歌颂对象的《将军三部曲》。这部组诗以抗日战争和解放战争为背景,用《月下》、《雾中》和《风前》三个部分来描写一次战役的战前、战斗和战后,第一次在诗歌中塑造了我军高级指挥员——将军的艺术形象。这首长诗无论是在题材的开拓、主题的表达和人物的刻画等方面都取得了突出的艺术成就,在中国当代新诗史上也具有开拓性的意义。

在创作了大量有影响的叙事诗的同时，受时代精神感召，郭小川的创作重点主要集中在政治抒情诗上。郭小川的政治抒情诗也有两个方面的内容。一是对祖国和人民的歌颂，代表作有《厦门风姿》、《秋歌》、《西出阳关》、《夜进塔里木》、《大海浩歌》和《楠竹歌》等。在这些诗作中，诗人融情于景，借景抒情，表达了对祖国、对人民真挚深情的爱恋。如在《厦门风姿》中，诗人满怀深情地歌颂厦门，固然是因为厦门作为边防前线城市有独特的风貌，但主要原因还在于，厦门凝聚了祖国的豪气。二是新社会中革命的战歌，其中的优秀篇章有《甘蔗林——青纱帐》、《青纱帐——甘蔗林》、《秋日谈心》和《乡村大道》等。在《甘蔗林——青纱帐》中，作者把南方的甘蔗林和北方的青纱帐结合在一起，用来表现新的历史时期的建设工作和战争时期的革命斗争，由眼前的甘蔗林联想到在青纱帐中打游击的革命岁月，进而提出了在新的历史时期，那些经历过战争的革命者，会不会失去战争时代那种可贵的革命精神的严峻主题，成为新的历史条件下具有极大的鼓舞性和警示性的战歌。总之，郭小川的政治抒情诗具有昂扬的战斗激情和浓烈的时代气息，无论是直抒胸臆还是托物言志，洋溢在诗中的都是壮怀激烈的政治抱负与战斗的激情。

二、《祝酒歌》

（一）思想内容

诗作写于1962年，诗人紧紧抓住"瑞雪丰年祝捷的会"这个主题，将诗的哲理和抒情色彩通过一种巧妙的构思显现出来。"宴会"作为诗的核心，"豪情、美酒常相随"作贯串线，神与物游，把思想与景物结合起来，屋内与屋外结合起来。这样，屋内饮酒，屋外下雪，奇趣横生，不同凡响。既描写了小兴安岭林区奇妙的雪景，又写了"美在内"的林区工人的豪情壮志以及克服困难的革命精神。

第六章 十七年的诗歌

诗作首先从屋内饮酒开始:"酗酒作乐的是浪荡鬼,/醉酒哭天的是窝囊废;/饮酒赞前程者,/是咱社会主义新人这一辈。"在这里,诗人采取对比的手法,说明今天的饮酒意义之不同,因为这不是一般的酒,而是祝捷庆功的酒,是有价值有意义的酒。在美酒的陶醉下,诗人神采飞扬,意兴湍飞:"斟满酒,/高举杯!/一杯酒,开心扉;/豪情,/美酒,/自古常相随。"于是诗人又用了一连串的比喻揭示小兴安岭林区对祖国建设的重要性:"祖国是一座花园,/北方就是园中的腊梅;/小兴安岭是一朵花,/森林就是花中的蕊。"小兴安岭林区是宝中宝,千百条铁路需要它做枕木,千百间广厦需要它做门楣,党交给的任务,就是战旗,工人就是旗下的突击队。在这里,作者把伐木工人、祝捷的宴会、瑞雪丰年这三个实体作为立足点,同时它也是骄傲、自豪、赞美三种感情组成的交响曲。诗人以饱蘸深情的文笔,生动地体现了特定时代的伐木工人作为主人翁的豪情壮志和突击队员的骄傲。

(二)在诗体上的创新

郭小川是一位非常注重锤炼诗体的诗人,打开《郭小川诗选》就会发现,诗人各个历史时期的诗作,不仅内容上有很大差异,诗体形式也是千姿百态、各不相同的。《祝酒歌》采用的是新民歌体。这是诗人从民歌中吸取养料,创造的一种与"楼梯式"截然相反、与"自由体"也很不同的以短小句式为主的新的诗体。

作为一种新颖的艺术形式,新民歌体有鲜明的个性特征。第一,诗的整体造型整齐有序。《祝酒歌》全诗共27段,每段均是6行组成,疏密有致,整齐美观。第二,诗歌内在的韵律完美和谐。《祝酒歌》采用的是一韵到底的押韵方式,除个别地方用了较疏的韵外,其余都是密韵,这样大大增强了诗作的音乐性。第三,诗歌语言讲求对偶和排比。如"占三尺地位,放万丈光辉","喝三瓢雪水,放万朵花蕾","舒心的酒,千杯不醉;知心的话,万言不赘",既显示了诗歌的整齐美,又具有较强的节奏感。这些诗句不仅生动

· 69 ·

地表现了工人阶级的精神风貌,而且凸现了林海雪原的环境,真可谓诗情和意境全出,性格和理想俱现,深化了林区工人为建设祖国而克服困苦忘我劳动的主题。第四,诗歌经常采用比兴手法。比如诗歌的开头:"三伏天下雨哟,雷对雷;朱仙镇交战哟,锤对锤;今儿晚上哟,咱们杯对杯!"这里,用雨天的巨雷和交战的重锤,具体形象地烘托和渲染了林业工人举杯祝捷的豪情。当然,在《祝酒歌》中也有只用比不用兴的,如"雪片呀,恰似群群仙鹤天外归;松树林呀,犹如寿星老儿来赴会",这里,把雪片比做仙鹤,把松林比做寿星老,既有其形似的根据,又有着相似的动态和色泽,这些和比拟手法相结合的比喻,使全诗形象鲜明、气象雄伟,使得自然的雪景和屋内的豪情,通过拟人化的手法,有机地结合起来,互文见义,耐人寻味。第五,诗歌语言生动形象,个性鲜明。诗人经常提炼人民大众的口语入诗,使诗歌语言形象生动,鲜活有力。比如《祝酒歌》的开头:"酗酒作乐的是浪荡鬼,/醉酒哭天的是窝囊废",这里"浪荡鬼"、"窝囊废"都是劳动人民的口语。这些语言虽朴素无华,但感情色彩却很鲜明,极富有表现力。

第四节 闻捷的《吐鲁番情歌》

闻捷(1923—1971),原名赵文节,江苏丹徒县人。小学毕业后曾在一家煤厂当学徒,1940年去延安,在文工团工作。1944年开始写作,1945年到边区《群众日报》当编辑和记者。新中国成立后,先后在新华社新疆分社、兰州作协工作。1955年他相继在《人民文学》上发表了《吐鲁番情歌》等五组组诗,1956年结集出版,取名《天山牧歌》。此后创作一发不可收,先后出版了《东风吹动黄河浪》、《祖国,光辉的十月》、《河西走廊行》、《生活的赞歌》、《我们插遍红旗》和长篇叙事诗《复仇的火焰》等。闻捷的诗歌内容丰富,感情真挚强烈,生活气息浓厚,深受人们喜爱。

第六章 十七年的诗歌

一、《吐鲁番情歌》的内容

抒情诗是闻捷诗歌殿堂的支柱之一。发表于1955年《人民文学》的五组爱情诗组成的《吐鲁番情歌》,是他抒情诗的代表作。这组爱情诗有着浓厚的时代气息和新疆少数民族风格,这从诗歌中经常出现的意象和男女青年表达爱情的方式便可以看出来。

歌颂新疆各族青年美好纯真的爱情,是《吐鲁番情歌》的主要内容。爱情是人类生活中不可缺少的内容,歌唱美好的爱情本来是古今中外诗苑里最流行的主题,但闻捷的爱情诗却以闪耀着社会主义时代新生活、新思想的光辉而独具意境和魅力。诗人所歌颂的爱情是崭新的、有着崇高道德准则的、劳动人民的爱情。像《苹果树下》、《葡萄成熟了》、《种瓜姑娘》等诗篇,透过爱情描写了青年们美好的理想和他们愉快的劳动、欢乐的生活。在这些诗里,诗人把对爱情的歌颂与对新中国青年热爱劳动、热爱社会主义建设、追求美好理想的高尚情操的歌颂交织在一起,表现出青年人对祖国、对社会主义建设的由衷热爱和对于爱情选择的态度。苹果树从开花到结果,寓意着爱情从萌芽到成熟,劳动者收获的不仅仅是果实,还有甜蜜的爱情(《苹果树下》);能歌善舞的琴师和鼓手在追求爱情上的失败,则是因为他们没有像阿尔西一样到发电厂去参加社会主义建设(《舞会结束以后》);枣尔汉姑娘拒绝求爱者的理由是"要我嫁给你吗?你的衣襟上少着一颗奖章"(《种瓜姑娘》)。

诗人力图摈弃那种"爱情至上主义",把爱情建立在热爱祖国、热爱劳动、为建设社会主义而奋斗的共同思想基础上,这无疑是正确的;但从这些描写可以看出,诗人受当时文艺创作中公式化、概念化倾向的影响,不免把爱情那种微妙复杂的生活内容简单化了,从而把爱情诗的创作滑入了"奖章加爱情"的模式之中。

二、艺术特色

《吐鲁番情歌》构思巧妙，形象生动。诗人善于从少数民族的生活和艺术中吸取养料，借以创造优美的抒情风格。加之诗人十分热爱和熟悉新疆人民的生活，并从中吸取了丰富的营养，从而使诗作充满强烈的民族风味和鲜明的地方色彩。

闻捷善于抓住生活中一个闪光的片断或一个细小的情节，在精致完整、色彩鲜明的画面中（如葡萄园里、苹果树下、舞会之中等），表达出无限的情思。同时，诗人还经常把自然景物的美和人的心灵的美有机地结合起来，以前者衬托后者，和谐得体，情景交融。在优美深邃的意境中，把人们带进美妙的艺术境界中，去饱览少数民族的人情风俗，分享他们爱情和劳动的喜悦。

闻捷的诗还把笔触深入到人物隐秘的内心世界，善于揭示男女青年之间复杂微妙的恋爱心理，把青年人在爱情上的羞涩与渴求、欢乐与苦恼、仰慕与戏谑、思念与克制写得真实可感、饶有意趣。

在诗歌表现上，诗人采用了众多的艺术手法。如《舞会结束以后》的烘云托月手法，《夜莺飞去了》的象征暗示手法，《苹果树下》的首尾反复手法，等等。此外，闻捷的诗歌语言形象传神，比喻贴切生动，有时在一首诗里兼用几种表现手法，增强了诗作鲜明的形象性和强烈的抒情气氛。

第七章 十七年的散文

第一节 概 述

在十七年的诸种文学样式中,散文这种样式由于形式自由灵活,便于抒发情感而颇受作家的青睐。在50年代,散文是一个极具包容性的概念,它包括叙事散文、抒情散文、报告文学、杂文、游记、随笔、小品文等。

50年代初,纪实性的通讯、报告、特写在散文中占有重要地位。同时,叙事散文的初步繁荣也不容忽视。魏巍的《谁是最可爱的人》、巴金的《我们会见了彭德怀司令员》和《生活在英雄们中间》、刘白羽的《朝鲜在战火中前进》、老舍的《无名高地有了名》等,都是当时广为传颂的作品。另外,反映沸腾的现实生活的作品也取得了一定的成就,柳青的《王家斌》、秦兆阳的《王永淮》、沙汀的《卢家秀》等,描绘了在社会主义建设过程中涌现的新人新事新气象。

50年代中期,传记散文兴盛一时,吴运铎的《把一切献给党》、马烽的《刘胡兰小传》、高玉宝的《高玉宝》、黄钢的《革命母亲夏娘娘》、丁洪的《真正的战士——董存瑞》等,对弘扬时代的主旋律都起到了积极作用。但是,这些作品普遍缺少散文的优美意味。

60年代初期,在我国国民经济陷入巨大的困境的时候,一批具有强烈责任感的作家,试图通过对以往岁月的追忆,来激发人们的壮志豪情和作为社会主义一员的自豪感。抒情散文在这个时候盛极一时,1961年达到高潮。杨朔的《雪浪花》、《茶花赋》,秦牧的《花城》、《古战场春晓》,刘白羽的《长江三日》,方纪的《挥手之间》,峻青的《秋色赋》,冰心的《樱花赞》,吴伯箫的《记一辆纺车》等,都是当时涌现的优秀之作。佳作林立,争芳斗艳,是对那个时期散文创作的最佳描绘。有人把1961年称做"散文年",也有人认为这是散文在当代的一次复兴。但我们应该看到,上述作品大多是在时代共名的观照下抒发集体性的情感,而缺少对个体生命体验的抒发。

在60年代,报告文学在前几年通讯报告的基础上异军突起。《为了六十一个阶级弟兄》(《中国青年报》记者集体采写)、《向秀丽》(郁如)、《万炮震金门》(刘白羽)、《县委书记的好榜样——焦裕禄》(穆青)、《毛主席的好战士——雷锋》(陈广生、陈家骏)、《祁连山下》(徐迟)、《小丫扛大旗》(黄宗英)等一批有影响的作品济济一堂,成为当时散文大军中的一支劲旅。

杂文创作在60年代也有过短期的复苏。新中国成立后,杂文一直处于被忽略、排挤的地位。党对文艺政策的调整为杂文创作提供了一个转机。60年代初,《北京晚报》开辟了以"燕山夜话"为题的杂文专栏;《前线》杂志和《人民日报》先后开设"三家村札记"和"长短录"杂文专栏。邓拓、吴晗、廖沫沙等人被聘为专栏作家。这些作家继承了以鲁迅为代表的杂文创作的优秀传统,谈古论今,旁征博引,扬善贬恶。邓拓的《燕山夜话》、吴南星的《三家村札记》是这一时期杂文创作的代表作。1963年以后,随着极左思潮的不断蔓延,刚刚复苏的杂文又走向了沉寂。

十七年的散文创作虽然取得了一定的成就,涌现了一批优秀作品,但普遍存在着题材、风格单一,缺乏真情实感的弊病。杨朔、刘白羽、秦牧的创作分别构成了十七年散文写作的三种主要模式。

第二节 刘白羽的《长江三日》

刘白羽（1916—2005），北京人。1936年开始发表短篇小说。1938年到延安。1944年在重庆编辑《新华日报》副刊。1946～1949年作为新华社随军记者转战东北、中原、江南各战场，写有短篇小说《政治委员》，中篇小说《火光在前》和一些报告文学作品。50～60年代以写作散文著称，主要散文集有《火炬与太阳》、《早晨的太阳》、《红玛瑙集》等。他的散文充满时代气息，富于革命激情，笔酣墨饱纵情挥洒，形成了雄浑、奔放、壮美的艺术风格。

一、《长江三日》的思想内容

《长江三日》是一篇游记散文。通过记叙作者乘坐"江津"号轮船从重庆到武汉三日旅程的见闻和感受以及对气势雄伟的长江上游瑰丽景色的生动描写，尽情抒发了对祖国美好山河的挚爱深情，同时作者又赋予艰难旅程以象征意蕴，揭示了"战斗—航进—穿过黑夜走向黎明"的生活哲理。

这是一篇寓意深刻的散文。作者在记叙三日旅程时，调动多种艺术手段绘形绘色地描绘了长江上游，特别是三峡的雄奇秀美的景色，从而抒发了对祖国山河的热爱之情。但作者没有止于写景抒情，而是进一步从江轮航程的曲折艰险感悟到深刻的生活哲理，启迪人们去思考生活，感悟人生。作品似乎在启示人们：航船通过奇峭险峻的三峡，经受了风雪雷电、急流险滩的考验，终于到达江流平缓开阔、两岸灯光灿烂的目的地，人生不也应该是这样吗？

《长江三日》启示人们，人的一生应该不断地在奋斗中前进，以艰难的奋斗争取美好的明天，要永不停息地追求一次次的黎明。

二、《长江三日》的写作风格

《长江三日》是刘白羽写景抒情散文的代表作,集中体现了他的散文创作风格。

作者擅长描摹景物,特别是描绘那些色彩瑰丽、变幻多姿、富有动态美的景物。例如写航船通过瞿塘峡后所见到的瑰丽景色。作者采用映衬、渲染等艺术手法写景状物,描绘出一幅浓墨重彩的三峡风景画:

> 峡顶上一道蓝天,浮着几小片金色浮云,一注阳光像闪电样落在左边峭壁上。右面峰顶上一片白云像银片样发亮了……层峦叠嶂之上,迷蒙云雾之中,忽然出现一团红雾。……绛紫色的山峰衬托着这一团雾,真美极了,就像那深谷之中反射出红色宝石的闪光,令人仿佛进入了神话境界。这时,你朝江流上望去,也是色彩缤纷:两面巨崖,倒影如墨;中间曲曲折折,却像有一条闪光的道路,上面荡着细碎的波光;近处山峦,则碧绿如翡翠。

在描写三峡的绮丽风光时,作者运用了多种修辞手段。例如写巫峡的风光就使用了新奇、贴切的比喻和美妙的通感:

> 突然是深灰色石岩从高空直垂而下,浸入江心,令人想到一个巨大的惊叹号;突然是绿茸茸的草坂,像一支充满幽情的乐曲。特别好看的是悬崖上那一堆堆给秋霜染得红艳艳的野草,简直像是满山杜鹃了。

作者还援引美丽的神话传说、古人诗句、民间谣谚入文,以增强景物的诗情画意和神奇色彩。

通过象征、联想、隐喻等方法赋予作品以深刻的哲理意蕴,使诗情、画意与哲理实现完美统一,以此启示人们思考生活的意义,领悟人生的真谛,这是刘白羽散文的又一艺术特色。以轮船劈风斩浪、冲急流过险滩的航程暗喻人生的旅程和时代发展的进程,以武汉夜景象征新时代的灿烂前景,引起人们无限的遐想和深刻的思索。

由于受到当时社会风尚和时代思潮的影响,刘白羽的散文存在着明显的缺陷。他是追求时代感、站在时代潮头的作家,但由于对复杂的现实生活缺乏独立思考和深刻洞察,因而有时把紧跟形势变成了紧跟时髦,追随错误思潮写出一些虚浮不实粉饰生活的作品;作品中表达的激情显得空泛,底蕴不足;喜欢赋予作品以哲理意蕴,但往往牵强,生硬或直露;作品的所谓"政治色彩"往往给人说教之感。

第三节 杨朔的《雪浪花》

一、生平与创作概述

杨朔(1913—1968),原名杨毓晋,山东蓬莱人。1929年到哈尔滨一家英商洋行当办事员,边工作,边在一所英文学校学英语,并研习中国古典诗文。1937年到武汉,同年赴延安,不久离开延安,于1938年辗转到达广州。在广州写成中篇小说《帕米尔高原的流脉》。1939年参加全国文艺界抗敌协会组织的战地访问团,到达华北抗日根据地,随八路军转战于山西、河北一带。1942年回到延安,曾在中央党校学习。抗战胜利后,到宣化龙烟铁矿深入生活,写有中篇小说《红石山》。解放战争时期担任新华社特派记者随军转战。1950年参加中国人民志愿军赴朝鲜,写有长篇小说《三千里江山》。1956年以后从事对外文化联络工作。"文化大革命"期间遭受迫害,于1968年8月逝世。

杨朔是勤奋而有独特艺术追求的著名作家。他在30年的文学生涯中，创作成就是多方面的，有小说、通讯、散文、诗词等多种体裁的作品，但主要是以散文著称。散文集主要有《亚洲日出》、《海市》、《东风第一枝》、《生命泉》等。

　　杨朔散文的主要内容，一是描写祖国山水风光，借景抒怀，如《泰山极顶》、《香山红叶》等；二是通过新旧社会的对比歌颂新时代、新生活，如《海市》；三是抒写平凡人物的美好心灵，讴歌普通劳动者，如《茶花赋》、《雪浪花》、《荔枝蜜》等。

　　杨朔散文创作的旺盛期是20世纪50～60年代。受当时思潮影响，他的作品时代烙印较深。今天看，他的散文创作的局限性是比较明显的。首先是作品内容的虚浮夸饰。众所周知，50年代末至60年代初，正是我国由"大跃进"而导致连续几年的经济困难时期，全国人民都在经受着物质极端匮乏的困扰。而杨朔的一些散文却对当时人民的生活状况做了不切实际的描写。如《海市》就把偏远海岛写成奇妙的海市蜃楼境界，极力渲染岛上渔民"天堂"般的生活境况。这虽然表现了作者对新时代的虔诚信仰和歌颂之情，但这种歌颂毕竟显得虚浮空泛，有粉饰现实之嫌。

　　其次，散文结构的模式化。由于没有从文章的具体内容出发，而是脱离内容单纯追求结构的巧妙精致，刻意求工，因此有时反而失之雕琢，陷入雷同化。他的散文，看一篇两篇，觉得结构曲折精巧，看多了就会感到重复、雷同。杨朔散文的一般结构模式是：开篇设悬念，中间转弯子，卒章显其志，即所谓"转弯"艺术。这种结构模式，不仅使作品显露斧凿痕迹，而且造成内容的虚假或违背生活逻辑。

　　最后，把散文当做诗来写，当然不失为一种美学追求或探索，但过分强调"以诗为文"，刻意追求散文的诗意，也会使文章失之雕凿、虚饰。文章要做，又不宜太做，妙在做而不露痕迹，不失自然。而杨朔的散文往往失之"太做"。

二、《雪浪花》

（一）作品主题

《雪浪花》发表于《红旗》杂志1961年第20期，后收入散文集《东风第一枝》。这是一篇深情讴歌普通劳动者的散文。作品通过叙写一位勤劳热心、乐观开朗、自称"山野之人"的渔民"老泰山"今昔生活际遇的变化以及"勤勤恳恳塑造着人民的江山"的崇高精神境界，热情赞美了千千万万像"老泰山"一样的普通劳动者，表现了人民群众创造历史的深刻思想。

今昔对比，忆苦思甜，既是杨朔散文的重要思想内容，又是一个最常用的表现思想内容的手段。为了表现或证明现实的美好，尤其是普通人民群众在新社会里生活处境和社会地位的变化，他总是以昔日人们的苦难遭遇来对比，衬托今日的幸福欢乐。在《海市》等名篇中都交织着现实与过去的比较对照，《雪浪花》也是这样。文章在介绍"老泰山"年老不服老，热心于集体事业和助人为乐时，也插进了一段30年前他在北戴河遭受美国游客欺侮的自述。作者的用意显然在于以此控诉旧社会，表达天翻地覆今胜昔的题旨，同时又用以揭示"老泰山"美好性格的成因。

（二）艺术特色

工于创造意境和托物寄情，追求散文的诗意美，是杨朔散文最重要的艺术特色。杨朔一贯主张把散文当诗写。他在《〈海市〉小序》、《〈东风第一枝〉小跋》等文章中曾说，"好的散文就是一首诗"，"我在写每篇文章时，总是拿着当诗一样写"，"常常在寻求诗的意境"。托物言志、借景抒情和构造优美的意境本是中国古代诗歌、绘画和散文的传统，体现了中华民族艺术独特的美学追求。杨朔非常自觉地继承了这一传统，并力图使之在当代散文创作中光大出新。他散文的托物寄情常常在"情"字上谋取新意，寄寓的是新时代的崭新诗情。例如，借勤劳的蜜蜂寄托对祖国的辛勤建设者的赞美之情，借童子面茶花寄寓浓浓的爱国之情，等等。杨朔散文创作的意境也是充溢着时代精神的崭新意境。作者往往把创造意境作为塑造人物形象、揭示人物美好心灵的手段。如《雪浪花》篇首，在雪浪花冲激礁石的壮美背景下，在几个赤脚提裙的漂亮姑娘与浪花嬉戏的诗情浓郁的氛围中，一位老渔民矗立其中，"老渔民长得高大结实，留着一把花白胡子。瞧他那眉目神气，就像秋天的高空一样，又清朗，又深沉"。再如篇末：

> 西天上正铺着一片金光灿烂的晚霞，把老泰山的脸映得红彤彤的。老人……推起小车走了几步，又停下，弯腰从路边掐了枝野菊花，插到车上，才又推着车慢慢走了，一直走进火红的霞光里去。

充满诗情画意的美好意境与人物高大美好的形象叠印在一起，深沉含蓄地显示了人物美好的精神境界，耐人寻味，引人遐思。

精心布局谋篇，刻意追求散文结构的精巧，是杨朔散文最突出的艺术特点。他非常重视散文的结构技巧，力求行文起伏跌宕、曲折有致。《雪浪花》开篇就把大潮猛涨、海浪撞击礁石、卷起几丈高雪浪花的壮丽图景展现在读者面前。接着，由姑娘们在浪花中嬉戏，看到礁石遍体鳞伤所发生的疑问引出"老泰山"关于浪花"咬"礁石的奇论："别看浪花小，无数浪花集到一起，心齐，又有耐性，就是这样咬啊咬的，咬上几百年，几千年，几万年，哪怕是铁打的江山，也能叫它变个样儿。"这段奇谈妙论，点出了浪花所蕴涵的巨大力量，也为文章后部升华出主题思想埋下了伏笔，做好了铺垫。然后，集中笔墨描写这位老渔民。先用侧面描写，由另一渔民通过解说"老泰山"雅号的来历和含义展现他的性格。再由"我"与他的对话印证别人对他性格的解说、夸赞，并进一步充实他的性格特点。之后宕开一笔，通过"老泰山"自述旧社会在北戴河"赶脚"(赶着毛驴运送游客)受到美国人欺侮的往事,对比了新旧社会劳动者的不同地位和命运,同时暗示了"老泰山"今日美好精神境界的成因。最后,卒章显志,由"老泰山"在海边对姑娘们说的话,升华出劳动人民创造历史、塑造江山的主题思想。首尾呼应,一线穿珠。大海的浪花,江山的巨变,人物的美好心灵,作者如海潮般澎湃的激情都被纳入贯串全文的题旨之中,看似信笔挥洒,实则峰回路转,曲径通幽,全篇内容浑然一体。

第四节 秦牧的《社稷坛抒情》

秦牧(1919—1992)原名林觉夫,广东澄海县人,生于香港。三岁时随父母适居新加坡,在异国度过少年时代。1930年回国后在澄海、汕头、香港等地读中学。1938年到广东参加抗敌,宣传共和。抗战结束后在香港从事进步文化工作,1948年进入广东东江游击区。新中国成立后,曾任广东省文联副主席、中国作家协会广东分会副主席等职。著有散文集《花城》、《潮汐和船》、《长河浪花集》和文艺随笔《艺海拾贝》等。

一、《社稷坛抒情》的思想内容

《社稷坛抒情》是秦牧散文代表作之一。作者以饱满的激情和奇特的想像力,由社稷坛的五色土联想到土地的来历,由从古至今劳动人民在土地上的劳动、斗争和今昔命运的变迁,联想到古代思想家对着泥土的沉思和艰难探索,从而淋漓尽致地表达了作者对人类文明和民族历史的沉思与赞叹,尽情地抒发了作为历史悠久的中华民族子孙和新时代的中华儿女的自豪感。

社稷坛是北京九坛之一,位于中山公园,用五色土砌成(东面是青土,西面是白土,南面是红土,北面是黑土,中心是圆形的黄土),是古代帝王祭祀稷神(五谷)和社神(土地)的地方。作者一会儿伫立土坛之前,一会儿漫步土坛之上,让思想穿越时空,遥接万代,尽情漫游古代世界。他想到地球上土壤的生成,农民世世代代在土地上的生产劳动和流血斗争,想到古代思想家为探索大自然的奥秘而在星空下苦苦思索,似乎听到古代诗人屈原面对土地放歌长吟的悲壮声音。一个个纷至沓来的意象归结为一个中心:"多少万年的劳动经验和生活智慧积累起来,才会有今天的人类文明。"既赞美了历史悠久的人类文明,又赞美了人类文明的创造者。文章仿佛是各种意象漫不经心的组接,结构看似松散,行文似乎不着边际,但万象同宗,不离中心,比较典型地体现了散文形散神不散的艺术特点。

二、《社稷坛抒情》的艺术特色

题材广泛,知识丰富,旁征博引,涉古论今,将知识性、趣味性与抒情、议论熔于一炉是秦牧散文的独特风格,也是《社稷坛抒情》最突出的艺术特色。秦牧主张散文题材要多样化,"海阔天空"。他的三百多篇散文,取材领域极其广阔:或描绘日月星辰、山川土地;或状写花鸟虫鱼、珍禽异兽;或展示名胜古迹、风俗民情;或涉猎神话传说、轶闻趣事;或谈天说地、涉古论今……异彩纷呈,美不胜收。《社稷坛抒情》集中体现了这一特点。作者思接千载,浮想联翩,仿佛把读者引向了遥远的古代世界,去尽情地饱览人类创造的古代文明。文章视野开阔,知识含量高,因而能使读者长见闻、增智慧,思想受到启迪,感情得到陶冶。

重视散文的写作技巧,运笔灵活自由,表达方式多姿多彩,涉笔成趣、引人入胜,是秦牧散文在艺术表现方面的重要特点。他曾在《海阔天空的散文领域》一文中说:"一座大山上有小堆的乱石,时常无损于大山的壮观。但如果一个小园中有一堆乱石,就很容易破坏园林之美。同样的道理,短小的文章特别需要写得简洁和优美。"他善于描摹景物,创造意境,刻意追求情与景和意与境的交融；他长于叙述故事，尤其是演义史籍中的人物和事件，如《土地》中所述晋公子重耳出逃的故事；他有时引用一段古诗、民谣或谚语，有时使用新颖贴切的比喻。长于运用"思接千载，视通万里"的联想，是他散文的突出特色。奇特的联想使他散文涉古论今，境界开阔，丰富的内容接踵而至，令读者应接不暇。如《潮汐和船》，作者联想的思路上溯到远古时代，追述着从人类创造第一条独木舟到现代原子能破冰船的发展历程。《社稷坛抒情》也是这样，从地球形成后第一小层土壤的产生一直写到今日中国国土的空前统一。他"仿佛曾经上溯历史的河流，看见了古代的诗人、农民、思想家、老土，看他们的举动，听他们的声音，然后又穿过历史的隧洞，回到阳光灿烂的现实"。

秦牧散文带有明显的时代印记。他的散文作品主要创作于20世纪50~60年代。在当时那样一个过分强调文艺为政治服务的时代氛围中，他的散文也有一些紧跟形势、刻意追求服务于现实政治需要、惟恐不为主流思潮所容的篇章。例如《社稷坛抒情》通过社稷坛和五色土来追溯人类文明的历史，其中心意思是"多少万年的劳动经验和生活智慧积累起来，才会有今天的人类文明"，从而表现了伟大的人类文明是由历代劳动者和思想家（实指科学家）共同创造的这一历史唯物主义思想。这样的主题思想本来是相当深刻的，然而文章在归结出主题思想之后，却又继续生发开去，写了关于泥土的故事，关于国土的统一和作为中华民族子孙的自豪感等三大段与中心题旨缺乏必然联系的内容。这样写不仅有画蛇添足之嫌，使文章因涉猎材料过多而显得拖沓冗赘、结构松散，而且冲淡甚至掩盖了文章的中心思想，同时也造成了同一材料常常异文互见的雷同化，如本篇与《土地》。

第八章 十七年的戏剧

第一节 概 述

中国当代戏剧包括话剧、歌剧以及丰富多彩的各地方戏曲。十七年戏剧,继承了我国戏剧尤其是五四以来戏剧的现实主义传统,努力表现新的生活、新的时代精神,塑造崭新的艺术形象,为中国当代文学艺术繁荣作出了重要贡献。当然,在十七年戏剧的发展过程中,同样折射出极左政治的斑斑痕迹。

下面,我们分别从话剧、歌剧、戏曲这三种戏剧形式的发展来展现十七年戏剧的整体风貌。

一、话剧

话剧自辛亥革命前后由西方传入中国后,一直发挥着匕首投枪的作用。十七年话剧工作者们继承并发扬了中国话剧的这一传统,又赋予它崭新的内容。

一是主旋律话剧。新的生活,新的人物,成为新中国话剧工作者们共同的表现对象。无论是新崛起作家的《刘莲英》(崔德志)、《妇女代表》(孙芋)、《归来》(鲁彦周),还是资深作家的《龙须沟》(老舍)、《明朗的天》(曹禺)、《霓红灯下的哨兵》(沈西蒙)等作品,无不表现出关注现实、贴近生活的特点。

二是"探索性"话剧。50年代中期,在"双百"方针的激励下,出现了一批具有探索意义的话剧。代表作品有《同甘共苦》(岳野)、《布谷鸟又叫了》(杨履方)、《洞箫横吹》(海默)、《还乡记》（赵寻）等。这些剧作的探索意义表现在：突破了十七年文学只准"歌颂"，不准"暴露"的禁区，揭示生活中的矛盾和冲突，作家以敏锐的目光揭开隐藏在光明后面的阴暗角落；突破话剧中描写"人道主义"、"人性"的禁区，深入剖析人的复杂的心灵世界，塑造出一批真实可信的戏剧人物。具有探索意义的话剧的出现，标志着当代话剧创作第一次高潮的到来。但处在潮头的则是老舍的话剧《茶馆》，这部话剧以它独特的戏剧结构，精彩的语言艺术，对当代话剧产生了深远的影响。

三是历史题材的话剧。十七年话剧最绚丽的一道风景是由一批资深作家创作的历史题材的话剧。在50年代末期，随着极左思潮的进一步蔓延，背离现实主义创作原则的"假、大、空"式的作品盛行一时。面对这种情况，一批具有深厚艺术造诣的剧作家用曲折之笔，描绘历史，映照现实，从而出现了历史剧创作的热潮。郭沫若的《蔡文姬》及《武则天》、田汉的《关汉卿》及《文成公主》、曹禺执笔的《胆剑篇》、朱祖贻和李恍的《甲午海战》等，无论在当时，还是今天，都深受观众及研究者的推崇。这些剧作，有的重新评价历史人物，有的总结历史经验教训，创作动机各异，但它们有一个共同之处：那就是在非常时期，以隐晦、曲折的方式坚持现实主义的创作传统。

二、歌剧

十七年的歌剧继承和发扬了解放区新歌剧的传统，并顺应时代的要求，不断进行自身的建设与完善。这个时期的歌剧出现了两种形式：一种是小型歌剧，以于村的《王贵与李香香》、田川的《小二黑结婚》为代表。另一种是大型歌剧，以任萍的《草原之歌》、丁颜的《一个志愿军的未婚妻》为代表，这种大型歌剧与西洋歌剧比较接近。

1957年，中国剧协和中国音协召开歌剧讨论会，总结经验，探讨歌剧的未来，并指明了歌剧发展的方向。所以，在50~60年代，形成了歌剧创作的高潮。代表作有湖北省实验歌剧院集体创作的《洪湖赤卫队》、赵忠的《红珊瑚》、阎肃的《江姐》、广西壮族自治区歌舞团改编的《刘三姐》等。这批作品，无论在思想上，还是艺术性上都达到了一定的高度。

三、戏曲

新中国成立后，戏曲工作者们为适应新的形势，满足观众新的审美需求，对源远流长、有着深厚传统的几百个地方剧种进行了改革，从而使新中国的戏曲创作出现了崭新的局面。

对传统的剧目进行改编整理。越剧《梁山伯与祝英台》、京剧《秦香莲》、黄梅戏《天仙配》、豫剧《花木兰》、花鼓戏《刘海砍樵》等，都是这个时期戏曲改革者们推陈出新的典范之作，它们在戏曲舞台上一直熠熠生辉。同时，新编历史剧也成为戏曲创作中的重中之重。吴晗的《海瑞罢官》、田汉的《谢瑶环》、孟超的《李慧娘》等新编历史剧为促进戏剧的繁荣也作出了重要贡献。

以戏曲的形式来反映现实生活，是戏剧工作者所进行的戏曲现代化的有益尝试。评剧《刘巧儿》、《小女婿》，沪剧《罗汉钱》，吕剧《李二嫂改嫁》等，都是现代戏的优秀成果。60年代出现的京剧现代戏创作的高潮，再次显示了戏曲改革的巨大成效，《芦荡火种》、《红灯记》、《奇袭白虎团》、《草原英雄小姐妹》等，都是这个时期戏剧中的精品。

总之，十七年戏曲在"现代剧、传统剧、新编历史剧三者并举"的方针指引下，取得了巨大成就。

第二节 田汉的《关汉卿》

田汉（1898—1968），字寿昌，湖南长沙人。早年在长沙师范学校读书时就尝试剧本写作,在1914~1921年留学日本期间正式开始戏剧创作。1925年前后与欧阳予倩、洪深等人创办"南国社"、"南国艺术学院"。1930年加入"左联"。他是跨越旧中国和新中国两个历史时代的杰出剧作家。他在新中国成立前创作的主要戏剧作品有《获虎之夜》、《名优之死》、《丽人行》,电影文学剧本《风云儿女》(其主题歌《义勇军进行曲》由聂耳作曲,后被定为中华人民共和国国歌)等。

新中国成立后,田汉担任中国戏剧家协会主席、中国文联副主席等职。在繁忙的公务活动中坚持戏剧创作,主要作品有话剧《关汉卿》、《文成公主》,整理改编戏曲剧本《白蛇传》、《西厢记》、《谢瑶环》等。"文化大革命"中遭受迫害,于1968年12月10日病逝狱中。

一、《关汉卿》的思想内容

《关汉卿》是田汉在1958年为纪念世界文化名人关汉卿戏剧活动700周年而创作的11场话剧。剧作以元代杂剧作家关汉卿的戏剧杰作《窦娥冤》的创作和演出为中心线索,生动地展现了元代社会的黑暗以及元朝统治阶级与广大人民之间的尖锐矛盾,愤怒抨击了专横残暴、贪赃枉法的权贵和官吏,深情赞颂了以关汉卿为代表的进步艺术家战斗群体不畏强暴、不怕牺牲、为人民的利益而呼号斗争的崇高品格和献身精神。

作品生动展示了元代社会的黑暗。作品中描绘的元代社会是一个官吏贪赃枉法、滥杀无辜,广大人民备受欺凌宰割,"杀一个汉人还不如杀一匹驴"的社会。农家女儿朱小兰因官府夺去她家土地,流落京城做了陈二奶奶的儿媳。陈家亲戚李驴儿是一个心地歹毒的兵痞,为霸占小兰而将其丈夫害死,然后逼迫小兰与他成亲。小兰情愿一辈子伺候婆婆,对李驴儿的逼婚执意不从。李驴儿便在羊肚汤里投下砒霜,本想毒死小兰的婆婆,不料却被自己父亲偷吃毙命。李驴儿趁机以告官威逼小兰成婚，小兰宁肯见官也不屈从李驴儿。李驴儿以银两贿赂知府，将小兰判了斩刑。正当街口小酒店的刘大娘向关汉卿讲述朱小兰的冤案时，朝中权臣阿合马的第二十五子带着奴仆抢走了刘大娘的女儿二妞。

元代社会的黑暗不仅在于官吏贪赃枉法，制造冤狱，残害无辜的平民百姓，而且还在于统治阶级大力钳制舆论，制造文字狱，残酷迫害有正义感的进步知识分子和艺术家。那是一个"如箭穿着雁口，没个敢咳嗽"的黑暗暴虐的时代。剧作家关汉卿目睹无辜民女朱小兰被行刑队押赴刑场的惨景，出于极度义愤创作了感天动地的悲剧《窦娥冤》，并在著名演员朱帘秀等友人的大力支持下得以成功演出。然而，由于没有按照当朝权臣阿合马的旨意修改再演，而被诬以"妄撰词曲，犯上恶言"的罪名。关汉卿和朱帘秀锒铛入狱，演员赛帘秀被挖掉双眼。

剧作在深刻暴露元代社会暗无天日的同时，深情讴歌了以关汉卿为代表的艺术家群体为民伸冤请命的战斗精神。关汉卿不顾元朝统治者钳口术的淫威，以笔代刀，写出指斥赃官污吏、替贫民百姓伸冤出气的剧本《窦娥冤》。演出后，刺痛了当朝权贵阿合马，他以"不改不演，要你们的脑袋"相威胁，强令关汉卿修改剧本。关汉卿毫不畏惧，针锋相对地回答："宁可不演，断然不改。"在朱帘秀坚持按原本演出《窦娥冤》激怒阿合马、招来杀身之祸时，他挺身而出保护朱帘秀，结果一同被关进牢房。在狱中，他不受威逼利诱，宁死不屈，表现出坚贞不渝的节操。

行院歌妓朱帘秀是关汉卿志同道合的密友，是他编演《窦娥冤》的积极支持者和合作者。听到朱小兰的冤情，她同样气愤不平。当关汉卿对朱小兰冤案义愤填膺，欲拔刀相助又苦于自己只有一支破笔无刀可拔时，她热情鼓励说："笔不就是你的刀吗？杂剧不就是你的刀吗？你在剧本里骂过杨衙内、骂过葛彪、骂过鲁斋郎……干嘛不把李驴儿、忽辛这些人的鬼脸给勾出来，替屈死的女子们伸冤呢?"在她的支持鼓励下,关汉卿决定编写杂剧《窦娥冤》,但又顾虑戏写出来没有人敢演,她当即坚定地表示:"你敢写,我就敢演!"在第一次演出激怒阿合马后,面对"不改不演,要你们的脑袋"的威胁,她把生死置之度外,坚持按原本演出,并劝说关汉卿连夜离开京城,由自己独自承担一切后果,终于锒铛入狱。在狱中,她受尽酷刑而坚贞不屈,为坚持真理、伸张正义"虽九死其犹未悔"。在与关汉卿狱中诀别时,她吟唱着关汉卿狱中所作《双飞蝶》,倾吐了与关汉卿生死相伴、忠贞不移的衷情,表现出视死如归的坚定信念。

朱帘秀的弟子赛帘秀原是京西农家女儿,被卖到行院做歌妓。她极富正义感,痛恨赃官酷吏,在演出《窦娥冤》时即兴增加"何日苍天开眼,要将酷吏剥皮"的台词,抒发愤怒和不平。阿合马下令挖去她的双眼,她威武不屈,与之进行了针锋相对的斗争:

  阿合马 赛帘秀,你还想报仇吗?
  赛帘秀 小女子还能报什么仇哇?只求——只求老大人把我挖下的眼珠挂在大都的城墙上吧。
  阿合马 挂在城墙上干什么呢?
  赛帘秀 (无比愤怒地)挂在那里看老大人您的下场!

身为益都千户的军人王著是在《窦娥冤》的演出中深受感动和教育的热情观众,也是站在关汉卿一边、与权臣污吏英勇斗争的英雄。观看《窦娥冤》时,他在台下高呼"与万民除害"的口号,并到后台会见关汉卿和朱帘秀,高度称赞他们的创作和演出。嗣后,他把"与万民除害"的口号变成实际行动,联络僧人高和尚刺杀了阿合马及其走狗郝祯。他在英勇就义时高呼:"我王著与万民除害,我现在死了,将来一定有人把我的事写上一笔的。"他的殊死斗争精神极大地鼓舞了关汉卿等人的斗志。朱帘秀在狱中与关汉卿诀别时表示："我们也站在王著这一边，跟坏人一直斗到死。"她与关汉卿相约，自己在倒下去之前也要像王著那样高喊"与万民除害"。

二、《关汉卿》的艺术特色

《关汉卿》作为历史剧，是在史料极其有限的条件下，作者充分调动自己的生活艺术积累，凭借高超的艺术想像力创造成功的，是一部显示出独特艺术精神和艺术风格的杰出剧作。

历史上的关汉卿虽然是著名的元杂剧作家，但有关他的史料却极少见。他一生创作六十多部杂剧，流传下来的只有十多部。他的生平事迹、创作思想等情况不见于封建时代的"正史"，只在钟嗣成的《录鬼簿》等民间野史中略有记载。而且历来对关汉卿及其作品的评价又多褒贬不当之辞。田汉不为具体史料所囿，而是根据自己对《元史》、《元典章》等史籍的深入研究，对元代社会的政治、经济、文化状况和社会矛盾作出历史唯物主义的正确分析，从而确定人物活动的时代背景和典型环境。又通过对关汉卿现存杂剧、散曲等作品的深入研究，准确把握这位杂剧作家的思想、品格特征，从而确定关汉卿形象的总体基调，即一位以杂剧为武器，不惜牺牲自己的一切，为人民的利益而呼号、战斗的杰出戏剧家和战士形象。在如此坚实的历史唯物主义研究的基础上，田汉调动自己作为戏剧家的生活、艺术积累，充分发挥艺术想像力，在戏剧冲突、情节结构、人物关系设计以及场面、细节等方面进行艺术虚构，从而实现了历史真实与艺术真实的统一，塑造出关汉卿等一系列生动、真实的艺术形象。

历史剧《关汉卿》是当代文学史中杰出的戏剧文学作品之一，是在田汉丰富的生活阅历、长期思想酝酿的艺术积累的深厚土壤上绽开的一朵艺术奇葩。它集中体现了田汉戏剧创作的独特风格。在深入研究历史资料、正确把握历史真实的基础上实现历史真实与艺术真实的统一,在严格地从历史真实出发描写古代生活的前提下,把作者的理想寄寓其中,并使作品充溢着浓郁的诗情和浪漫传奇色彩,这就是《关汉卿》所代表的田汉戏剧创作的总体风格。田汉善于设置复杂曲折的情节和富有传奇性的戏剧冲突,用以表现人物的性格、命运,用充满激情的诗歌为人物抒情述怀,表达他们的崇高理想和高尚情操。因此,作品在生动真实的生活描写中浸透着浓郁的诗意,饱含着战斗的激情和乐观的精神,具有强烈的艺术感染力量。

《关汉卿》的艺术特色可归纳为如下三点。

一是运用"戏中戏"的结构方式,在紧张激烈的戏剧冲突中展示人物性格。作者将元杂剧《窦娥冤》的创作和演出过程作为《关汉卿》的结构框架和情节发展线索,使戏中有戏,并循着《窦娥冤》这出戏写不写、演不演、改不改,以及陷狱后降不降这条情节主线设置尖锐的戏剧冲突,让主人公关汉卿在紧张激烈、波澜起伏的矛盾斗争中,在生死考验面前层层深入地展示其"蒸不烂、煮不熟、锤不扁、炒不爆"的坚贞不移的"铜豌豆"性格。

二是运用衬托、对比等艺术手法突出人物性格。首先是通过描写关汉卿与阿合马的殊死搏斗,以阿合马的暴虐凶残反衬出关汉卿的临危不惧、威武不屈的性格。其次是在关汉卿和朱帘秀同恶势力的并肩战斗中使他们的宝贵品格和崇高精神互相辉映、相得益彰。关汉卿顾虑《窦娥冤》写出后没人敢演,朱帘秀坚定地表示:"你敢写,我就敢演!"在不改戏就要掉脑袋的生死抉择面前,他们都宁肯以身赴死也不屈从阿合马的淫威,终于双双锒铛入狱。在刑期临近之时,他们相期"将碧血,写忠烈,作厉鬼,除逆贼",死后蝶双飞。关汉卿"玉可碎而不可改其白,竹可焚而不可毁其节"的高风亮节与朱帘秀"虽九死其犹未悔"的坚贞意志相映生辉。此外,作品还将无耻文人叶和甫的卑俗、趋炎附势与关汉卿的高洁、浩然正气相对比,突出了关汉卿的坚贞气节。

三是创造抒情氛围，烘托人物性格。作者以诗歌、词曲入剧，使诗情与剧情融为一体，从而产生浓烈的抒情氛围，有力地烘托了人物性格。例如一曲《双飞蝶》淋漓尽致地抒发了主人公胸中的愤懑和宁死不易其志的战斗豪情，不仅渲染了悲壮气氛，而且升华了主人公性格。

第九章 老舍的《茶馆》

第一节 老舍在新中国成立后的戏剧创作

老舍（1899—1966）在中华人民共和国成立后，曾任中国文联和作家协会副主席、北京市文联主席等职。1951年因创作话剧《龙须沟》被北京市政府授予"人民艺术家"光荣称号。在"文化大革命"中受迫害，1966年8月投湖自尽。

一、老舍在新中国成立后的戏剧创作

老舍是跨越新旧两个社会、现代和当代两个文学时代的文坛巨人。他的文学创作成就是多方面的。新中国成立之前，以小说创作为主，抗日时期也写剧本和曲艺作品，新中国成立后则以主要精力创作戏剧文学。老舍本擅长小说创作，出于为人民而写作的强烈愿望，新中国成立后转而致力于戏剧创作。他曾说，从劳动人民现有的文化水平来讲，阅读小说还有困难，可是"剧本排演出来，就连不识字的人也能看明白；所以我要写剧本"。从1950年至1965年，他总共创作二十多个剧本，主要有话剧《方珍珠》、《龙须沟》、《春华秋实》、《青年突击队》、《西望长安》、《茶馆》、《红大院》、《女店员》、《全家福》、《宝船》、《神拳》，曲剧《柳树井》，京剧《青霞丹雪》、《十五贯》（由昆曲改编），歌剧《大家评理》、《青蛙骑手》等。

老舍在新中国成立后创作的第一个剧本是五幕话剧《方珍珠》。剧本写鼓书艺人方珍珠在旧社会被人当做赚钱的工具和"玩物"，而在新社会则获得翻身解放，成了受人尊敬的"艺术家"，从而歌颂了新社会。

1951年问世的《龙须沟》是老舍在新中国成立初期的代表作。龙须沟是北京天桥附近一条臭水沟，旧社会长期不予治理，给附近的贫苦人民造成极大危害。1950年夏初，北京市政府在财政十分困难的情况下拨款修沟铺路，彻底改变了它的面貌。老舍有感于"这是一人民政府，所以真给人民服务"，欣然命笔，创作了这出话剧。作品通过龙须沟旁一个小杂院四户人家今昔不同的遭遇，生动地展现了龙须沟的变迁给人们的生存状况和精神世界带来的巨大变化，尽情地歌颂了人民政府对人民的关怀与人民对政府的信赖，谱写了一曲新社会、新时代的颂歌。

《龙须沟》的创作成功，靠的是作者长于塑造人物形象的艺术功力。这部作品没有设置曲折跌宕的情节和紧张激烈的戏剧冲突，描述的只是生活角落里的极为普通的人和事，然而作者却能通过表现这些普普通通的小人物的喜怒哀乐，反映出社会的面貌和时代的变迁，其奥妙就在于作者刻画的人物形象是活动在典型环境中的既有鲜明独特的个性又有丰富的社会性内涵的血肉丰满的艺术形象。剧中的程疯子就是这样的形象。他本是一个很有艺术功底的曲艺艺人，由于社会黑暗，他被迫失业，流落在龙须沟边的贫民窟。他正直、善良而又懦弱，不甘屈辱却又无力反抗，不忍心依赖妻子摆香烟摊维持生活却又无计可施，渴望"有一天，沟不臭，水又清，国泰民安享太平"，而残酷的现实却把他对美好生活的憧憬击得粉碎。他内心深处的矛盾、痛苦通过曲折的形式表现出来，就形成了疯癫的性格。这种独特的性格蕴藏着极其丰富的内涵：黑暗社会带给他的不幸和不平，他对恶势力的仇恨，对弱小者的同情，对美好生活的渴求……由于人物性格反映了丰富的社会内容，因而通过人物性格的发展变化又可以表现社会的变革和时代的变迁。北京解放后，程疯子翻身的喜悦消除了心中的愤懑，他表演新编的数来宝，尽情地歌颂新社会、新生活。这不仅表明他在精神上获得了新生,也说明社会生活发生了翻天覆地的变化。作品就是这样由龙须沟的变化写出人的生活、命运和精神面貌的变化,进而反映出社会的变革和进步。

《春华秋实》是描写"五反"运动中北京一家私营工厂的工人与资本家斗争的作品。作者写出了资本家丁翼平偷工减料、贿赂干部、弄虚作假等不法行为,也描述了他在这场运动中的思想转化过程,表现了资产阶级企业家在社会主义时期的复杂性格,宣传了共产党改造私营工商业者的政策。这是老舍写得最吃力的一个剧本,十易其稿才交剧院排演。因为他力图以自己的创作为现实政治斗争服务,但却对政治斗争的参加者工人与资本家都不够熟悉,对政治运动的性质和共产党的方针政策也缺乏认识和理解,因此在人物描写中,特别是对资本家思想转化的描写,往往以概念化的说理代替形象描绘。

《西望长安》是根据当时一个真实的案件创作的讽刺剧。作品塑造了一个自称"战斗英雄"招摇撞骗的大骗子形象,并对他进行了无情的嘲讽和批判,同时也讽刺了受骗而不知骗的官僚主义者。

二、对老舍在新中国成立后剧作的评价

老舍是一位从旧社会走来,满怀高度的政治热情,努力紧跟新社会政治形势发展变化的作家。他自觉追踪现实生活前进的步伐,让自己的作品及时迅速地反映社会生活的变化,因此,新中国成立以来的重大政治运动和社会变革,几乎都在他的作品中有所反映。这是他新中国成立后剧作的一个突出特点。但是,他毕竟是跨越新旧两个时代的作家,对急剧变化中的新的现实生活的深刻正确的反映还需要有一个过程。如果为了跟形势、赶任务而急于写作,没有把政治热情建立在对生活和人物的充分理解和准确把握的基础上,就不可能做到对生活的正确观照和艺术反映。在这方面,老舍的创作是有教训的。对此,他曾这样反思过:"首先是对劳动人民的生活知道的不多,认识的不深,而又急于写作","我的毛病即在以写作热情代替了生活经验的积累,写的多,可都不结实"。《青年突击队》以及在1958年"大跃进"高潮中赶写的《红大院》等作品就是这样。受当时大肆泛滥的极左思潮的影响,《红大院》也跟着宣扬"共产风"、"浮夸风",人物形象也染上了简单化、概念化的流行病。后来,老舍曾在1961年发表的《题材与生活》一文中这样总结自己创作的经验教训:"我过去写新题材没有写好,这与生活有关。我从题材本身考虑是否政治性强,而没想到自己对题材的适应程度,因此当自己的生活准备不够,而又想写这个题材的时候,就只好东拼西凑,深受题材与生活不一致之苦。题材如与自己生活经验一致,就能写成好作品;题材与生活经验不一致,就写不好。"这篇饱含着老舍创作的艰辛与苦衷的经验之谈,非常有助于后人正确理解和评价他在新中国成立后的戏剧创作。

同一时期创作的另外两部喜剧《女店员》和《全家福》,虽然也受到极左思潮的影响,但由于塑造了性格较为丰满的人物形象,因而在一定程度上真实地反映了现实生活,具有较强的艺术概括力量。《女店员》通过对三个女青年冲破传统观念的束缚、争当国营商店售货员的描写,反映了新中国青年妇女争取自身解放的斗争,鞭挞了老一代妇女的传统偏见,歌颂了新人物、新思想。《全家福》则通过描述运输工人王仁利旧社会妻离子散、新社会全家团圆的悲欢离合的故事,表现了歌颂新社会的主题。

与单纯凭政治热情跟形势、赶任务的创作相反,老舍于1957年发表的《茶馆》由于从自己熟悉的生活出发,既充分调动熟谙于心的丰富的生活积累,又坚持发扬自己独特的艺术个性,因而取得了前所未有的成功,成为在他新中国成立后众多剧作中出类拔萃、在国内外广有影响的艺术经典,是继《龙须沟》之后又一代表老舍辉煌艺术成就的杰出剧作。

老舍是饱经旧社会忧患和苦难,对新中国、新社会最虔诚、最热爱,因而最勤奋、多产的老一辈艺术家,不愧为"文艺队伍里的一个劳动模范"。面对社会制度和社会生活的剧变,他没有观望、犹豫,而是满腔热情地以自己的创作控诉旧社会,歌颂新生活,表达自己的鲜明爱憎。他曾说:"我热爱北京,看见北京人与北京城在解放后的进步与发展,我不能不狂喜,不能不歌颂。"他戏称自己是"歌德派"。他在艺术创作的道路上辛勤探索、一往无前,把毕生精力,直至整个生命都奉献给了社会主义文学事业。他的成功和挫折、经验和教训都是发人深省、值得珍视的。仅从这一点来看,他也是不朽的。

第二节 《茶馆》的内容和人物

一、内容分析

三幕话剧《茶馆》以旧北京裕泰大茶馆作为观照社会生活变迁的窗口,通过集中展现旧中国近代以来三个最黑暗时代种种腐朽、荒唐、令人啼笑皆非的社会世相,血泪斑斑的生活图景与形形色色人物的命运、遭际,艺术地概括了19世纪末至20世纪中期近五十年间中国社会的风云变幻,从而形象地否定和埋葬了三个可诅咒的时代,含蓄地暗示出"只有社会主义才能救中国"的生活真理。

作者选取茶馆作为展示社会生活的窗口和人物活动的场景,是独具匠心的。茶馆是社会上各种人物聚集的场所,联系着社会的方方面面。不同身份的茶客来这里品茶、下棋、会友、谈判交易、解决纠纷……正如老舍所说:"茶馆是三教九流会面之处,可以多容纳各色人物。一个大茶馆就是一个小社会。"① 作者正是利用茶馆这座社会的舞台,驱遣各色人物表演着人生的话剧,从这个"小社

---

① 老舍:《答复有关〈茶馆〉的几个问题》,载《剧本》1958年第5期。

会"展示的人生世相,透露出大社会沉浮、变迁的信息。

　　作者透过裕泰茶馆这个社会窗口展现的是近代中国三个最黑暗时代的社会世相和人生图景。这三个时代是:清朝末年维新变法失败后封建顽固派张狂一时的时代,民国初年帝国主义操纵各派军阀割据、混战的时代和抗日战争胜利后国民党统治的时代。这是半封建半殖民地的中国社会日趋腐败没落的时代,作者选取的是这个病态社会种种令人啼笑皆非的现象。例如,戊戌变法失败后,得意忘形的老太监也娶了妻;人贩子倒卖妇女,用十块钱就买了一个贫苦农家的大姑娘;豪宅大户因为一只鸽子竟然不惜重金聚众斗殴;两个逃兵合计一个老婆;吸鸦片的烟鬼改抽"白面儿",竟恬不知耻地称自己"福气"大;国民党政要办起统管妓女、舞女的"花花公司",社会渣滓当上"花花公司"总经理……诸如此类荒唐可笑的丑恶现象反映了旧时代的恶贯满盈和不可救药,昭示了它的末日的到来,从而表达了"葬送三个时代"的主题。

　　作者还通过茶馆这个社会窗口展示了形形色色人物的命运浮沉。例如,维新变法的谭嗣同被杀头;企图"实业救国"、雄心勃勃的民族资本家秦仲义彻底破产;惨淡经营、不断"改良"茶馆经营方式的王利发走投无路,悬梁自尽;正直刚强的旗人常四爷想当个自食其力的劳动者而不能,只好拾别人送葬抛撒的纸钱自己祭奠自己;只有贫农女儿康顺子的养子康大力参加西山游击队,才找到了救中国的正确道路。剧本通过这些人物的不同遭遇和命运形象地表明:维新救国、实业救国、个人奋斗等等道路统统行不通,只有彻底埋葬黑暗的旧社会,中国人民才有出路,只有社会主义才能救中国。

二、人物分析

　　《茶馆》的深刻主题是通过塑造众多个性鲜明的人物形象来表现的。作品中有姓有名的人物将近50人,出场人物70多人。其中

第九章 老舍的《茶馆》

包括裕泰茶馆掌柜王利发、办实业的资本家秦仲义、吃皇粮的旗人常四爷、清宫总管庞太监、算命相面的唐铁嘴、人贩子刘麻子、被人贩子倒卖的农家姑娘康顺子、信洋教的马五爷,以及大兵、警察、特务、打手等等。为了通过人物的命运浮沉反映时代变迁,从而更好地表现主题,作品设置人物的办法是:主要人物自壮到老,贯串全剧;次要人物父子相承;无关紧要的人物一律招之即来,挥之即去。

裕泰茶馆掌柜王利发是一个精明、圆滑而又善良、本分的小商人形象。从青年时代起,就按祖上的遗训,见谁都请安、鞠躬、作揖,作了一辈子"顺民"。他谨小慎微,委曲求全,善于应酬局面,说话处事往往多方讨好,左右逢源,惟恐得罪任何一方。例如,一个穷困无着的女人领着头上插着草标儿(表示出卖)连声喊饿的女孩进了茶馆,房东秦仲义命王利发把她们"轰出去",而耿直的常四爷则要伙计端两碗烂肉面给她们吃,面对这样矛盾、尴尬的场面,他处理得八面玲珑:

> 常四爷,你是积德行好,赏给她们面吃!可是我告诉您:这路事儿太多了,太多了!谁也管不了!(对秦仲义)二爷,您看我说的对不对?

这几句看似简单、平常、顺口而出的话既夸赞了常四爷的善行,并表明自己也有可怜穷人的心意,只是无奈,同时又替自己的房东争了理,照顾了他的颜面,讨得他的好感。这番左右逢源、滴水不漏的话语,充分显示了他的圆滑、世故。在茶馆的生意每况愈下难以维持时,他费尽心机、惨淡经营,不断追随时尚"改良"茶馆的经营方式:卖茶不行开公寓,公寓没了添评书,评书不叫座又想添女招待。但是,尽管他在动荡的逆境中奋力挣扎,最终还是被逼上了绝路。绝望中他向旧社会发出含泪的控诉:

> 人总得活着吧？我变尽了方法，不过是为活下去！是呀，该贿赂的，我就递包袱。我可没作过缺德的事，伤天害理的事，为什么就不叫我活着呢？我得罪了谁？谁？皇上，娘娘那些狗男女都活得有滋有味的，单不许我吃窝窝头，谁出的主意？

王利发的悲剧命运是对不合理的黑暗世道的有力否定，同时也表明，在旧中国，个人奋斗的路是行不通的。

裕泰茶馆的房东秦仲义是一个幻想"实业救国"、立志维新的民族资本家形象。他年轻时血气方刚、踌躇满志，一心做着在中国发展民族工业的美梦。他满面春风、雄心勃勃，敢于同封建顽固派的庞太监唇枪舌剑、针锋相对，对常四爷买两碗烂肉面救济穷人不以为然。他的崇高理想是卖掉乡下的土地和城里的买卖，集资开办"顶大顶大的工厂"。他认为，只有办大工厂，"那才救得了穷人，那才能抵制外货，那才能救国"，"只有那么办，国家才能富强"。他有财力，有抱负，有气魄，善于经营管理，对"实业救国"充满信心。然而，他惨淡经营几十年，却落得彻底破产的结局。抗日战争胜利后，他的财产被国民党当局作为"逆产"没收了，一生的心血付之东流。他愤激地自我解嘲说："应当劝告大家，有钱哪，就该吃喝嫖赌，胡作非为，可千万别干好事！告诉他们哪，秦某人七十多岁了才明白这点大道理！他是天生来的笨蛋！"他的悲剧命运在半封建半殖民地的旧中国是有典型意义的。这是身受帝国主义和封建主义双重压迫的中国民族资产阶级的共同命运。他的救国理想的破灭表明：在旧中国，维新救国，实业救国，都不能真正救中国。

常四爷是一个刚正、耿直、富于爱国心的"旗人"贫民形象。他本是享有"吃皇粮"特权的满族"旗人"，就因为在茶馆里看见穷苦乡妇卖女儿,他给她们母女买了两碗面后,愤激地说了一句"大清国要完",因而坐了一年牢,丢掉了"铁杆庄稼"(吃皇粮特权)。出狱后,曾参加义和团反帝斗争,与洋人打仗。之后,靠种地、卖菜谋生,成为自食其力的劳动者。他性格耿直、倔强,"一辈子不服软",敢作敢为。他有强烈的民族自豪感和爱国心,看不起信洋教、吃洋饭的人。看到刘麻子掏出英国造的鼻烟壶,他连声叹息:"唉!连鼻烟也得从外洋来!这得往外流多少银子啊!"他"只盼国家像个样儿",却事与愿违,不仅国家日益黑暗腐败,连自己的生活也朝夕不保,一辈子一事无成,只落得与王利发、秦仲义一起用拾来的纸钱祭奠自己的结局。最后,他无限悲愤地说:"我爱咱们的国呀,可是谁爱我呢?"常四爷的悲剧,是正义的悲剧,是爱国者的悲剧,它表明黑暗的旧中国本无公理、正义可言,只有被彻底埋葬。

第三节 《茶馆》独特的戏剧艺术风格

《茶馆》是具有独特艺术风格的戏剧文学作品,是老舍极富个性特征的艺术创造力发挥得最充分的一个剧本。其独特的戏剧艺术风格主要体现在如下几个方面。

第一,《茶馆》囊括了近代中国社会丰富深邃的社会历史内容,显示出高超的艺术概括力。

《茶馆》展现的是旧中国19世纪末至20世纪中叶近五十年的风云变幻图景,时间跨度大,人物众多,生活画面多姿多彩。近代中国五十年的弊政、陋俗、众生相、群丑图应有尽有。作品不仅描述了三个最黑暗历史时期政治的腐败、各阶层人物的命运浮沉和屈辱辛酸,而且还展示了正义、进步的力量如地火奔突,旧时代终将被埋葬的光明前景,从而表现了彻底批判旧世界、否定旧时代的主题。作品思想内容的深邃和发人深省在于,它所否定的不仅仅是旧中国的政治制度,而且是伴随这个旧制度的一切积弊、积习和腐败落后现象,它要埋葬的是整个旧时代。仅用三幕剧,将如此丰富、深邃的思想内容尽收在一座小小的茶馆中来展示,充分显示了作者艺术功力的深厚。

第二,《茶馆》的结构方式独特、巧妙。

《茶馆》的结构方式独特、巧妙,既突破了西方传统戏剧的"三一律"的束缚,又不同于中国古代戏曲"一人一事,一线到底"的戏剧规范。

为了以有限的舞台空间和时间容纳广博的生活内容,剧本设计了一种淡化情节、突出人物,以众多的人物活动片断连缀而成社会生活画卷的总体结构。这就是所谓"人像展览式"结构。这是一种通过展览众生相、风俗图来显示社会风貌和时代变迁的别出心裁的结构方式。剧中众多人物,有的贯串全剧,有的父子相承,有的虽然招之即来,挥之即去,却也都带着各自的人生片断或生活剪影跻身于社会生活的舞台上,展示着社会生活的风貌和本质,传递出时代变迁的信息。由于这种戏剧结构不设置贯串全剧的事件和戏剧冲突,情节主线被淡化,因而便于表现众多人物的活动,展现丰富多彩的生活图景,从而极大地扩充了生活容量。

第三,《茶馆》具有老舍一贯的幽默诙谐的风格。

老舍作品一向以幽默诙谐著称。《茶馆》以喜剧的形式表现悲剧的内容,把悲剧与喜剧有机地融合起来,让人们带着辛酸含泪的笑向旧时代告别。

《茶馆》运用喜剧手法,把人世间那些无价值的东西撕破给人看,使人发出憎恶鄙弃的笑声,从而收到对黑暗的旧社会无情讽刺的强烈艺术效果。例如:封建顽固派得势时,老太监竟然娶妻;相面先生唐铁嘴对王利发说"我已经不吃大烟了",王利发以为他改邪归正了,不料他却说"改抽'白面儿'了";国民党的沈处长说话只说一个字"好",而且学着洋人腔调,"好"不说"好",而说

第九章 老舍的《茶馆》

"蒿"。作品运用如此诙谐的手法讽刺了这些社会丑类的卑劣、无耻，抨击了社会的病态和荒唐，使人们用鄙夷的笑声送别那个可诅咒的时代。

第四，《茶馆》的语言极富特色。

老舍是公认的文学语言大师。他善于从生活中提取鲜活的语言，经过加工提炼运用于文学创作之中。《茶馆》的语言集中显示了老舍驾驭语言的卓越才能和娴熟技巧。这个剧本的语言，除具有一般文学语言的简练、形象、生动、个性化等特点之外，还具有鲜活、富于生活情调、平中出奇、妙趣横生的特色。有时人物只说一句看似平淡无奇的话，却入木三分地刻画出人物活脱脱的性格，揭示出生活的本质，令读者、观众拍案称奇，回味无穷。例如第一幕信洋教的马五爷训诫二德子的一段对话：

> 马五爷　（并未立起）二德子，你威风啊！
> 二德子　（四下扫视，看到马五爷）喝，马五爷，您在这儿哪？我可眼拙，没看见您！（过去请安）
> 马五爷　有什么事好好地说，干吗动不动地就讲打？
> 二德子　嗻！您说的对！我到后头坐坐去。李三，这儿的茶钱我候啦！（往后面走去）

再如，戊戌变法失败后，封建顽固派得意忘形，不可一世，庞太监与主张维新救国的秦仲义"逗嘴皮子"时的一段话：

> 秦仲义　庞老爷！这两天您心里安顿了吧？
> 庞太监　那还用说吗？天下太平了：圣旨下来，谭嗣同问斩！告诉您，谁敢改祖宗的章程，谁就掉脑袋！

马五爷因为信洋教在众人面前的威风,二德子看见绵羊是老虎、看见老虎是绵羊的奴才本性,秦仲义对封建顽固派的不满、不服和嘲讽,庞太监的嚣张气焰和愚钝、顽固的性格,无不跃然纸上,使人如闻其声,如见其人。这就是老舍所说"话到人到"。

第二编

"文化大革命"时期的文学

(1966—1976)

第十章 文学史概况

第一节 《部队文艺工作座谈会纪要》及其反动性

1966年5月至1976年10月的"文化大革命"（以下简称"文革"），给我国经济建设和社会发展造成巨大损失，也使文艺界遭到了空前的劫难。

林彪、江青一伙对文艺的摧残，可以追溯到1962年9月康生对小说《刘志丹》的诬陷。此后三年多的时间，他们在文艺界展开了一系列批判运动，直至1965年11月底对《海瑞罢官》的全国性围剿，从而点燃了"文革"的导火索。

1966年2月间，林彪委托江青在上海秘密召开有部队文化干部参加的座谈会，形成了《林彪同志委托江青同志召开的部队文艺工作座谈会纪要》（以下简称《纪要》）。4月，《纪要》在一定范围内发表，① 推助了"文革"的爆发。1966年5月16日，在中共中央政治局扩大会议上通过的《中国共产党中央委员会通知》（即《五一六通知》，又称"十六条"），成为发动"文革"的总纲领，而《纪要》则成为林彪、江青一伙在文化领域实现专制的子纲领。至

---

① 1966年4月16日，《纪要》作为中共中央文件在党内一定范围内传达。4月18日，《解放军报》社论在未谈及座谈会和《纪要》的情况下，全面公布了《纪要》的观点。1967年5月29日，《人民日报》等报刊公开刊登《纪要》全文。

此，自以为掌握着"笔杆子"的江青与掌握着"枪杆子"的林彪勾结在一起，以文艺界为突破口，开始了他们的政治阴谋。

《纪要》的核心是炮制了一个"文艺黑线专政论"，认为文艺界在新中国成立以来，"被一条与毛泽东思想相对立的、反党反社会主义的黑线专了我们的政"，这条黑线就是"资产阶级文艺思想、现代修正主义文艺思想和所谓30年代文艺的结合"。在这个结论下，全面否定了新中国成立以来十七年社会主义文艺事业的成就，否定了其文艺理论、文学创作和作家队伍。《纪要》指出，新中国成立以来的文艺理论是"黑八论"（即"写真实"论、"现实主义——广阔的道路"论、"现实主义深化"论、反"题材决定"论、"中间人物"论、反"火药味"论、"离经叛道"论、"时代精神汇合"论）。歪曲十七年的文艺作品"黑"，"好的或者基本上好的作品也有，但是不多；不少是中间状态的作品；还有一批是反党反社会主义的毒草"。凡是与老一辈革命家有关的作品，都被冠以替某某"树碑立传的大毒草"、替某某"歌功颂德的黑小说"、替某某"扬幡招魂的反动影片"等罪名。其他一些作品则被诬蔑为"歪曲历史事实，不表现正确路线，专写错误路线"、"不写英雄人物，专写中间人物"、"专搞谈情说爱，低级趣味"的作品。进而诬蔑十七年的作家队伍也是"黑"的，认为文艺工作者是"资产阶级教育培养的"，不是"经不起敌人的迫害叛变了"，就是"经不起资产阶级思想的腐蚀烂掉了"，或者"在前进中掉队了"。他们全面否定社会主义文艺成就的目的，就是要向党发起恶毒的攻击，为他们迫害文艺工作者、扼杀文艺作品、在文艺界大搞法西斯专政制造理论根据。

《纪要》在炮制"文艺黑线专政论"的同时，还抛出了一条极左文艺路线，其特征是：取消党的"双百"方针，提出搞"样板作品"的口号，并打着"兴无灭资"的旗号进行文艺批评；大搞虚无主义，否定30年代我国新文艺的传统和苏联文学，践踏党的对文艺遗产批判与继承的原则。这条极左文艺路线，在文艺界搞乱了思想,践踏了理论,彻底否定了中国共产党在思想上和组织上直接领导下开展起来的30年代革命文艺运动,而这个文艺运动中涌现出来的许多革命文艺工作者,一直是40~50年代中国新文艺运动中的骨干力量。《纪要》还把中国的古典文学说成是封建文学;把西方18~19世纪的资产阶级文艺,包括列宁高度评价过的别林斯基、车尔尼雪夫斯基和杜勃罗留波夫,都彻底否定,并归之"文艺黑线"的重要组成部分;把以高尔基为代表的苏联文学,称为"现代修正主义文艺"。

总之,林彪、江青炮制《纪要》的根本目的就是为其从文艺界打开缺口、进行全面篡党夺权的活动制造舆论。

《纪要》出笼以后,给我国文艺界带来了深重的灾难。首先,文艺界的组织机构遭到严重的破坏。文艺界的负责人周扬、林默涵、夏衍等同志被扣上了"文艺黑线"的"祖师爷"、"大红伞"、"反革命修正主义分子"、"走资派"等大帽子,纷纷被揪斗、"罢官",或被关进监狱。全国文联、作家协会及其他文艺协会、各地分会均被强行解散。全国文艺刊物除《解放军文艺》外,全部被迫停刊。中央和地方剧团及其他文艺团体、文化设施一律停止了活动。这样,林彪、江青一伙就把文艺界的领导权篡夺到了自己手中。其次,大量优秀作品遭到批判,大批优秀作家遭受摧残。一批写刘少奇、彭德怀、贺龙、刘志丹等老一辈革命家活动的作品首先遭受批判。如电影《燎原》、《怒潮》、《洪湖赤卫队》及小说《保卫延安》、《刘志丹》、《青春之歌》、《小城春秋》、《朝阳花》等,均被冠以"大毒草"、"黑小说"、"反动影片"等帽子。这些作品的作者、编导者、出版社的编辑,以及支持过这些作品的其他人都受到株连。不仅如此,他们还把五四以来特别是新中国成立以来的许多优秀文学作品、戏剧和电影作品,打成"黑"作品,加以批判。小说《红旗谱》、《风雷》、《三里湾》、《上海的早晨》、《一代风流》、《野火春风斗古城》、《红日》、《战斗的青春》等,戏剧《谢瑶环》、

《海瑞上疏》、《龙须沟》、《西望长安》、《茶馆》、《关汉卿》，以及革命回忆录《我的一家》在当时都被点名批判。至于电影，江青一次讲话中就宣判了五十多部影片的"死刑"。受迫害最为惨重的是文艺队伍，大批优秀文艺工作者或被关进"牛棚"，或被赶到"干校"，或被投入监狱，或被迫害致死。因为他们是"黑线人物"、"反动文人"，是要彻底破除的"旧文化的"传承者，因而遭受的迫害就更为广泛和严重。老舍、田汉、赵树理、杨朔、海默、闻捷、冯雪峰、邵荃麟、巴人、以群、孟超、周信芳、盖叫天等百余人被夺去了生命。1979年10月，第四次全国文代会宣读的《为林彪"四人帮"迫害逝世和身后遭受诬陷的作家、艺术家致哀》中，列举的知名作家、艺术家有近二百人。

十年"文革"，在我国文学史上留下了最黑暗的一页。

第二节 "根本任务论"及"三突出原则"等创作理论

"根本任务论"、"三突出原则"等创作理论，是江青一伙根据"样板戏"所总结出来的反动文艺理论观点。十年"文革"中，江青一伙为其篡党夺权制造舆论的一个重要手段是大肆宣扬和推广"样板戏"。其实，被江青"钦定"的《红灯记》等八个样板戏，本来是60年代初，文艺工作者遵循党的文艺方针，在周恩来的关怀下集体创作的成果。而江青却利用自己的特殊地位，窃为己有，并塞进不少私货，使其成为她亲自培育的"硕果"，并扬言要用"样板戏"占领整个舞台。其推广样板戏的目的，一是为自己"树碑立传"，二是否定十七年的文艺成果，三是树"样板"，立"清规"，把文艺创作纳入他们反革命阴谋活动的轨道。为了达到目的，他们炮制了"样板戏创作经验"，并形成了一套荒谬的唯心主义的文艺创作理论。其主要观点即"根本任务论"、"三突出原则"和"主题先行论"。

"根本任务论"是江青反革命集团反动文艺理论的核心观点。这个理论认为"塑造工农兵英雄人物是社会主义文艺的根本任务"。这个观点在《纪要》中出现后，就成为文艺创作、文艺批评的根本标准，这是对马克思主义文艺理论的公然篡改。马克思主义认为，社会主义文艺的根本任务是培养社会主义新人，提高人民的精神境界，促进社会主义进一步完善和发展，满足人民日益增长的文化生活需要。由此看来，塑造人们效仿的英雄形象，只是文艺实现自身任务的手段或途径，绝非是文艺目的本身，把它过于极端化，在理论上是荒谬的。这个观点也给创作实践带来了极大的危害。首先，它模糊和改变了文艺的社会主义方向，会导致文艺界只知塑造"英雄人物"，而把文艺为人民特别是为劳动群众服务这一根本任务抛到一边。其次，这个观点，把那些不适合塑造正面形象的艺术作品，如抒情诗、山水画、漫画、小品文、相声、讽刺喜剧等打入了冷宫。最后，宣扬了英雄史论，使"英雄人物"具有扭转乾坤的作用，否定了人民群众的历史作用。

"三突出原则"是江青一伙由"根本任务论"出发制定的创作模式，即"在所有的人物中要突出正面人物；在正面人物中要突出英雄人物；在英雄人物中要突出主要英雄人物"。① 后来，经姚文元加工定型，把这个模式大肆宣扬。根据这个模式，舞台和作品中所有人物都要为英雄人物作铺垫；而"第一号"英雄必须"高大完善"，"起点要高"，不准写成长，不准写缺点；"第一号"英雄人物必须永远占据"舞台中心"。他们的"三突出原则"，完全无视生活和文学中错综复杂的人物关系，使文艺创作走上了反现实主义的公式化道路。

---

① 于会咏：《让文艺舞台永远成为宣传毛泽东思想的阵地》，载1968年5月23日《文汇报》。

"主题先行论"与"从路线出发"是江青一伙反动文艺观点的双生子。他们极力宣扬文艺创作要从路线的需要出发,先确定"主题",然后再根据"主题"的要求填进"人物"和"情节",使主题得以表现。他们这里所强调的路线,就是其反动的极左路线,这种"主题先行"的模式,完全颠倒了文艺和生活的关系,抹杀了作家艺术创作的主动性与个性。这种不从生活出发,而从概念出发的创作原则,不仅割断了文艺同人民、同生活的血肉关系,而且完全违背了马克思主义的认识规律,是产生"瞒"和"骗"文学的根源。

第三节 创作综述

"文革"十年,在林彪、江青一伙的法西斯专制统治下,文学受到严重摧残。从1966年所谓砸烂"文艺黑线",到1971年,由于很多文学机构被解散,文艺刊物停刊,全国没有产生有影响的文学作品。1971年以后,由于林彪垮台和法西斯文化专制主义受到人民的强烈反对,某些文艺刊物和出版社恢复工作,文学才露出一线生机。然而,江青一伙仍然利用他们手中的权力,极力干预文学创作。所以,"文革"十年的文学创作呈现复杂的情况,存在着"阴谋文艺"、"极左创作"、优秀作品、"地下文学"并存的现象。

一、"阴谋文艺"与"极左创作"

"阴谋文艺"又称"帮派文艺",是江青反革命集团篡党夺权的重要武器。1971年,党中央成功地粉碎了林彪反革命集团,周恩来在毛泽东同志的支持下主持中央日常工作,各方面工作都有了转机。但江青、张春桥、姚文元等很快结成了"四人帮",把攻击的矛头对准周恩来、邓小平等老一辈革命家,并利用手中窃取的权力,加紧了篡权步伐。他们把政治阴谋与文艺作品"杂交",从事反党活动。从1972年到1976年,以抓文艺为名,他们先后炮制出

第十章 文学史概况

小说《初春的早晨》、《金钟长鸣》、《第一课》，诗歌《西沙之战》，电影《春苗》、《欢腾的小凉河》、《千秋业》、《反击》，话剧《盛大的节日》等作品。这些作品在思想内容上或打着与"走资派"斗争的旗号，把矛头指向老一辈革命家；或打着"反映文革"的旗号，为自己树碑立传。《春苗》原本是歌颂农村合作医疗中心热心为群众服务的"赤脚医生"的作品，江青反革命集团的亲信硬是把它改成主人公与公社卫生院的"走资派"院长杜文杰斗争的作品，来宣扬他们要"改朝换代"思想。帮派分子在《反击》中，把老干部韩凌丑化成一个昏庸无知、腐败不堪的"走资派"，以此来为他们夺权大造舆论。同时，《反击》中韩凌的秘书的名字谐音与周恩来的一位秘书的名字相同，片中还设了一个反革命组织"拯救四化委员会"，公然影射周恩来。《反击》中的其他老干部都成了"走资派"，惟独对戴着"江式眼镜"的赵昕大加美化。江青还利用1974年春西沙反击战的胜利，以个人名义派"代表"去看望西沙军民。代表之一的张永枚回京后就写了《西沙之战》，把胜利的源泉归于江青。不难看出，是非颠倒、内容虚假、手法卑劣是这些作品的共同特点，它们是为江青一伙篡党夺权的阴谋服务的。

"极左创作"指的是与"阴谋文艺"同时存在的一类公式化作品，其主要特征是宣传江青反革命集团的极左思想，在政治上"突出阶级斗争，突出路线斗争，突出同走资派斗争"，在艺术上依据"三突出原则"而创作，图解江青反革命集团的反动思想。如长篇小说《虹南作战史》、《牛田洋》、《前夕》，戏剧《战船台》、《风华正茂》等。这些作品虽然不是江青反革命集团一手炮制的"阴谋文艺"，但是它们所歌颂的"高大完美"的"英雄形象"，张口闭口都在讲路线斗争，无疑在现实斗争中起的作用是很坏的。

在此期间，除上述两类作品外，还有一类也应该提到，就是那些有一定生活基础，又比较有独特的创作个性，但作品思想内容、创作方法上还都不同程度地受江青反革命集团思潮影响的作品。如浩然的长篇《金光大道》、谌容的长篇《万年青》等。这两部小说的作者，都有比较丰富的生活积累，作品中都比较生动地描写了农村各阶层各色人物的精神状态及相互关系，人物性格也比较鲜明，但他们在作品中又把阶级斗争简单化，过分强调了个别英雄人物的历史作用，损害了作品中的现实主义。

二、优秀作品

优秀作品是在严酷的生活环境中，一些作家打破文化专制主义和思想禁锢，力求从生活出发，坚持文学的创作规律，经过曲折、复杂的斗争，而写出的高质量的作品。相对来说，在当时的环境中，这种优秀作品较少，且大都是"文革"前已初步完成了，根底较好。如小说有描写李自成领导的明末农民起义的长篇《李自成》（第二卷，姚雪垠），描写农业合作化运动的长篇《春潮急》（克非），反映革命历史斗争题材的长篇《万山红遍》（黎汝青），描写解放初期东北地区某矿山在修复过程中的尖锐复杂斗争的长篇《沸腾的群山》（李云德），描写抗美援朝的长篇《昨天的战争》（孟伟哉），反映30年代红军后代生活的中篇《闪闪的红星》（李心田）；戏剧有话剧《万水千山》、晋剧《三山桃峰》、湘剧《园丁之歌》；电影有《创业》、《海霞》。其中《创业》、《海霞》、《李自成》（第二卷）是写信给毛泽东主席得到支持后才与观众或读者见面的。

姚雪垠创作的长篇《李自成》（第二卷）是这时期文学创作的主要收获。《李自成》真实生动地再现了明末农民的革命斗争，出色地描绘了李自成农民军由弱到强这段曲折而复杂的历史过程。第二卷主要写李自成在商洛山十分危急的情况下，以非凡的军事才能使局势转危为安。小说突出成就是塑造了一批生动的艺术形象，在尖锐、复杂的矛盾冲突中，表现了李自成的性格。通过"潼关南原大战"、"谷城会"、"商洛壮歌"、"突围到鄂西"、"星驰入河南"等主要情节，着力表现了李自成政治上高瞻远瞩、英武果断和豁达大度的领袖风度、军事上骁勇善战、有胆有识、置身惊涛骇浪而指挥若定的英雄气概，以及坚定刚毅的性格、平易近人的作风。小说在刻画刘宗敏时，以浓郁的浪漫主义手法，通过潼关南原大战三易战马找敌主将决战、商洛山危急时刻坐镇老营智破宋家寨、单身独骑背水一战飞马跃入江水等情节，绘声绘色地刻画了他的威严剽悍、粗中有细、性如烈火而又肝胆照人的个性。其他如郝摇旗、张献忠等形象也呼之欲出。另外，红娘子、慧梅、高夫人等女英雄也独具风采。小说在处理历史真实与艺术真实方面作了有益的探索，主要人物及基本情节大都有史可据，但又不完全拘泥于历史资料，力图以历史的真实与艺术的真实相统一，再现历史生活的本质。

宏伟而严谨的结构，富于变化的笔法，是《李自成》最为显著的艺术特色。另外，小说还涉及了许多乡土民情、风俗习惯、社会风貌、典章制度的描写，使读者获得了广泛的历史知识，也加强了作品的民族气派。

《李自成》也存在着一定的缺点：李自成形象有些"现代化"和"理想化"；红娘子太"红"，高夫人太"高"。这显然受了当时"造神"思潮的一些影响。

三、"地下文学"

"地下文学"是在当时的文艺高压政策下，不能向主流文学那样通过常态的媒介运行、传播，而只能以尽可能隐蔽的手抄渠道传阅的作品，是冒着被收缴、查禁，甚至冒着被批斗、坐牢的危险，自发创作、自发传播的。这类文学作品的主要体裁是小说和诗歌。小说有张扬的长篇《第二次握手》，赵振开（北岛）的《波动》、靳凡（刘莉莉、刘青峰）的《公开的情书》、礼平的《晚霞消失的时候》等三部中篇。诗歌有郭小川的《秋歌》、《团泊洼的秋天》，李瑛的《一月的哀思》，"白洋淀诗群"诗人芒克的《城市》、《太阳落了》和属于后来"朦胧诗群"诗人舒婷的《船》、《赠》、《春夜》

等,以及穆旦、牛汉、蔡其矫、绿原、流沙河等人的诗,还有产生于1976年"四五"天安门运动中的"天安门诗歌"。

这类作品中,充分表现了对文学高压政策不屈抗争的是《第二次握手》和"天安门诗歌"。

《第二次握手》是张扬七易其稿的作品。最初写于1963年,是一部不到两万字的"提纲"式作品,取名《浪花》,后改写扩展为十来万字的《香山叶正红》。1967年作者在湖南浏阳山区插队时又作了修改,但手稿在传抄中丢失。两年后写成第四稿,题为《归来》。这一稿在传抄中又下落不明。1973年又写成第五稿,再次被广为秘密传抄。在传抄中有读者将书名改为《第二次握手》。1974年作者写第六稿以便自己保存。次年1月,张扬因"多次写反动小说"而被捕,至1979年1月得以平反出狱,完成定稿,并于同年7月出版。小说打破了极左思潮对当代文学的干扰,写了老一代科学家丁洁琼、苏冠兰等的事业和爱情。小说从著名核物理学家丁洁琼从美国归来到北京去看望自己一生苦等的恋人苏冠兰开始,然后以苏冠兰的回忆叙述往事,最后写丁洁琼和苏冠兰的第二次握手。丁洁琼是一位烈士的遗孤,一次在黄浦江游泳时遇到风浪,幸得大学生苏冠兰相救。此后二人又在火车上邂逅,苏冠兰打走了欺侮丁洁琼的流氓。于是,二人深深相爱。后来丁洁琼考上台城大学,因学业优秀,去美国留学。在美国获得了核物理博士的学位,并在科学上有所建树。但她拒绝加入美国国籍,拒绝为帝国主义进行杀人的原子弹的研究制造工作,被美国监禁。恢复自由后,借到欧洲讲学之机,飞回祖国,决心为祖国的科学事业献身。不论生活有多大变化,丁洁琼一直在等着苏冠兰。二人后来失去了联系。在苏冠兰险遭特务杀害时,一直等待他的义妹叶玉菡以身相救,后经组织帮助,二人结合。丁洁琼回国后,发现苏冠兰已经结婚,便执意要去边疆从事科学事业,后经苏冠兰夫妇和周恩来同志劝阻,才留在北京从事核物理研究。小说对于知识、爱国的知识分子、科学界权威所持的肯定、赞扬的态度，被江青一伙冠以"要资本主义'归来'"的罪名；对周恩来等人的歌颂性叙述，也是其受到忌恨的原因之一。小说作者由于缺少生活经验且艺术功力有待加强，故有些地方叙述过多，有些地方不够真实，有些地方艺术上还略显粗糙，但其仍不失为一部打破"三突出"模式的优秀小说。

"天安门诗歌"是当代文学史上的奇观。1976年1月8日，周恩来总理逝世，江青一伙的篡权活动更加猖獗，他们极力阻止人们对总理的悼念活动。2、3月间，在北京、上海、南京等大城市，发生了有大批群众参加的政治抗议活动。4月初，这一浪潮在天安门广场达到高潮。4月5日清明节这一天，数百万群众聚集天安门，发表演说，悬挂挽联，设置花圈，张贴标语，其中诗歌是被广泛运用的形式，以此来表达对周总理的悼念，对江青反革命集团的愤怒之情。这个事件当时遭到了武力镇压，紧跟着被宣布为"反革命政治事件"。此后几个月，写作、传抄、保存这些诗词的人受到追查，有的被定罪、囚禁。1976年，"文革"结束后，"童怀周"小组将这些诗歌搜集整理，编辑成《天安门诗抄》，于1978年12月出版。《天安门诗抄》收集了诗、词、曲、挽联、新体诗、悼词、誓词、散文等多种形式的作品，这些作品表达了对周恩来同志的缅怀和对"四人帮"的切齿痛恨之情，也表达了对民主、理想的追求。诗多为普通百姓所作，在艺术上具有朴素真挚、壮烈悲愤、曲折坚韧、机智锋利的特点。虽然在中国现代诗歌的艺术创作方面，它们不能提供更多的经验，但是它们道出了民众的心声，是以独立思想和多种多样的形式来完成的，这点对当代诗人具有启发意义。应该说，"天安门诗歌"不论是内容还是形式上，都为文艺解放的新时期的到来奏响了序曲。

第三编

新时期文学

(1976—)

第十一章 文学史概况

第一节 文艺界的思想解放运动

一、拨乱反正

1976年10月"文革"的结束,既结束了十年以来的政治动乱,也结束了笼罩在文坛上的阴影。新的历史时期的到来,为文学的发展提供了新的历史机遇,也提出了新的时代要求。广大作家在"文革"中饱受摧残的灵魂和身体也焕发了新的生机,开始感受自己的伤痛,反思经历的灾难。他们迫切要求推翻极左思想影响下僵化的文艺路线,彻底拨乱反正,扫清十年"文革"的影响,为新文艺的发展和繁荣开辟道路。

1977年12月28日至31日,文艺界以《人民文学》编辑部的名义召开了在京文学工作者座谈会。这次会议深入地批判了林彪、江青为控制文艺界所炮制的"文艺黑线专政论"、"三突出论"、"新纪元论"、"根本任务论"、"主题先行论"、"题材决定论"、"空白论"等严重破坏我国文艺事业的极左理论。同时,就如何恢复文艺发展的繁荣局面、繁荣社会主义文艺进行了深入的讨论,这次会议的召开,为在文艺界开展拨乱反正活动奠定了基础。

1978年5月27日,中国文学艺术界联合会在北京举行了第三届全国委员会第三次扩大会议。这是十年"文革"之后我国文艺界举行的第一次具有重大历史意义的会议。会议深入地揭批了"四人帮"的历史罪行和他们在文艺界实行的法西斯文化专制主义。这次会议还就平反冤假错案、贯彻落实党的文艺政策、恢复各级文联及各协会的工作等重大问题交换了意见,提出了破除现代迷信、坚持实践第一、发扬艺术民主、进一步解放思想等问题。这次会议对于重新组建文艺队伍、重新开辟文艺阵地、拨乱反正、解放思想,起了重要的推动作用。

1979年1月4日,《人民日报》发表评论员文章《完整准确地理解党的知识分子政策》,第一次宣布知识分子是"从事脑力劳动的工人阶级",是"党的依靠力量"。2月28日,中共中央宣传部批准文化部党组决定,对林彪、"四人帮"制造的"旧文化部"、"帝王将相部"、"才子佳人部"、"外国死人部"公开平反;3月2日,对"三家村冤案"平反;5月3日,中共中央批准解放军总政治部的请示报告,撤销《部队文艺工作座谈会纪要》,对受株连的同志、被错误批判的文艺作品进行平反。

1979年10月30日至11月16日,第四次全国文代会在北京召开,会议全面批判了林彪、"四人帮"的极左文艺路线和唯心主义理论。在总结三十年文艺工作的经验教训中重新确立了以"双百"方针作为发展我国科学和文化事业的根本方针,提出了发展社会主义新时期文艺的历史任务。这次会议的召开,标志着林彪、江青摧残文艺、毁灭文化的黑暗时代的结束和文学艺术繁荣发展的新时代的到来。至此,文艺界拨乱反正的任务基本完成,我国文艺事业进入正常的发展轨道。

二、解放思想

在新时期的历史上,解放思想与拨乱反正是同步进行,并互相促进的。1978年5月11日,《光明日报》发表评论员文章《实践是检验真理的唯一标准》,围绕关于"真理标准"的问题,在全国引发了一场思想文化领域的大辩论,成为解放思想的开端。5月27日至6月5日,中国文联召开第三届第三次全体会议,宣布中国文联及五个协会正式恢复工作,《文艺报》复刊。8月11日,卢新华的短篇小说《伤痕》在上海《文汇报》发表。9月2日，北京《文艺报》召开座谈会，讨论《班主任》和《伤痕》，"伤痕文学"的提法开始流传。10月28日至30日，宗福先歌颂北京"四五天安门事件"英雄的剧本《于无声处》在上海《文汇报》发表。11月15日，北京市委正式为"四五天安门事件"平反。11月6日，新华社正式报道，中共中央决定为1957年被错划的"右派分子"平反。12月18日至22日，中国共产党第十一届三中全会召开，批判了"两个凡是"的错误方针，对全党全国工作重点的转移、国内阶级状况的分析、经济文化建设的方针任务等重大问题，作出了符合客观实际的论断。在十一届三中全会的推动下，文艺界的思想解放运动也得到迅速、深入的发展。

十一届三中全会以后，广大文艺工作者按照实事求是、一切从实际出发、理论联系实际的原则，对新中国成立以来的文艺运动进行了认真的总结和探讨，使整个文艺界呈现出异常活跃的气氛。这时，党中央又及时批准正式发表了周恩来1961年《在文艺工作座谈会和故事片创作会议上的讲话》，为新的历史时期文艺界的思想解放运动提供了锐利的武器。这一阶段文艺战线思想解放运动所取得的成果主要表现在三个方面。一是彻底推翻了《部队文艺工作座谈会纪要》，重新肯定了新中国成立后社会主义文艺的重大成果，澄清或初步澄清了十七年文艺战线中的许多重大历史问题，为一大批受迫害的文艺工作者和被错误打成"毒草"的文艺作品平了反，恢复了名誉，使文艺战线被颠倒的历史重新颠倒过来。二是认真地探讨了新中国成立以来文艺事业发展的经验和教训，对"左"和右的干扰，特别是"左"的干扰所造成的严重恶果有了较明确的认识，对文艺界今后如何切实贯彻党的"双百"方针、真正实行艺术民主、促进文艺繁荣等重大问题，也开展了广泛的讨论和研究。三是文艺工作者打破了林彪、"四人帮"在理论上的禁锢，对新中国成立以来的许多重大的文艺理论，如"写真实"、"现实主义—广阔的道路"、"现实主义深化"、"写中间人物"、反"题材决定论"等问题,重新进行了实事求是的研究,克服了长期以来在这些问题上所产生的混乱,彻底扭转了前十年文艺界那种僵死的局面,使文艺战线呈现出一片蓬勃的生机,文艺生产力得到了大大的解放。这对社会主义新时期文学艺术的繁荣发展,是有着深远的历史意义的。

第二节 现实主义的恢复及文学思想的多元化

一、现实主义的恢复与深化

十一届三中全会的召开,确立了解放思想、实事求是的思想路线,源自五四文化精神的现实主义传统也得以恢复。十年"文革"深刻的历史教训,激发了作家的社会责任感和时代使命感,他们以深刻的革命现实主义精神,一扫"文革"十年中"瞒"和"骗"的反现实主义风气,增强了文学作品的丰富性和真实性。同时,解放思想、实事求是的思想路线的确立和邓小平同志1980年1月在《目前的形势与任务》中提出的"不继续提文艺从属于政治的口号,因为这个口号容易成为对文艺横加干涉的理论根据,长期的实践证明它对文艺的发展利少害多。但是,这当然不是说文艺可以脱离政治。文艺是不可能脱离政治的"这一论断,指明了新时期文艺健康发展的方向,也为现实主义文学传统的恢复和深化开拓了新的天地。

正是这种新的历史时代要求,使新时期的文学主流继承了现实主义的文学传统,坚定地立足于把握社会现实,又不断地在此基础上进行开掘,总结新的思想成果。在表现内容上,作家们以应有的胆识,正视现实,关注民族、国家的前途命运,关注人民的苦难,特别是在十年"文革"中所遭受的种种苦难;在表现手法上,通过不断地添加新的内容,将文学创作的现实主义传统逐步引向深入,进一步丰富了文学创作的园地,先后出现了"伤痕文学"、"反思文学"、"改革文学"、"寻根文学"、"新写实文学"、"先锋文学"等文学形式。此外,朦胧诗、意识流小说、探索戏剧及其他文艺现象,均被冠以现代主义或后现代主义的标题,但都是一种具有尝试性特征的探索,他们当中有的取得了成功,有的不可避免地走向了失败的宿命。事实上,任何一种思想观点和文学潮流都是在自身的文化背景上成长起来的,有着自身成长的土壤和环境,也有着自身变化和更新的过程。新时期的中国文学有着自身的文化特征,一方面是不断削弱的传统力量日渐势微,但仍然潜移默化地发挥着影响;另一方面,现实的环境又没给西方现代主义或后现代主义的产生提供完全意义上的现实可能性。所以,从 90 年代开始,随着作家的成熟和文学自身的发展,当代文学逐渐脱离了西方现代主义思潮和后现代主义思潮的影响,出现了现实主义文学的回潮,这也是文学史发展的自身规律性所决定的。

二、文学思想的多元化

新时期文学是当代文学史上最具复杂性和多样性的历史时期之一。这一时期文学思想的复杂性大致来源于四种因素的共同作用。一是十年"文革"在一定程度上离断了传统文化精神和文学思想对当代作家的影响,也动摇了在五四新文化运动中建立起来的文学传统,这既使文学思想重新陷入了一种无基础的状态,也为各种各样的文学思想的产生提供了一定的空间。二是随着改革开放进程的不断加快,经历了长时间封闭生活的人们迫切地希望了解外面的世界,在新时期再一次出现了大规模介绍西方文化思想的热潮,这些文化思想来自于不同的时期、不同的文化背景,但它们与当时社会思想相冲突、相融会,为新时期文学思想的多元化奠定了基础。三是思想解放运动之后形成的相对宽松的文学环境和政治氛围,为各种文学思想的出现提供了现实的可能性。四是在思想解放的历史文化背景下,作家和读者两个方面都希望通过新的观点、新的视野、新的方法来促进文学创作的发展和新的文学作品的产生,而此时涌入的西方20世纪文论,以及哲学、美学、文化学、社会学、心理学等社会科学和人文科学的重要成果恰好适应了这一需求。因此,在种种因素的共同作用下,新时期的文学无论是在指导思想上还是在创作技巧上都出现了多元化的倾向。

新时期文学的多元化充满了探索的色彩。"伤痕文学"敏锐地反映了经历了十年"文革"伤害之后,广大人民群众渴望获得人的尊严,拥有人的感情的要求;"反思文学"在此基础上进一步揭示了"文革"灾难产生的历史文化原因,对这一社会灾难进行了理性层面的思考;"改革文学"准确地把握了城乡政治经济改革浪潮给社会生活和人们的思想观念带来的冲击;"寻根文学"在对外开放、文化交流的背景下探讨了民族传统文化对现代社会发展的意义和价值;表现现实人生的文学拓展了现实主义文学的表现领域,真实地揭示了处在大时代中普通人真实的生存境遇;"先锋文学"在对西方现代主义文学的借鉴基础上,经历了繁荣与衰落,逐渐走上了新历史化的道路。当代文学正是在这种多元探索的过程中,不断地走向成熟。

第三节 创作综述

一、"伤痕文学"

新时期的文学潮流是从"伤痕文学"开始的。"伤痕文学"的出现,源于思想解放运动中人们对"文革"灾难自发的控诉和揭露。1977年11月的《人民文学》发表了刘心武的小说《班主任》,在读者中引起巨大的反响。这篇小说率先揭露了"文革"在青少年心灵中造成的精神创伤。1978年8月11日,卢新华的短篇小说

《伤痕》在上海《文汇报》发表，引起了广泛的注意和争论。小说描写了女知青王晓华受到了"文革"思想的蒙蔽，与被诬陷为特务的母亲"决裂"，而当她得知真相决心同母亲和解时，母亲却因患癌症去世了，这在她的心灵中留下了永远无法弥合的伤痕。在新时期文学萌芽的阶段，《伤痕》敏锐地写出了对"文革"历史的沉痛反思，写出了一种永远的心灵伤痕，在当时引发了强烈的反响，"伤痕文学"也因此而得名。"伤痕文学"包括以宗福先创作的话剧《于无声处》为代表的"伤痕戏剧"，以群众集体创作的《天安门诗抄》为代表的"伤痕诗歌"，以巴金创作的《随想录》为代表的"伤痕散文"。其中以表现"文革创伤"为内容的"伤痕小说"影响最大。从1978年上半年开始，在全国范围内出现了"伤痕文学"的高潮。其中影响较大的有王亚平创作的《神圣的使命》、王宗汉创作的《高洁的青松》、吴强创作的《灵魂的搏斗》、陆文夫创作的《献身》、陈国凯创作的《我应该怎么办》、冯骥才创作的《铺花的歧路》、王蒙创作的《最宝贵的》、张贤亮创作的《邢老汉和狗的故事》、郑义创作的《枫》、谌容创作的《永远是春天》、宗璞创作的《我是谁》、从维熙创作的《大墙下的红玉兰》、遇罗锦创作的《一个冬天的童话》、中杰英创作的《罗浮山血泪祭》等。这些作品表达了"文革"之后群众控诉"文革"罪恶、抚慰心灵创伤的意愿，通过对社会问题的不断开掘，暴露了"文革"和极左路线的恶劣影响，在群众中产生了强烈的轰动效应。同时，也在十年"文革"之后再次提升了文学的社会地位，继续了文学揭露社会阴暗面的现实主义倾向，促进了文学创作的繁荣。

二、"反思文学"

1979年的《人民文学》第二期刊登了茹志鹃的短篇小说《剪辑错了的故事》。以这篇小说的出现为标志，在此后的几年间，形成一股以小说创作为主的"反思文学"思潮。与此前出现的"伤痕文学"相比,"反思文学"的思想基础是感性认识上的理性思考,作家们已经突破了"伤痕文学"对"文革"灾难的简单呈现,开始进一步思考灾难产生的历史和现实原因。

"反思文学"的作家多是50年代的"右派",他们以中共中央《关于建国以来党的若干历史问题的决议》为创作的出发点,通过自己苦难的人生体验,揭示社会和历史的悲剧,剖析悲剧人物的命运,刻画悲剧人物的性格,对近十几年来的社会历史进行了理性主义的反思,具有较为深邃的历史纵深感和较大的思想容量,充满理性主义的色彩。在创作中,"反思文学"努力突出故事的政治背景,强调社会政治对于人生命运的决定作用,批判和否定了"文革"的极左路线,并且从整体思想倾向上,积极适应新的时代精神,形成一套"经典"的叙事语言和叙事模式。但在对历史的反思上,存在着两种不同的叙事立场和方式。较为普遍的是强调个人和社会历史命运的一致性,使个人的苦难具备了超越个人的普遍的社会意义,表现出一种强烈的知识分子话语倾向。如王蒙的《布礼》、《蝴蝶》,张贤亮的《绿化树》、《灵与肉》、《土牢情话》,鲁彦周的《天云山传奇》,张一弓的《犯人李铜钟的故事》等。这种叙事方式,一方面满足了作家个人情感的宣泄,另一方面也为他们对社会历史进行反思,找到一条合乎主流意识形态的路径。另一种叙事模式,则有意无意地从民间的视角和立场对社会历史进行反思,解释存在于现实生活特别是历次政治运动中的悖谬和悲剧,如茹志鹃的《剪辑错了的故事》、方之的《内奸》以及高晓声的《李顺大造屋》等。《剪辑错了的故事》通过发生在50年代农村"大跃进中的故事",描绘了近四十年的历史中,共产党与人民群众关系的演变,探讨了这次运动产生的根源。作品甚至以梦幻的手法发出了令人痛心的警告:如果再一次发生战争,老百姓还会像抗战时代那样支持抗日军队吗?这些作品虽然在整体思维模式和主题思想的表达上,并不是完全自觉地选择了民间的视角和立场,但他们所追求的仍然是与主流意识形态相一致的叙事姿态，这在客观上为文学创作提供了进一步发展的空间。

三、"寻根文学"

80年代中期，以贾平凹的《商州初录》、张承志的《北方的河》、阿城的《棋王》、王安忆的《小鲍庄》、李杭育的《沙灶遗风》等作品的发表为标志，出现了一个追寻民族文化传统、探索文化心理的"寻根文学"的热潮。"寻根文学"以地域的历史文化特征、民族的原始生活形态或传统的精神价值为主要表现对象，借助于民情风俗、奇人轶事、神话传统来表现文明与野蛮、现代与古朴、科学与信仰的纠结。1984年12月，在《上海文学》杂志社与《西湖》杂志社等单位组织的座谈会上，一些青年作家和评论家提出了当时文学创作中出现的文化寻根问题。此后，韩少功在《文学的"根"》中，第一次明确地阐述了"寻根文学"的立场，认为文学的根应该深植于民族文化的土壤里。这种文化寻根是审美意识中潜在历史因素的觉醒，也是释放现代观念能量来重新塑造民族自我形象的努力。

"寻根文学"的产生有着深刻的历史文化原因。一方面"寻根文学"的出现是有着"知青"背景的青年一代作家，自我寻求文化定位和支撑的结果。十年"文革"造成的文化断裂使他们在变幻不定的社会生活面前难以找到文化的立足点，而主体意识的确立和成熟又要求他们在价值判断面前作出合理的解释，而与前一代作家相比，他们又缺少一种强大的理想主义和政治信心作为精神的支柱。于是，他们就将关注的目光投向了传统和散发着传统气息的民间文化，加之"上山下乡"运动又给他们提供了贴近民间的机会，在民间化的写作过程当中探求传统、分析传统、反思传统，并试图通过对传统文化当中具有现代意义的内容的发掘来验证他们所掌握的现代文化。

另一方面,"寻根文学"的出现也与当时广泛流行的"文化热"有着密切的关系。在改革开放的背景下,在引进西方文化的同时,人们不仅感受到了西方文化的进步和文明,也逐步认识到了进入现代社会以后,西方文化在创造了高度发达的物质文明的同时,也带来了种种弊端。在高度发达的科技面前,人类越来越难以摆脱被物化和异化的命运。于是,一些西方的人文知识分子重新将目光投向东方的传统文化,希望从中寻找到解决现实问题的途径,从而掀起了研究东方文化的热潮。中国的人文知识分子也从"文革"的"灾难"中意识到五四新文化运动之后,传统文化中维系社会稳定和文明状态的因素的缺失,给社会带来了新的动荡,人们也希望能够在对传统文化的追忆当中,选取对时代发展有益的内容。在这个背景下,作家们将寻找自我与寻找民族文化精神联系在一起,使"寻根文学"成为"文化热"背景下的一股文学潮流。

"寻根文学"的产生和发展也受着外来文学的影响。艾特玛托夫对俄罗斯异族民风的描写,马尔克斯对印第安文化的再现及川端康成具有浓厚的东方韵味的小说创作,都在表现民族文化传统和审美特征的同时,传达了现代文明的气息。尤其是1983年哥伦比亚作家加西亚·马尔克斯以魔幻现实主义作品《百年孤独》获得诺贝尔文学奖,更是给中国作家提供了成功的经验和积极的鼓励,激活了中国作家以富有民族色彩的作品参与世界文学交流的愿望和信心。

总观"寻根文学",大概包括如下三个方面的内容。一是从文学的美学意义上重新认识与阐释民族文化,发掘其积极向上的文化内涵。如阿城的《棋王》。《棋王》在知青题材的背景下,通过对简单而又不平凡的人生现象的观照,从中国传统文化心理构成中儒道释的相互作用,提出了民族文化背景的问题,认为中国人的现代意识就应该从这种民族总体文化背景中孕育出来。二是以现代人感受世界的方式去感受传统文化的遗迹,从中寻找激发生命能量的源泉。如张承志的《北方的河》。在《北方的河》中，主人公通过对北方大河的游历，在历史与现实的对话中使灵魂得到了升华，使曾经有过的幼稚、错误和局限在河水中荡涤，留下的是奋斗的信心和勇气。三是继续批判当代社会生活中所存在的丑的文化因素，深入挖掘民族文化心理的深层结构。如韩少功的小说《爸爸爸》。《爸爸爸》立足于湘西文化，通过对愚昧而怪异的生存状态的描述，映照出我们这个民族久远的历史和古老的生活方式，从而获得了一种现实的文化批判的力量。

四、关注现实人生的文学

从对社会重大历史问题的关注转向对现实人生的关注，是新时期文学创作的一个重要命题。如谌容的《人到中年》、路遥的《人生》、刘心武的《立体交叉桥》、张辛欣的《在同一地平线上》，作家的视点逐渐转向现实生活中普通人的人生境遇。这也是人的主体意识的觉醒和对个人价值的肯定的一种标志。这些作品或是表现环境对人的命运的制约，或是表现人的心灵的矛盾与困惑，或是表现人生的荒谬感，或是表现社会转型期人与人之间复杂的关系，或是表现人的觉醒和进取，这些作品以它们的现实主义深度在群众中产生了强烈的反响。随后，"新写实小说"的出现，将这种对现实人生的关注发展到一个极端化的高度。

"新写实小说"发端于80年代末期。1989年江苏《钟山》杂志设立了"新写实小说大联展"栏目，提出了"新写实小说"的概念。"新写实小说"把创作目标确定为描写现实生活本身，即生存过程，通过描写各类小人物的生存困境，表现他们在物质方面和精神方面难以摆脱的烦恼。在"新写实小说"当中，传统现实主义中"大写的人"被"小写的人"所取代，传统现实主义中的生活故事被生命故事所取代，传统现实主义中的典型化被心灵化所取代，传统现实主义中的细节真实被自然主义式的真实细节所取代，传统现实主义的理想主义被冷漠的客观主义态度所取代。"新写实小说"消解了在文学史上占主导地位的现实主义文学观念，对中国文学90年代的发展方向，起了导向性的作用。

在创作群体上，"新写实小说"包括了刘震云、方方、池莉等文坛上最活跃的一批作家。他们的小说以冷静的笔触写小人物的一种生活状态，在一些毫无波澜的生活事件中展示普通人的生活现实，摒弃了现实主义对生活本质的发掘，拒绝对生活作任何解释，将人生的悲欢离合还原成日复一日、年复一年的生活现象。为生计而进行的奔波、劳碌、坚忍，成为意义和理想本身，从而消解了通常意义上的人生的意义和理想，对现实生活的主流话语构成了一种叩问和嘲讽。

五、"改革文学"

1978年党的十一届三中全会确立了解放思想、改革开放的政治路线，在全国范围内掀起了改革的浪潮。改革开放成为当时社会的主流话语，也成为文学创作的重要内容。于是在80年代前半期出现了"改革文学"的热潮，涌现了大量描写社会改革的作品。这些作品反映了改革开放以及由此引发的一系列社会生活、思想观念、文化心理的变革与冲突，读者从中可以看出改革开放以后中国社会各阶层精神风貌的急剧变化，体味其中新旧历史交替中的痛苦和欢乐。"改革文学"体现了新时期作家们强烈的社会责任感和参与意识，他们瞄准了时代的发展方向，敏锐地把握了社会发展的脉搏，坚定不移地宣传改革开放的历史必然性和时代必要性；同时也甘当改革的铺路石和护航者，勇于批判现实社会中阻挠改革的因素，其中也包括对保守者和对社会腐败现象的批判。由于"改革文学"紧跟了时代的主流话语，自觉或不自觉地充当了时代的代言人，经常率先提出尖锐的社会政治、经济、文化等现实的社会问题，引发了一次又一次的轰动效应，使文学在当时的社会生活中占有极为显著的位置。

"改革文学"的发展经历了三个阶段。1979年蒋子龙发表了短篇小说《乔厂长上任记》，成功地塑造了改革者"乔光朴"的形象，揭开了"改革文学"的第一页。这一阶段的改革小说还显得有些单一和粗糙，有模式化的倾向，大多表现改革者与极左路线以及旧的经济体制之间的矛盾冲突，但由于改革的进程还没有充分地展开，改革中的重重矛盾还没有完全显露，使得对这一题材的处理出现了简单化的倾向，改革的困难和可能要遭遇的失败还没有得到充分的表现。

1981年张洁出版了长篇小说《沉重的翅膀》，标志着"改革文学"的发展进入了第二个阶段。这一阶段的文学创作集中剖析、展示了改革进程中所遇到的困难与艰辛，折射出改革所带来的社会结构的整体变化，特别是思想、道德和伦理观念的变化。影响较大的作品有苏叔阳的《故土》、李国文的《花园街五号》、张贤亮的《男人的风格》、柯云路的《新星》、矫健的《老人仓》、王润滋的《鲁班的子孙》、贾平凹的《腊月·正月》和高晓声反映农村改革的"陈奂生系列"。

1985年以后，"改革文学"进入到第三个阶段。随着改革进程的深入、改革观念的普及，改革已经成为人们日常生活的一个组成部分，成为全社会自觉的追求。所以，这一时期的"改革文学"题材进一步扩大，更趋于生活化和日常化，作家侧重于从历史文化的角度，写改革中人心世态、风俗习惯的变化。如贾平凹的《浮躁》、张炜的《古船》等。但从文学发展总的历史来看，"改革文学"已经无法涵盖许多新的现象，或者说对社会改革的记录和表现已经融入作家们的人生观念和艺术想像之中，因此，进入80年代后期，作为一种单一的文学思潮和创作现实的"改革文学"便退出了文学的舞台。

六、"先锋文学"（现代派）等

从 80 年代初开始，中国文坛就掀起了以朦胧诗、意识流小说、现代派戏剧为发端的现代主义文艺思潮，《外国文学研究》杂志还开辟专栏讨论西方现代派文学。一时之间，作家们纷纷向西方现代文学寻求借鉴，借鉴其现代小说的审美观念、结构技巧和表现形式。茹志鹃、王蒙、张辛欣、刘索拉、徐星等作家都在不同的角度上借鉴了现代主义的创作方法，并取得了显著的成绩，为当代文学的发展注入了新血液。

80 年代中期，马原、莫言、残雪等人的崛起被视为"先锋文学"真正的开端。他们在叙事革命、语言实验、生存状态三个层面上的探索，将文学创作带入了一个新的领域。稍后的格非、孙甘露、苏童、余华、洪峰、北村等人将"先锋文学"进一步引向深入。"先锋文学"的实验性和个人化特征主要体现在文体形式上，但由于每个作家的侧重点不同，因而又呈现出多样化的特色。比如马原引入的"元小说"叙述，孙甘露进行的"诗性语言实验"，余华对残酷与冷漠人性的发掘以及残雪所努力营造的荒诞、梦魇的文学世界，等等。因此，对单一作家的论述，很难概括出具有说服力的"先锋文学"的特征。进入 90 年代以后，受商业文化的影响，先锋作家们纷纷转变自己的叙述风格，通过降低探索的力度，以适应读者的接受能力。但这并不代表"先锋文学"作为一种文学思潮已经终结，文学的发展总是要在不断探索中前进，以适应时代和文学自身的发展。

第十二章 新时期的长篇小说

第一节 概 述

长篇小说的发展，需要一个相当漫长的过程。它既需要一个相对安定的政治环境，给作家以从容思考和创作的空间，也需要一个深入酝酿和积累的过程，只有厚积薄发，才能创造出能够把握时代脉搏的史诗性作品。因此，在新时期开始的时候，由于历史的原因，饱尝苦难的作家们并没有立即投入到长篇小说的创作当中，也使整个80年代长篇小说的创作成为较90年代相对冷寂的年代。80年代创作的长篇小说有《东方》（魏巍）、《将军吟》（莫应丰）、《芙蓉镇》（古华）、《冬天里的春天》（李国文）、《许茂和他的女儿们》（周克芹）、《沉重的翅膀》（张洁）、《黄河东流去》（李凖）、《钟鼓楼》（刘心武）、《活动变人形》（王蒙）、《玫瑰门》（铁凝）、《浮躁》（贾平凹）、《古船》（张炜）、《少年天子》（凌力）、《平凡的世界》（路遥）、《红高粱家族》（莫言）、《血色黄昏》（老鬼）等等。

这一时期的长篇小说充满着浓厚的现实主义色彩，而对历史的反思和对现实的思考，自然成为思想解放和社会转型时期长篇小说创作的重要主题。对历史的反思首先体现在对刚刚过去的历史的追忆，作家试图以长篇小说这种形式全面记录下那段不堪回首的历史风云、人生经历。如古华的《芙蓉镇》就以湘南小街上七八个人物的悲喜剧，集中反映了我国农村从"四清"、"文革"到粉碎"四人帮"这一时期历史的风云和人事的沉浮。周克芹的《许茂和他的女儿们》通过川西一个偏僻山村农民一家的生活故事，真实地反映了70年代中国农村风云变幻的社会面貌，写出了农民在那个多灾多难的年月里的悲欢离合。这两部小说都从家庭的侧面对历史做了全面而忠实的记录。而莫应丰的《将军吟》和李国文的《冬天里的春天》则从个人的命运出发，通过对老将军彭其和老干部于而龙人生经历的叙述，揭示了在所谓"革命"名义下的极左路线对个人命运的影响和对幸福人生的戕害；通过个人对历史的反思，表现了极左路线给正常的社会关系带来的严重破坏。但是，新时期的作家们并没有把视野简单地停留在历史反思的层面上，而是进一步地将反思从对历史政治的观照提高到文化反思的深度。王蒙通过《活动变人形》对中国知识分子的个性弱点进行了全面的解剖，张炜的《古船》努力地揭开传统的政治文化残酷的真相，而铁凝的《玫瑰门》则从女性的视角出发，通过对应家几代女性命运的描写，对专制与男权、政治与性对女性的压迫进行了双重的反思。

  这一时期的长篇小说，也有继承十七年的文学传统，描写革命战争题材的作品，如魏巍的《东方》、李凖的《黄河东流去》等。在表现改革浪潮给社会生活和人们的思想观念带来的冲击方面，也涌现出很多优秀的作品，如张洁的《沉重的翅膀》、贾平凹的《浮躁》、路遥的《平凡的世界》等。

  到了90年代，长篇小说经过十多年的发展，迎来了它的繁荣时期，这既表现在长篇小说创作和出版的数量上，也表现在读者对长篇小说的认可和需求上。这一时期的长篇小说内容广泛、题材多样、手法新颖，思想性和可读性都有很大程度的提高。与80年代的长篇小说相比，90年代的长篇小说在思想意识和审美追求方面，呈现出强烈的史诗追求和寓言性质。

  在90年代的长篇小说中，引起人们广泛关注的首先是反映历史题材的长篇小说，如凌力的《暮鼓晨钟》、唐浩明的《曾国藩》和《杨度》、刘思奋的《白门柳》、赵玫的《高阳公主》和迟子建的

《伪满洲国》等，这些历史小说或重现了近代历史的风云，或借鉴了古代章回体小说的特征，重构著名帝王历史，或重申了人文知识分子的价值观，展示了中国传统知识分子的文人气概、文人情怀。因此，这些历史小说不但具有浓厚的文化气息，而且以其独特的表述方式实现了历史小说认识功能和娱乐功能的统一。反映当代史的作品，如张平的《抉择》、陆天明的《人间正道》和《大雪无痕》、王跃文的《国画》、周梅森的《中国制造》等，这类作品的反响总是比较大的，而且也得到了较为普遍的认可。但需要指出的是，这类小说的创作往往难以脱离问题小说的窠臼，题材以及表现形式的模式化是一个不容回避的问题。

最能代表90年代长篇小说那种史诗追求和寓言性质的是一些新历史小说和家族小说。这两种小说有的时候又呈现出很强的相似性或者说是融合性，如余华的《在细雨中呼喊》、《许三观卖血记》，赵德发的《缱绻与决绝》，刘震云的《故乡天下黄花》、《故乡面和花朵》，苏童的《我的帝王生涯》，格非的《敌人》，刘恒的《苍河白日梦》，张承志的《心灵史》，张炜的《九月寓言》，阿来的《尘埃落定》，王安忆的《纪实与虚构》，韩少功的《马桥词典》，莫言的《丰乳肥臀》及贾平凹的《废都》、《怀念狼》等。这些作品最突出的特点是试图超越题材本身的特定时空的表层意义，虽然也或多或少地含有写实的成分，但作品都大量地借鉴了西方现代主义的表现手法，试图通过对小说文本的创造，表达更为丰富的思想内容，从而显示出强烈的象征意味和寓言色彩。这方面的优秀代表是陈忠实的《白鹿原》、张承志的《心灵史》和张炜的《九月寓言》。

此外，在90年代的长篇小说中还有很多继承了现实主义传统的作品，其中既有继续对历史进行追忆和反思的怀旧型作品，如王蒙的"季节系列"，邓友梅的《凉山月》，张贤亮的《菩提树》、《青春期》，从维熙的《裸雪》，周懋庸的《长相思》，陆文夫的《人之窝》等，也有一些反映当下都市生活的作品，如王安忆的《长恨歌》、池莉的《来来往往》等。

在 90 年代的长篇小说中，女性作家的大量涌现无疑是新时期长篇繁荣的又一力证。在 90 年代女性作家的多元构成中，王安忆、池莉、铁凝、迟子建等这些在 80 年代就已声名鹊起的女作家，不但继续保持着其强劲的创作势头，而且创作渐入佳境。王安忆的《长恨歌》、《纪实与虚构》，池莉的《霍乱之乱》等，都是新时期女作家贡献给文坛的又一批经典之作。此外，构成 90 年代女性作家群体另一极的是以陈染、林白、徐坤、徐小斌、海男、张欣、毕淑敏为代表的 90 年代崛起的女作家群。这批作家虽然在艺术取向上不尽相同，部分人的创作也引起了很大的争议，但在女性意识的自觉体认方面，却有着强烈的话语自觉。因此，在这些作家的笔下，"女性叙事"初见端倪。如陈染的《私人生活》，林白的《一个人的战争》、《守望空心岁月》，海男《我的情人们》，徐小斌《敦煌遗梦》等是这类创作的代表作品。

第二节　古华的《芙蓉镇》

古华（1942—　），原名罗鸿玉，湖南省嘉禾县人。1962 年发表处女作《杏妹》，1975 年调至郴州地区歌舞团任创作员，从此走上了文学之路。代表作品有中、短篇小说集《爬满青藤的木屋》、《金叶木莲》、《浮屠岭》、《相思树女子客家》、《贞女》等；长篇小说《芙蓉镇》获第一届茅盾文学奖。

一、《芙蓉镇》的主题

《芙蓉镇》是古华的代表作，也是新时期文学中不可多得的一部佳作。小说通过湖南一个山区小镇——芙蓉镇的变迁，形象地概括了当代中国农村几十年的历史沉浮。小说以胡玉音的命运为主线，截取了四个具有代表性的时代加以描绘，即 1963 年调整以后

第十二章 新时期的长篇小说

农村经济的活跃，1964年"四清运动"的开展，1969年的社会动乱，1978年党的十一届三中全会的拨乱反正，在宏阔的历史背景下揭露了"左"倾思潮的谬误和危害，歌颂了党的十一届三中全会路线给人民带来的光明前途，展现了当代农村的人情世态、风土民俗。小说正是从变化多端的生活现状中，体现出时代曲折前进的脚步，完成了对历史的深刻反思。在深刻的反思中，作者对极左思潮的批判是一针见血的，对党的正确路线的赞颂是发自肺腑的，对山里人善良的心灵和纯真爱情的抒写是真挚热烈的。正是在这多重情感的交织中，小说谱写了"一曲严峻的乡村牧歌"。①

二、人物形象

《芙蓉镇》刻画了各种不同地位、身份和思想性格的人物。无论是温顺善良而又刚烈如火的胡玉音，佯装疯癫、忍辱负重、洒脱处世的秦书田，还是阴险刻毒的"政治女将"李国香，愚蠢顽劣的"运动根子"王秋赦，无不血肉丰满，各具特色。

胡玉音是一个既有中国传统美德而又具有鲜明的时代印记的劳动妇女形象。这个以摆小摊卖米豆腐为业的普通妇女，善良、聪明、能干，人也生得俏丽，人称"芙蓉姐"。胡玉音的豆腐摊子生意兴隆，她因勤劳而致富（胡玉音和丈夫在1964年盖起了新楼房），又因致富而招致灾难（在"四清"运动中楼房被没收，丈夫黎桂桂饮恨自杀，胡玉音被扣上"新富农"的帽子）。作品正是通过主人公命运戏剧性的变化，强烈地控诉了极左路线的荒谬以及对人身心的戕害。

作品在刻画胡玉音坎坷命运的同时，也充分展示了她丰富、矛盾和痛苦的心灵世界。极左路线先是扼杀了胡玉音纯洁美好的初恋，接着又使她陷入夫妻离散、家破人亡的境地。面对这些变故，

---

① 古华：《芙蓉镇·自序》，《芙蓉镇》，人民文学出版社1981年版。

心里充满无限痛楚的胡玉音更多地抱怨自己的命苦、世道的不公，并没有意识到这一切皆是极左路线造成的。现实的残酷终于促使她的觉醒，并走上了抗争的道路。与"右派"秦书田的结合，是胡玉音向既定命运挑战的有力证明。这一对在患难中相濡以沫的"黑夫妻"，与李国香、王秋赦等人展开机智的斗争。为了争取作为人的权利，胡玉音付出了巨大的代价。当生活回到了正常轨道，胡玉音迎来了夫妻团聚的幸福，这种幸福的获得源于时代的转机，也源于胡玉音坚强的生活毅力和不屈不挠的斗争。这一艺术形象的塑造，深刻地揭露了极左路线对人的严重摧残，歌颂了党的十一届三中全会路线给人民开辟光明前途的伟大功绩，也热情赞颂了劳动人民勤劳善良、坚忍顽强的美德。

秦书田是作品中又一个重要的人物。这是一个别具特色的知识分子的典型形象，他和胡玉音有相仿的悲剧命运，但他以独特的方式进行着抗争。秦书田在人妖颠倒的时代环境中，将心灵的巨大痛苦深藏起来，以乐天、混世、诙谐的态度去面对诸多苦难。这是一个现象与本质尖锐对立的人物：外表自轻自贱而内心纯洁正直；外表麻木不仁而内心嫉恶如仇、爱憎分明；外表疯疯癫癫而内心忍辱负重。他以特有的洒脱方式承受着非人的折磨，这是一种含泪的微笑。秦书田是一个感情十分丰富的人，在患难中，他无微不致的关怀、呵护有加的爱温暖了胡玉音的心，自己也获得了苦涩却甘美的爱情。秦书田与胡玉音的相爱，是对那个泯灭人性的时代最强烈的抗争。

李国香和王秋赦是作家古华为当代文学人物画廊贡献的两个独特的反面人物形象。虽然同为反面角色，但两个人决不给人雷同之感。李国香是镇上国营饮食店的女经理，为人阴险歹毒而又伪善。极左思潮的泛滥，为她提供了兴风作浪的机会，她成了时代的"弄潮儿"。李国香假借"革命"之手疯狂打击异己：胡玉音被戴上"新富农"的帽子，黎满庚被撤职，谷燕山停职反省。作者较为细致地写出了她作为风派人物的机巧以及心狠手辣的思想性格。王秋赦是一个极左路线庇护下的流氓、无赖、小丑，他雇农出身，又懒又馋，长年靠政府救济粮和吃白食过活，他头脑中不乏"革命"思想，但他所向往的革命是：每年搞一回土改，每年分一回浮财，这样，他便可以永远过不劳而获的寄生生活。所以，在每一次政治运动中，他总是积极分子，人称"运动根子"。人性中的愚昧、丑恶、下作一旦与极左思潮结盟，给他人、给社会造成的伤害是无法估量的。正是这样一个流氓、无赖，在"文化大革命"中竟成为大队党支部书记兼圩场治安主任，历史的荒谬由此可见一斑。当历史回到正常轨道时，"运动根子"王秋赦疯了，每天在镇上荡来荡去，高喊着过去时代的政治口号。这一形象无疑具有令人惊悚的艺术力量。

三、艺术特色

《芙蓉镇》在艺术表现上别具特色。在布局设计上，作者选取了四个不同的时代加以描绘，让人物在这四个具有历史意义的舞台上表演，展现了风云变幻的农村生活，从而通过特定的小社会表现变化着的大社会。并于整体的顺叙中，加以少许的补叙，使作品既重点突出又疏密有致，剪裁配置十分得体。

《芙蓉镇》具有浓郁的乡土气息和鲜明的地方色彩。作品中优美动人的风景画、风俗画不仅给人以美的享受，而且与对人物性格、命运的抒写融为一体。"寓政治风云于风俗民情图画，借人物命运演乡镇生活变迁"，[①] 他笔下所写，既是当代农村生活的社会风俗画图，也是时代风云变幻的浩然之歌。《芙蓉镇》为中国当代乡土文学的创作开创了全新的局面。

《芙蓉镇》的语言亦悲亦喜，亦庄亦谐，既委婉又辛辣，既抒

---

① 古华：《芙蓉镇·后记》，《芙蓉镇》，人民文学出版社1981年版。

情又嘲讽,作者务求写出色彩情调来,写出人物思想性格的深度来。

《芙蓉镇》是一部在艺术上比较精致、独特的作品,突出显现了古华作为一名乡土文学作家的创作实绩。但也存在着不足,如对李国香这个人物的刻画存在着脸谱化的弊端,对其丑恶嘴脸描绘有余,而对其内心世界刻画不足;过多地从人的品行着眼,而忽略其文化内涵,在一定程度上影响了作品的艺术质量。

第三节　张炜的《古船》

张炜(1956—),山东黄县人。1978年考入烟台师专中文系,同年开始发表小说。出版有短篇小说集《芦青河告诉我》,中短篇小说集《浪漫的秋夜》、《秋天的愤怒》等,散文集《融入野地》等,长诗《皈依之路》,长篇小说《古船》、《我的田园》、《九月寓言》、《柏慧》、《家族》等。张炜的小说多次在全国获奖。从早期的《一潭清水》,到80年代中期的《古船》,再到90年代的《九月寓言》,张炜小说的创作从纤巧柔美走向厚重深刻,最终走向诗意。

一、《古船》的主题

《古船》是张炜的代表作品之一。自发表至今,颇受好评,被认为是中国当代文学的扛鼎之作。小说叙述了地处古莱子故都,曾是东方大港的洼狸镇四十余年的历史,其间历叙土地改革、合作化运动、"大跃进"、"文化大革命"、初期的政治经济改革等史情和现实。作品以镇上一家粉丝厂兴衰沉浮的命运为主线,把隋、赵、李三大家族之间以及人物的内心搏斗作为主要的故事情节加以描绘,把洼狸镇四十多年政治经济的变迁作为故事展开的背景加以渲染,把历史和现实、城市生活与乡村生活交汇在一起,在一个宏阔的时空中显示出时代变革的艰巨性、必然性、迫切性。

洼狸镇是中国几千年来以家族为本位的宗法社会的缩影，血缘关系的纽带把人执拗地连结在一起。在洼狸镇的每一个人，都不可能摆脱家族之网的束缚。作者在描写家族之间的争斗时，把它上升到哲学的高度加以观照，从而挖掘出它所蕴涵的复杂内涵：几千年的宗法观念和极左路线结盟所形成的巨大惰性对民族的危害，对农民的残酷剥夺以及农民对这种剥夺的麻木、隐忍。作品以此昭示我们：只有彻底摆脱历史的重负，只有彻底清除以小农经济思想为核心的农民文化意识，才能获得民族的新生和人的解放。

二、人物形象

《古船》中出场的人物有四十多个，每一个出场的人物都给读者留下了深刻的印象，其中主要人物是隋抱朴、赵炳等。

隋抱朴是《古船》中的中心人物。这是一个充满原罪意识的农民知识分子的形象。作家张炜通过隋抱朴这样一个农民知识分子对历史、对人生的思考，来完成与民族共反思、共忏悔的艰难痛苦的蜕变。隋抱朴亲眼目睹了父亲隋迎之算帐、还帐的过程，继母茴子的自杀，以及种种历史的变故，这一切铸就了他痛苦而孤独的灵魂，"这像一粒带血的种子一样，埋在我胸口，一埋就是几十年"。[①] 他为自己是隋家的后代而深深自责，"我是老隋家有罪的一个人"，[②] 由此产生了一种要还账的罪悔意识。但他并不是一味地沉浸在忏悔之中，而是在思考人类如何结束无休止的搏杀，民族如何结束苦难。当他弟弟隋见素让他去夺回属于隋家的粉丝厂时，他说："它谁的也不是，它是洼狸镇的。"[③] 这表现出隋抱朴对家族观念的自觉超越。作者通过隋抱朴这一形象不仅仅表现一种个体的人道意识和原罪意识，而且通过他对洼狸镇历史的痛苦反思，表现一

[①][②][③] 引自《古船》，人民文学出版社 1987 年版。

种告别历史、面向未来的自我价值观念的确立。最后,隋抱朴终于接过了粉丝大厂的承包权,这是隋抱朴,也是洼狸镇新生的开始。这个人物有其丰厚的文化、哲学内涵,但由于他是作为作家的代言人、作为作家理想中的人而存在的,这就使他过于完善,存在着观念大于形象的弊病。

赵炳是《古船》中最出色的创造。这是一个依仗着封建文化土壤,借助极左路线的风头,顽固地横行在新时代的"怪胎"。历史的糟粕、现实的痼疾,积淀在这个人物身上。赵家的最高辈分,贵人的风度,国学的根基,精明、狡狯、从容,这一切集于一身,使他成为洼狸镇政治、经济、文化和精神上的统治者。只要他一声令下,便可以砸断扒城墙人的腿;只要他使个眼色,便可以决定李其生、小葵及老隋家人的命运。地震刚刚过去,他说了一声"不再震了",洼狸镇的人便乖乖地回去了。赵炳不是那种面目狰狞的人物,他的恶已被他的大度、从容掩盖得天衣无缝,所以他才能在指使他人吊打李其生后又以救世主的身份出场搭救,才能长期占有隋含章而又以保护者而自居,才能陷害指导员,才能分化瓦解红卫兵……作者塑造这一人物的更深刻的内涵就是揭示出之所以能产生这种人物的土壤,那就是渗透着宗法意识的农民文化心理结构。例如,对于四爷爷赵炳的指令,无论多么残酷、荒诞,人们总是服从,个体生命在权威面前所表现出来的麻木、怯懦、自卑,无疑强化了赵炳的威严。作品在对赵炳作锐利、深刻的批判同时,也对中国农民隐忍、麻木的心理痼疾进行了深入挖掘。

《古船》中的其他人物,如赵多多、长脖吴、张王氏等也刻画得各有特色,并从多个方面把赵炳的形象衬托得更加饱满。其中,赵多多在作品中的作用不可小视。他作为赵炳手下的一名打手,其性格的丰富性是无法与赵炳相提并论的。但就是这样一个残酷、野蛮的人,同样成为洼狸镇政治、经济舞台上的重要角色,这一现象引人深思。赵多多的一切行动都是建立在家族复仇的思想观念之上的，无论是恐吓隋迎之、威逼茴子，还是夺回粉丝厂的大权，他无一不感到一种复仇后的满足和快乐。更为可怕的是，赵多多一系列的复仇行动都假借了革命的名义，利用土改运动打击隋家，利用改革执掌粉丝厂的大权，这一切都曾被当成革命行动。通过赵多多这一形象，作者所要探讨的是如何防止人性异化问题。

三、艺术特色

《古船》在艺术表现上有许多过人之处。

首先，《古船》是一部现实主义与象征主义融合得自然贴切，以象征主义丰富了现实主义的艺术表现力的作品。在艺术表现上，作品既重写实，又重意象，广泛运用象征手法。《古船》中有大量的象征意象，还有象征色彩非常强烈的人物。如铁色的城墙、古船、老磨房、古庙等象征着洼狸镇古老、沉重的历史，芦青河的丰茂、干枯暗示着洼狸镇的历史沉浮变迁，等等。《古船》中的每一个人物也几乎成为中国传统文化某一层面的象征。

其次，《古船》在结构上采用了"一步三回头"的叙事方式，将现实生活与历史生活交汇在一起，慢慢推出，渐渐演进，布局较为匀称。这种结构方式，也使作品的历史内容与现实内容互相渗透、互相辐射，使作品的思想容量大大加强。

第四节　陈忠实的《白鹿原》

陈忠实（1942—2016），陕西人。曾当过中小学教师、文化馆馆长等，现任陕西作家协会主席。1965年发表处女作《夜走流沙河》。出版有中、短篇小说集《乡村》、《初夏》、《四妹子》、《到老杨树后面去》，文论集《创作感受谈》。1993年发表长篇小说《白鹿原》，该作奠定了陈忠实在当代文坛的重要地位。《白鹿原》获第四届茅盾文学奖。

一、《白鹿原》的主题

《白鹿原》是中国当代长篇小说的重要收获，无论其思想容量，还是其审美境界，都达到了很高水平。作品被称为"民族的历史画卷"、"民族灵魂的秘诀"。作者在扉页上引用了巴尔扎克的一句话："小说被认为是一个民族的秘史。"这可以作为我们理解《白鹿原》思想意蕴的一把钥匙。《白鹿原》的主要故事大都发生在清末至新中国成立的近五十年的时间里，在这五十年，中国社会一直是动荡不安的。首先是清帝下台引起民心浮动，接着是督军府的课税引起的"交农事件"，以后是军阀混战、抗日、内战……在这样的背景下，白鹿原一个家族的两代子孙上演了一幕幕惊心动魄的斗争：巧取风水地、恶施美人计、亲翁杀媳、兄弟相煎……陈忠实在描绘这一系列的历史变故以及家族的权利之争时，不再拘泥于原来同类题材作品所惯常采用的政治视角与框架，而是在更为开阔的文化视野下，站在当代的立足点上反思历史，过去许多被文学所忽略的东西纳入了作家的视野，从而写出了一部隐秘的社会演变史及人物的心灵史。正如作者所言："中国人或者更准确一点说，我们汉民族，几千年来读着一本大书……所有人接受的是一个老师关于修身做人，关于治国安邦的教诲。"① 而正是这本大书构成了民族灵魂的全部复杂性、优越性与劣根性、精华与糟粕。白鹿原上所发生的社会变动，无论是与历史的发展方向背道而驰的，还是顺应社会发展趋势的，都会被搅入到族权之争或个人的冤仇相报之中，"人们成了历史的糊涂看客与鏊子上被翻来覆去的烙饼"。② 这是作品对历

---

① 陈忠实：《〈白鹿原〉创作漫谈》，载《当代作家评论》1993 年第 4 期。
② 文斌、佘向军：《〈白鹿原〉思想意蕴新论》，载《中国现当代文学研究》1997 年第 8 期。

史的一种评价与深刻反省。

二、人物形象

《白鹿原》为读者塑造了一系列内蕴深刻、独具特色的人物形象。

白嘉轩是作品中第一个登场的人物，也是作品的灵魂人物。这是一个深蕴着中国传统文化价值的农民形象。"白嘉轩是陈忠实贡献于中国和世界的中国家族文化的最后一位族长，也是最后一个男子汉。在他身上包容了伟大的中国文化传统全部的价值——既有正面的，也有负面的。"① 白嘉轩是白鹿家族的族长，他身上体现出了民族文化的精髓：善良、仁慈、正直、讲义气、以德报怨。他靠艰苦卓绝的勤俭，努力建立起家业，以自己的博施众济树立起威望。他视鹿三为兄弟，情深意长；出面为曾经支使人打断他挺直腰板的黑娃求情；对"关中大儒"朱先生恭敬有加……白嘉轩始终有一个愿望：治理好家业，办理好族事。这是儒家"修身养性治国平天下"的文化精神的表现。但是，作为封建家族的族长，白嘉轩身上同样积淀着中国古老文化的负面价值。他设计换宝地、种植罂粟等，有悖于他的耕读传家的道德人格。作为宗法文化观念的维护者，宗法文化如同一个巨大的磨盘压抑着他，他反过来又成为一个磨盘去碾压不遵从宗法观念的叛逆者。无论是视女人为"糊窗子的纸，破了烂了揭掉了再糊一层新的"的婚姻观念，还是力主惩治田小娥，以至修塔压服田小娥不安分的鬼魂的举动，无不表现出白嘉轩心理上所因袭着的巨大重负。这是一个充满矛盾的人物，他身上正向和负向因素的交织也正是作家本人对中国传统文化既批判又赞赏，既鞭挞又挽悼的复杂情感的表现。在作品其他人物身上也延续

---

① 李星：《世纪末的回眸》，人民文学出版社编辑部编：《〈白鹿原〉评论集》，人民文学出版社2000年版。

了作家的这一矛盾心态。

　　作为白嘉轩的长子,作为白鹿家族年轻的族长,白孝文身上同样包含着复杂的意蕴,这一形象的塑造是作家反思精神的进一步深化。白孝文的人生之路有一个明晰的脉络:年轻持重的族长—自我沉沦—走上仕途。在人生的第一阶段,他扮演着身不由己的角色,父亲白嘉轩"严厉地注视孝文的行为规范",认为"孝文是好样的"。于是他成为父亲的继承人。"好样的"孝文出面惩治了纵情纵欲的田小娥,维护着既有的道德规范。但他最终走向了自我沉沦的深渊。白孝文的沉沦有族权斗争的因素在里面,但也源于他无法抑制的情欲的涌动。他堕落之后甘于堕落,狂嫖滥赌,直至倾家荡产。这是对他父亲白嘉轩所代表的传统文化人格的一次背叛。所以,白孝文曾被看作是叛逆者。当他走上仕途、飞黄腾达之时重返白鹿原,重新匍匐在父亲的脚下,但这绝不是简单意义上的精神复归和对宗法文化的认同,用他自己的话说,"回来是另一码事"。他再次离乡时对妻子说:"谁走不出这原谁一辈子没有出息。"这"原"既指生他养他的故土,更指父辈和他曾经信守的精神原则。虽然促使他叛逆的原因是多重的,但宗法文化对人的压抑是其中的一个重要原因。在作品的最后,他成为一个双重人格的苟且偷生者,这进一步提醒人们思考如何防止人格异化这一问题。

　　作品中的其他人物,作为作者心中的人格神而出现的朱先生,追求个性自由、蔑视宗法文化的叛逆者鹿兆鹏、鹿兆海、白灵等,都塑造得十分成功。

三、艺术特色

　　《白鹿原》独到的艺术表现为增加作品的艺术含量起到了举足轻重的作用。

　　首先,作品广泛运用了象征手法。作品反复出现的意象有白鹿、鏊子等。白鹿象征着民族文化精神。例如，作为白鹿原人精神支柱的朱先生逝世时，他妻子看见前院腾起一只白鹿，掠上房檐飘过屋脊在原坡上消失。再如，白灵牺牲时，他的几个亲人都梦见了白鹿，这一描写增加了白鹿的另一重象征意义：它象征着中华民族对正义事业的矢志不渝的追求与敢于献身的精神。鏊子则象征着当时像烙饼一样翻来覆去的社会运动对人的煎熬。另外，像祠堂、塔等，也都承载着丰赡的象征意蕴。

其次，《白鹿原》充满了魔幻色彩。作品不仅引用了神话，而且引入了民间传说、古典戏剧等神话情节，充满了魔幻、神奇的气氛。如白鹿飘过的地方枯草复荣、毒虫俱死、瞎子重见光明、丑女变天仙、秃子生乌发的传说，小娥死后化为飞蛾的奇事，等等，读来荒诞离奇，细细品味又别有深意。

最后，《白鹿原》呈现出浓郁而深厚的地域文化特色。作品中的自然景观、人文景观、风俗习惯等都呈现出关中特有的风情。

第十三章 新时期的中篇小说（上）

第一节 概　　述

新时期的中篇小说，以题材的广泛性、思想的深刻性、刻画人物的复杂性、表现手法的多样性，全面超越了十七年的小说创作。在新时期，和篇幅短小、反应敏捷的短篇小说相比，中篇小说的起步稍晚，但其发展的趋势却坚实而平稳，所取得的成就也比较显著。

一、中篇小说的迅猛发展

中篇小说之所以能在新时期之初即得到迅猛发展，主要源于中篇小说的文体优势。随着"解放思想，实事求是"的思想观念的确立，对历史的反思和现实的思考也逐渐走向深化，这就要求作家要选择一种能够适应这种表达需求的文体，这种文体既要能够表达更为深入丰富的思想内容，又要不至于因篇幅太长而影响发表的速度。中篇小说的篇幅介于短篇和长篇之间，作品的容量和创作周期也自然介于二者之间，它既具有短篇小说迅速及时地反映现实生活的优点，又能像长篇小说那样蕴涵较深广的生活内容。这样，为了适应生活节奏加快的特点，为了较快地将生活的信息传递给读者，中篇小说自然就成了最适合的文体。因此，继短篇小说勃兴之后，以1979年鲁彦周的《天云山传奇》和从维熙的《大墙下的红玉兰》为先声，中篇小说以狂飙突进的气势迅速崛起。而此时出现的众多大型文学刊物,也为中篇小说的崛起和发展创造了条件。在 1978 年,全国省市一级的大型文学期刊,只有《十月》一种,到 1979 年就发展到 13 种,1980 年为 26 种,1981 年以后至少有 30 种。这些大型刊物为中篇小说的发展提供了园地,促进了创作中篇小说的作家不断涌现,推动了中篇小说创作的不断发展。

二、中篇小说创作的成就

新时期中篇小说创作的成就,主要体现在表现内容的丰富性和艺术手法的创新两方面。

（一）表现内容的丰富性

就表现内容而言,新时期小说突破了十七年文学和"文革"文学中"左"的文艺思想的束缚,敢于正视现实,敢于冲破禁区,敢于揭露矛盾冲突,开拓了很多新的表现领域,使社会生活的各个层面都得到了艺术化的再现和反映。

1. "反思文学"

这一时期不仅涌现了大量反思历史生活的作品,而且在反思的广度和深度上有了很大的发展。这方面的代表作品有：从维熙的《大墙下的红玉兰》、冯骥才的《啊》、张一弓的《犯人李铜钟的故事》、高晓声的《李顺大造屋》、鲁彦周的《天云山传奇》、王蒙的《布礼》、《杂色》、《蝴蝶》,张贤亮的《绿化树》、《男人的一半是女人》,谌容的《人到中年》,韦君宜的《洗礼》,温小钰的《土壤》等。这些小说从多方面审视了社会生活,既有对"文革"成因的历史反思,也有对农民痛苦生活的揭示；既有对知识分子命运的思考,也有"左"倾迫害下老干部的自省精神的表现。这些从多方面审视社会生活的中篇小说,不但充分体现了作家鲜明的历史意识和批判精神,也极大地发挥了文学干预现实的功能,表现出了深厚的现实主义力度。

2. "改革文学"

在短篇小说中首先高扬起"改革文学"旗帜的蒋子龙,在中篇小说中继续他的改革探索,反映工业改革的《开拓者》、《赤橙黄绿青蓝紫》、《锅碗瓢盆交响曲》和他的短篇小说一起,塑造了"开拓者"家族的系列形象。此外,如高晓声的《漏斗户主》、《陈奂生上城》、《陈奂生转业》、《陈奂生包产》,张贤亮的《龙种》,水运宪的《祸起萧墙》,贾平凹的《鸡窝洼人家》、《腊月·正月》,路遥的《人生》等,分别从不同的层面揭示了改革给人们的生活带来的变化。这些作品围绕着在改革的过程中所表现出来的新旧思想的冲突以及不同阶层的人物心态和思想动向,传递出强烈的时代气息,深刻地揭示了改革的必然性以及由此产生的迂回曲折的过程。

3. 军事题材的文学

这一时期的军事文学突破了"战斗文学"的老框子,不但反映了和平环境里的军队生活和当代军人的精神风貌,也揭示了军内军外相关联的社会矛盾和心理冲突,塑造出一批具有浓郁时代气息和复杂性格特征的当代军人形象。如李存葆的《高山下的花环》、《山中那十九座坟茔》,朱苏进的《射天狼》,韩静霆的《凯旋在子夜》,江奇涛的《雷场上的相思树》,刘兆林的《啊,索伦河谷的枪声》,王中才的《三角梅》,周大新的《走廊》等,都从不同侧面、不同角度对当代军旅生活进行了多层次的挖掘,而且打破了军事文学在塑造军人形象时的"神化"倾向,写出了英雄人物作为人既高大又平凡的一面。

4. 新题材小说的出现

新时期中篇小说内容的丰富性还表现在出现了一批过去没有或少有的各类题材的中篇小说,形成一个多元化的小说创作格局。如写知青生活的梁晓声的《今夜有暴风雪》、阿城的《棋王》;写大学生活的徐星的《无主题变奏》、张笑天的《公开的内参》;写女性生活和命运的张洁的《方舟》、航鹰的《东方女性》;写普通人生活状态的池莉的《烦恼人生》,方方的《风景》,刘震云的《单位》、《一地鸡毛》；写市民风俗、反思传统文化的邓友梅的《烟壶》、冯骥才的《神鞭》、王安忆的《小鲍庄》等；写藏族生活的马原的《冈底斯的诱惑》、扎西达娃的《西藏，隐秘的岁月》；写抗日战争生活和历史故事的莫言的《红高粱》、苏童的《妻妾成群》，以及写新的社会现象的毕淑敏的《原始股》、何继青的《军营股民》、钟道新的《单身贵族》等。这些题材的出现，使新时期中篇小说在表现内容上具有了前所未有的多样性和丰富性。

（二）艺术手法的创新

在写作手法的创新和突破方面，新时期的作家也通过中篇小说做了大胆的探索和尝试，几乎每一次新艺术手法的运用，都有中篇小说参与其中。这首先表现在人物塑造方面，作家们除了继承传统的表现手法刻画人物外，特别注意描写人物的丰富的内心活动，注重向人物的灵魂深处进行挖掘。如作为意识流小说代表作之一的王蒙的《蝴蝶》，就大胆地吸取和采用了西方意识流小说的自由联想、内心独白、象征等表现手法；谌容的《人到中年》在描绘陆文婷昏迷状态时，也综合运用了幻觉、臆念、象征等艺术手法。新时期中篇小说在艺术手法上的创新还表现在对作品结构的精心安排和巧妙构思上。如《蝴蝶》用的是心理结构，《公开的内参》用的是书信体结构，《土壤》用的是立体交叉的结构，《人到中年》则主要采用的是心理结构和情节结构相结合的方法，等等。这些结构作品的方式使新时期中篇小说的结构艺术呈现出多样化的局面。

由于表现内容的丰富和艺术手法的创新，从而使新时期创作中篇小说的作家形成了自己独特的艺术个性，从题材的选择到作品的结构以至作品的语言，都形成了自己的艺术风格。如王蒙的历史反思和意识流结构、蒋子龙的开拓者形象和粗犷豪放艺术风格、马原的西藏生活与魔幻现实主义手法、张贤亮的右派题材和浓厚的理性思辨色彩、李存葆的军旅生活和深沉的哲思、刘绍棠的乡土文学和牧歌情调等，都表现出强烈的个人化色彩，从而出现了各种艺术风格的作品竞相涌现的情况，为新时期文学的繁荣和发展作出了突出的贡献。

第二节 谌容的《人到中年》

谌容（1936— ），原名谌德容，四川省巫山县人，生于湖北省武汉市，1954年考入北京外国语学院。谌容的小说创作以中、长篇为主。1975年和1978年先后出版了反映农村生活的长篇小说《万年青》和《光明与黑暗》（第一部）。她创作的中篇小说有《永远是春天》、《人到中年》、《赞歌》、《白雪》、《真真假假》、《太子村的秘密》、《减去十岁》等。其中，1979年发表的中篇小说《人到中年》引起了强烈的社会反响，荣获1977～1980年全国优秀中篇小说奖。

一、《人到中年》的主题

《人到中年》有着深刻的思想内容和积极的社会意义。小说通过描写主人公陆文婷所面临的种种困境，深入地剖析了知识分子问题以及这一问题所反映出的社会痼疾。《人到中年》描写中年女医生陆文婷，在"超负荷运转"中，心肌梗塞病发，几乎造成悲剧。这在当时是一个极具前瞻性和突破性的社会课题。作者把一位中年知识分子的命运，放在特定的社会背景中加以展现，从知识分子问题入手，提出了改革社会现实的强烈愿望，这与80年代初呼唤科学、呼唤文化的时代精神和民族社会心理产生了广泛的共鸣，具有深刻的历史性和时代性，这篇小说也因此引起了全社会的关注。

《人到中年》在主题方面的突破还在于它进一步提出了怎样对待人生的问题。这个问题具有历史的永恒性，当它和知识分子的命运结合起来的时候，又具有了很强的社会现实性。以陆文婷为代表的知识分子，尽管他们的社会职业不同，但是都有着强烈的事业心和责任感，在种种社会压力面前埋头苦干、任劳任怨，丝毫不计较个人的得失与荣辱,他们把这种无私的奉献视为无悔的人生选择。小说以憾人心弦的笔触,通过生动的艺术形象,揭示了人们应该怎样看待人生价值的问题。

二、陆文婷的形象

陆文婷是当代文学史上具有开拓性意义的知识分子形象,她是一个具有传统美德的现代知识分子。作为新中国培养出来的一名眼科医生,她有着强烈的爱国情怀和敬业精神,祖国对她来说始终代表着一种坚定的信念,对事业的执著则是推动她无私奉献的动力。作者对陆文婷形象的塑造,首先展示的是一个知识分子强烈的敬业精神和高尚的职业道德。她既不被庸俗的偏见所左右,也不随政治潮流的涨落而沉浮,总是一丝不苟、全身心地投入到工作当中。她对不同身份的病人都是一视同仁,以高度的责任心和精湛的技术为他们解除病痛。然而大的社会环境并没有给她这样的知识分子提供一个良好的生活环境,迫使她时时刻刻都在医生、妻子和母亲的角色之间挣扎。作为知识分子,她的性格逻辑使她不能做出等同于常人的选择,强烈的社会使命感,使她只能扮演优秀的医生和不称职的妻子和母亲的形象,这是那个时代来自于知识分子内在性格逻辑的悲剧。

陆文婷这一形象所以具有震撼力,源于她身上笼罩着的悲壮色彩和强烈的内在矛盾性。她的性格是柔弱而坚强的。作者描写了她瘦小纤弱的身形,但着重展现了她的坚强,她总是用瘦削的双肩,默默地承受着生活中各种突然的袭击和经常的折磨,没有怨言,没有怯弱,也没有气馁。她在工作中任劳任怨,却对自己的丈夫、孩子充满了愧疚。她想做个贤妻慈母,她的慈母深情和她坚强的毅力一样,是内在的、深埋在心底的。陆文婷在家庭中所表现出来的这种深情,与她在工作中所表现出来的高尚品质与负责态度相互呼应,共同构成了一个浑然一体的丰满的女性知识分子的形象。

三、《人到中年》的艺术特色

《人到中年》在情节结构上具有很强的开放性,突破了传统小说单一的叙事模式,不再追求情节的顺序性和故事的完整性,而是采用了多角度、多层次、全方位的结构方法,把几个表面上相对独立、互不关联、充满细节的生活场景组织成一个整体,放在社会生活的大背景中展示给读者。小说采用倒叙的方法,从陆文婷的突然发病写起,用一种总体的氛围而不是故事串联起22个章节,尽管人们很难在章节之间找到明显的联接点,但却充分地感受到了它们的整体性。各章节的内容在对比、衬托中产生了类似电影蒙太奇手法的效果,充满了结构艺术的弹性和张力,形成了浓郁的艺术氛围。

《人到中年》另一个鲜明的艺术特色,是成功地运用了意识流的手法。这篇小说的结构基本上是围绕病危中的陆文婷的内心活动展开的,它从人物个性出发,避免了公式化、概念化、简单化的心理描写,而是伴随着人物性格和故事情节的发展展开人物的意识流动,前后一致而又富于变化地刻画了主人公在人生各个阶段的感知、感觉和感受,从而使意识流动不仅成为结构作品的重要框架,而且成为刻画人物心理的重要手法。作者在陆文婷临近死亡前运用了大段的心理描写:"这使她意识到眼前的一切真真实实,确实不是梦;她觉得一切都无可挽回地结束了。于是在汹涌的波涛中,她听见、看见了佳佳、园园、家杰以及无数病人在追着她而来,但她却仍在沉下去、沉下去……"这一段饱含渴望挣扎与无奈失望的心理描写,精彩地刻画了人物的心灵世界,展示了主人公在生命垂危之际矛盾复杂的内心活动,这是意识流的手法在新时期较早的运用,也在当时的文坛引起了震动。

《人到中年》还饱含着浓郁的诗情。小说以裴多菲的诗歌《我愿意是树》为主旋律,这首诗在小说中前后一共出现过三次:第一次是在陆文婷、傅家杰恋爱的青春期,这时他们心中充满了对美好生活的期待；第二次是他们送走了姜亚芬夫妇的那个晚上，傅家杰又重提起了这首诗；第三次则是陆文婷在生命垂危的时候，傅家杰想用诗唤起她对生命的欲望和勇气，但是每念完一段，陆文婷都吃力地回答"我不能……游了"，"我……飞不动了……"，"我……攀不……上去了！"小说以诗歌的意绪对照人物的生命情绪，既是对音乐乐章结构的汲取，也是诗歌意境在小说中的运用，加之小说本身语言的美、人物的美、音乐的美，使这部小说充满了浓郁的诗情和理趣。

第三节　路遥的《人生》

路遥（1949—1992），生于陕西省清涧县一个贫困的农民家庭。1973年进入延安大学中文系学习，开始了他的文学生涯。中篇小说《惊心动魄的一幕》和《人生》，分别获得第一届、第二届全国优秀中篇小说奖，长篇小说《平凡的世界》荣获第三届茅盾文学奖。1992年不幸病逝。

一、《人生》的主题

1982年发表的中篇小说《人生》是路遥具有代表性的作品。作品以乡村和县城为生活背景，描写了高加林个人奋斗的历程。农村青年高加林高中毕业后，在村里担任民办教师，却被大队书记高明楼的儿子挤出了学校，无奈之下，只好在家务农。在深深的痛苦中，一直暗恋着他的刘巧珍，以自己真挚的爱抚慰着他心灵的创伤。然而正当他准备在农村大干一番事业的时候，由于他的叔父转业当了劳动局的局长，他也就戏剧性地成了县委大院的通讯干事，并和担任县广播站播音员的老同学黄亚萍产生了爱情。遗憾的是，生活又拿他开了个玩笑，一封检举信使他重新成了农民，再次回到他又恨又爱的黄土地上。

尽管贯串《人生》这部小说的线索是爱情的纠葛，但《人生》并不是一个单纯的爱情故事。《人生》通过高加林的人生际遇，展现了社会转型期，城乡"交叉地带"深刻的社会矛盾。在城市与农村、传统与现代、文明与落后的十字路口上，通过农村知识青年高加林的奋斗和挫折、希望和失落，揭示了具有时代特征的主题。高加林的人生追求是具有典型意义的，它体现了农村生活的发展趋势。表面上看，高加林追求的是一种生活环境的改变，而实质上作品揭示的是乡村文化和城市文化之间的冲突、现代文明与传统文化的冲突。《人生》的这一主题，及时而准确地揭示了当时社会生活中某些新的特点和存在的矛盾。社会转型期新生活对农村的冲击，最早触动的是农村的知识青年，他们对新生活充满了渴望和追求，不愿再走父辈的老路。从社会发展的角度来看，他们是农村的未来，也是农村的希望，解决他们的问题是解决农村问题的关键。在80年代初期，路遥对这一问题的提出，具有重要的时代意义和社会意义。但是，作者并没有按照传统二元对立的模式为改革生活预设一个理想的结局，而是大胆坦率地暴露出作家内心的矛盾：一方面，传统的生活方式、思想观念、伦理道德正严重地阻碍社会变革；另一方面，社会变革的过程中，许多美好的东西又会丢失。因此，在作品中，作者并没有为人生道路指明方向，只是真实地把复杂的现实深刻地揭示出来，将诸多的问题留给读者去思考。

二、高加林的形象

作为那个时代农村知识青年的代表，高加林的性格内涵是复杂而又典型的。他是一个有知识有追求、渴望实现自身价值的青年农民，尽管他对农民怀有深厚的感情，但却对农村落后的现状怀有深深的不满。他向往城市的文明和进步，却又"先天不足"。在这个复杂而又充满矛盾的环境中，形成了高加林复杂的性格，他有才能又肯于吃苦，有抱负又勇于奋斗，但是社会现实并没有因此给他提供充分的施展空间，他的出身限制了他的发展：虽然有着比别人更强的能力和才干，却被挤出了教师队伍；虽然有着改变落后生活方式的愿望，却遭到乡亲们的反对；虽然冒雨采访，写出了感人至深的文章，却因为走后门，而将这些才华一笔抹杀。这种社会现实与他强烈的个人发展欲望结合在一起，就注定了他的悲剧性命运。因此，高加林的悲剧，不仅在于他选择了一种与现存的人生观相矛盾的奋斗方式，更在于社会的不公平，社会并没有为他的发展提供一条正当的发展道路。

高加林的性格是复杂的，又是统一的，支持他种种行为的动力是强烈的发展个人的欲望以及因此而产生的刚强的性格。从农村到城市，随着社会地位的变化，高加林性格中的这种矛盾性不断显现出来。当他合理的要求受到不应有的压制时，他得到了读者的同情；当他不择手段去实现不合理的欲望时，他的行为则令人憎恶。正是由于这种矛盾的典型性，使高加林的形象在当代文学史的人物画廊中脱颖而出。

三、《人生》的艺术特色

路遥继承了现实主义的文学传统，高度忠实于生活、忠实于人物所处的环境和性格的逻辑。他在谈到《人生》的创作时说："我当时只是力求真实和本质地反映出作品所涉及的那部分生活内容。"在创作当中，路遥十分注重对人物心理的剖析，在书写人物命运和人与人之间复杂的关系的同时，对人物的心理活动进行了深入的描写，把传统现实主义的叙事手法和现代的心理分析有机地结合在一起，推动了关键情节的发展。同时作者还善于通过一些富有特征的行动来刻画人物、展开情节。例如高加林失去了民办教师的职务之后，他的父母对高明楼的做法十分愤怒，但是当高加林要写信告发时，却被母亲阻止了，而父亲则再三叮嘱他不要改变对高明楼的态度，还让他母亲摘一筐茄子给高明楼送去。高加林父母的行动似乎不合逻辑，但却更深刻地表现了母亲胆小怕事，父亲胆小又工于心计的性格，并且从另一方面反映了高明楼的"乡霸"作风，和普通老百姓敢怒不敢言的精神状态。这种创作方法不仅使情节的发展富于变化，而且进一步深化了作品的主题。

《人生》的另一个艺术特点，是弥漫全篇的悲剧格调。在《人生》中，作者大胆而深刻地为我们展示了一幕人生的悲剧、社会的悲剧、青春的悲剧、爱情的悲剧以及文化和精神的悲剧。在这一幕幕悲剧中，如果说高加林个人奋斗失败的悲剧让人感到的是浓重的悲哀的话，那作家所极力歌颂的德顺爷爷和巧珍的爱情悲剧，则令人感到的是无比的心痛。德顺爷爷有过自己的幸福追求，但只能把幸福埋在心底；巧珍有过刻骨的爱情，但只能和心爱的人分手，巧珍和德顺爷爷之间有一种内在的承接。从审美的角度看，它既体现了作者自身的苦难意识，又使作品获得了一种感人的悲剧意蕴。

第四节　张贤亮的《绿化树》

张贤亮（1936—2014），原籍江苏盱眙县，生于南京。1957年因发表长诗《大风歌》被错划为右派。1979年重返文坛后创作了短篇小说《灵与肉》、《肖尔布拉克》，分别获1980年和1983年全国优秀短篇小说奖；中篇小说《绿化树》获1983～1984年全国优秀中篇小说奖。他的重要作品还有短篇小说《邢老汉和狗的故事》，中篇小说《土牢情话》、《龙种》、《河的子孙》、《男人的一半是女人》，以及长篇小说《男人的风格》、《情感的历程》、《习惯死亡》和《烦恼就是智慧》。

一、《绿化树》的主题

《绿化树》是由九个中篇构成的《唯物论者的启示录》中的一

篇。在这部作品中,张贤亮描写了中国知识分子被弃置、被放逐的悲惨境遇,深刻地批判了极左思想给社会带来的巨大危害,同时表达了作者对劳动者真挚的热爱和崇敬之情。作品写了一位崇拜唯物主义的知识分子章永璘,在监狱劳改农场极其贫困的生活条件中,如何在马克思主义理论的启发和劳动人民的影响下,经过艰苦的追求逐步达到较高的思想境界的曲折过程。同时,作者还大胆涉及了很少有人描写的领域,思考了几乎被夺去基本生存权力的知识分子同"食"、"色"本能进行的抗争。在理性之光的照耀下,主人公一次次发现自己被本能诱发出来的卑贱与邪恶,也一次次审判着自己的平庸,寻求着比生存更高尚的内容。他的身上充满了负罪感和屈辱感,一方面挣扎于理性与非理性、灵魂与肉体的搏杀中,一方面渴望获得新生、成为新人。在这里,作者将主人公章永璘置于一个特定的时空环境当中,在批判极左政治扼杀人性、制造人间悲剧的主题中,达到了对社会政治的反思层次。

《绿化树》还展示了粗犷、质朴的劳动者的美好心灵。例如海喜喜、谢队长、马缨花这些人物,他们虽然卑微、庸俗,甚至愚昧、野蛮,然而心胸博大、宽宏。尤其是马缨花,当章永璘陷入饥饿和孤独时,她慷慨地把自己并不充裕的食物赠与对方,并用金子般的心灵温暖着章永璘,使他重新获得做人的力量和尊严。章永璘正是在这种不是十分高尚的环境和人群里,获得了高尚的心灵滋润,在一片贫瘠的荒山野岭中,看到了象征着美好心灵与人生的"绿化树林"。这种充满象征意味的描写,不但是对与马缨花感情的真挚追忆,也是对劳动人民美好心灵的形象概括。

二、章永璘的形象

章永璘是一个独特的知识分子形象。他勤于思考,勇于探索,对社会、人生、伦理等问题都有着独特的见解和探索的愿望。他和张贤亮笔下的其他知识分子一样,都以社会主人翁的姿态精心描绘着理想的蓝图,努力实现着改造社会的理想。他是一个崇拜唯物主义的学者,被关进监狱,仍然坚信并坚持唯物论,可见他的坚定与赤诚。而这样一位坚定的革命者,却被打成反革命分子,被作为社会的渣滓和人民的对立面而实行专政。这样,就在他的身上汇集了一系列"灵与肉"的矛盾问题:章永璘作为坚定唯物论者的高尚心灵,同他作为反革命分子的身份是矛盾的;章永璘坚信和追求的唯物主义是社会最高尚的精神财富,而他在监狱劳改农场所过的生活却是社会最贫困最低下的生活;章永璘作为反革命分子和劳改犯,是被社会鄙视和专政的,而在劳改农场中,在马缨花、海喜喜等没有文化知识的社会下层人物中,他却获得了真正的理解与同情。这种人的精神境界与社会地位的矛盾和颠倒,人的精神追求和社会实际环境的矛盾和颠倒,正是对极左路线所造成的历史灾难的反思和概括。

三、《绿化树》的艺术特色

充满思辨色彩的理性之美是《绿化树》的主要艺术特点。张贤亮对马克思主义的哲学、政治经济学有着较为深刻的理解,在创作中他习惯于利用辩证唯物主义、历史唯物主义和政治经济学的观点分析各种社会现象和人物心理,从而使作品显出很强的理性思辨的色彩。在创作中,张贤亮经常通过笔下人物的思考和探索,表达自己对生活的思考,使作品在理性之光的照耀下,增强了主题的思想性和说服力。

凝聚着粗犷苍劲的荒原气息是《绿化树》的又一个艺术特点。《绿化树》描绘了一幅雄浑苍健的风情画卷。张贤亮的小说大都以西部的生活为背景,展示着自然经济条件下生活方式的原始状态。正是这一独特的文化背景与张贤亮小说中的人物相结合,形成了强烈的对比。章永璘所面临的严酷的政治环境,和他在民风淳厚古朴的荒原中得到的同情、鼓励和支持融合在一起,使他获得了保持生命尊严的勇气和力量，最终完成了对时代的超越、对自我的超越，他所身处的环境也因此显示出更为深刻的审美内涵。

第五节　张承志的《北方的河》

张承志（1948—　），回族，生于北京，高中毕业后到内蒙古锡林郭勒盟东乌珠穆沁旗插队做牧民。1972年进入北京大学历史系读书，1978年考入中国社会科学院，从事北方民族史的研究工作。同年创作的小说《骑手为什么歌唱母亲》获1978年全国优秀短篇小说奖。主要作品有分别荣获全国第二、三届中篇小说奖的《黑骏马》、《北方的河》，以及长篇小说《金牧场》、《心灵史》等。

一、《北方的河》的主题

《北方的河》没有完整的故事情节，主要人物只有"他"和"她"，写法接近抒情散文。主人公"他"在新疆大学毕业后，决心放弃原来所学的汉语专业，去报考人文地理专业研究生考试，并以北方的五大河流——额尔齐斯河、黄河、湟水、永定河、黑龙江为研究对象。为了考察北方河流的地理状况，"他"前往黄土高原去考察。路遇某小报女摄影记者"她"，他们结伴而行。他们来到黄河畔，为黄河的壮丽景色、磅礴气势所感动、震慑，黄河激起了"他"对父亲深沉的爱，也唤起了"她"曾目睹的一幕惨景；他们来到湟水河畔，在一条沟底发现了四千多年前的彩陶碎片，"她"以一小排小青杨为背景，将它们拍摄下来；对额尔齐斯河的描写是由"他"的回忆展开的，河水在戈壁滩前舒缓地滑过，沼泽里的芦苇长成一道道曲折的屏障，以及那个为了回内地而抛弃了自己的叫海涛的姑娘；他们从黄土高原回到北京，"他"在报考A研究所研究生的事情上遇到困难，于是"他"和"她"又结伴来到永定河畔，几经曲折，A研究所终于批准了"他"的报考申请；最后，"他"梦游了黑龙江，在梦中他"惊喜地发现自己正在继续获得着青春"，"他"用炽烈的爱情和不安宁的生命等待的一天正在降临。小说以北方的五大河流作为审美对象，表达了作者对历史和人生的深沉思考。

《北方的河》真实地再现了现代知识青年探索人生的精神历程。与新时期的其他小说不同，张承志对人生的探索不仅仅局限于现实的人生选择，而是有着深广的精神内容。在《北方的河》中，他把探求人生的触角深入到民族历史的文化渊源当中，以北方广袤的大地为背景，以厚重的民族历史为基点，再现了一个现代知识青年探索人生的精神历程。随着对北方的河流的探索，他对人生的意义和价值的认识不断深化。黄河使"他"认识到个人在历史进程中的渺小，个人的情感不可能超越历史，那种过分看重个人的得失和苦乐的想法是十分可笑的；湟水使"他"认识到个体的生命只有真正融入了历史，才能在获得意义的同时获得永恒；永定河使"他"懂得了无论怎样奔腾的河水最终都会变得平缓宁静，要成为真正的男子汉还需要宽阔的胸怀。在考察的过程中，自然给了"他"生命的激情和人生的启示，帮助"他"完成了正确的人生选择。《北方的河》在延续了自然启示人生的主题的基础上，唱响了一曲对自然、对祖国、对青年和对美好未来的赞歌。

二、《北方的河》的诗化风格

《北方的河》和张承志的许多小说一样，呈现出一种充满象征意蕴的诗化风格。在结构上，小说并不以情节为中心，情节退化成为展开主题的心理背景。对壮阔的大河景色的描写，重在表现主人公豪迈的气概和坚忍不拔的精神。因而整个作品是一个完整的象征对应：一边是黄河、湟水、永定河和追忆中的额尔齐斯河和黑龙江，一边是那个充满青春活力的"他"的青春的足迹；前者作为抒情描写的客体,后者作为作家的主体和人物的主体,二者的有机结合,使北方的大河和对大河的游历成为一个和谐的艺术整体,包含着丰富的精神内涵。同时,小说在描写的时候,处处穿插着人生片断的展示:黄河畔那个"红脸膛后生",湟水滩那个"干打垒墙的小庄户院"和哈萨克的"老母亲",北大荒农场以及阿勒泰草原的插队生活,还有一幕幕"文革"中发生的惨剧……在这里,历史与现实,自然与人生,个人与民族全部都融合在一起,于是,大河成为一首诗、一曲歌,一种永往直前、奔腾不息的民族文化和人格力量的象征,寄托了作者对自己民族、历史的无比深挚的爱。这种象征的意味使作品显示出明显的诗化风格,作品的主题在诗的旋律和意象中呈现出来,既凸显了主人公坚定执著、顽强不息的精神追求,又使作品洋溢着浓郁的理想主义色彩和诗化风格。

《北方的河》的诗化风格除了体现在结构上的象征和隐喻之外,还体现在流畅自然的意识流的写作方法和雄浑壮观、激越奔放的语言上。在作品中,作者大量运用意识流的手法,将心理感受与外在环境、人物的表现有机地融合起来,再辅以寓意深刻的幻觉描写,从而在相对较为单一的情节框架内打破种种现实的束缚,在有限的篇幅内扩大了作品的容量,给予作品以丰富的意蕴。小说的语言雄浑壮观、激越奔放,具有诗的节奏和境界,对河流的描写尤为精彩。如写"他"梦中的黑龙江:"一声低沉而喑哑的、撼人心弦的巨响慢慢地轰鸣起来。整个雪原,整个北方大地呻吟着震颤着。迷濛的冰河开冻了,坚硬的冻甲正咔咔作响地裂开,青黑的河水翻跳起来,拥推开巨船般的冰岛。在同一个刹间,雪原上长长地拂来了一股暖流。积雪融化了,汩汩的细流渗透着,在凹地和低处汇成了清亮的雪水溪,朝着大河快乐地奔跑。河中间已经出现了一条发亮的、微黑的水道,正在庄严的音乐中朝着下游平稳地启程。而整个一条河流的上下却仍在连声炸响着,冰排、冰洲、冰块、冰岛在漩流中愤怒又惬意地粗野碰撞。"文笔美丽深沉,流畅凝重,正如黄河之水,一泻千里,充满着壮美的气势,既给人以强烈的美感,也使作品呈现出诗的韵律和节奏。

第六节 贾平凹的《腊月·正月》

贾平凹(1953—),原名贾平娃,陕西省丹凤县人,1975年毕业于西北大学中文系。1973年开始发表作品,先后出版了《兵娃》、《小月前本》、《腊月·正月》、《天狗》等中篇小说集,并著有长篇小说《商州》、《浮躁》、《妊娠》、《废都》、《白夜》、《怀念狼》等。其中《满月儿》和《腊月·正月》分别获得1978年全国优秀短篇小说奖和1983~1984年全国优秀中篇小说奖。

一、《腊月·正月》的主题

中篇小说《腊月·正月》是贾平凹具有代表性的作品。作品通过王才和韩玄子两代人在农村中社会地位的变更,表现了新旧两种不同的思想观念和生活观念的冲突。描写了进入新时期之后,农民们为了摆脱贫困、落后、愚昧的面貌,所经历的政治、经济、文化、道德、心理的曲折复杂的斗争,从时代的高度,以富有现代意识的视点和浸染着传统气息的审美追求,准确地把握了当代农村改革生活中的某些规律,鲜明地提出人在现代化过程中如何走向自我完善、寻求更大的发展的时代课题。同时,通过对农村社会大变革潮流冲击下各种人物的心理、思想变化的展现,揭示出社会改革不可遏止的历史必然性。作者全方位地再现了新时期改革浪潮中的农村生活,用历史发展的眼光、现代批判意识剖析了在商品大潮冲击下的人和事,反映了经济改革所引起的人们的思想感情、道德观念的变化。

二、人物形象与艺术特色

在《腊月·正月》中,王才是新时期农村新人的典型形象。他不仅头脑灵活、信息灵通,而且足智多谋、善于经营,是新时期农民企业家的典型。王才本来是一个无权无势而且势单力薄的农民,但是他不仅认清了形势,而且抓住了机遇,紧紧依靠新的富民政策,充分发挥了自己的专长,通过兴办食品加工厂走上了富裕的道路。富裕以后,他不事张扬,却显露了不凡的气概,他买了好房子,还出钱请狮子队给工厂增加光彩。但在处理与韩玄子的矛盾时,却显得宽厚忍让,注重实际而不意气用事,当他的事业得到了领导的支持和社会的公认时,他却更加谦和谨慎,这固然是他求实精神的表现,但也是他精明的一种反映。王才是一个适应新时期要求的新生活的创造者,代表着社会发展的主流方向。

韩玄子是作者着力塑造的另一个形象。他的身上有浓厚的农民意识,同时也有传统知识分子清高、虚伪、爱面子、不实事求是的一面。过去,在农村由于他有文化、了解政策,他是人们眼中的能人,但是随着改革的潮流,他在人们心目中的地位逐渐动摇了。因此,他开始对很多事情看不上眼,显现出了他狭隘和执拗的一面。这个人物比较典型地反映了改革新形势下一部分人对旧秩序、旧观念的怀念和对新思想、新事物的抵触情绪。

独特的审美视野和鲜明的时代主题相结合是《腊月·正月》的主要特点。作者的故乡陕西商州丹凤有着古老的文化氛围和浓郁的民族风情,这对他的文学创作有着深刻的影响,对陕南山区自然和人文景观的描写成为贾平凹小说创作的一个重要的艺术特征。但是他并不仅仅局限于对田园牧歌式的生活的轻盈抒写,而是不断地追求风俗画卷与时代精神的统一,把写生活之美的特长向历史文化、社会心态和人性内涵的深度扩展,在风俗画中孕育了人物的思想、感情、性格和气质,表现出了崇高的审美情趣和强烈的时代精神。

第十四章 新时期的中篇小说（下）

第一节 韩少功的《爸爸爸》

一、创作概述

韩少功（1953— ），笔名少功、艄公等，湖南长沙人。1969年初中毕业后，下放到湖南省汨罗县农村插队。1974年调县文化馆工作，开始发表作品。1978年考入湖南师范学院中文系。1979年发表短篇小说《月兰》，① 在文坛崭露头角。1982年毕业后在湖南省总工会的杂志《主人翁》任编辑。1984年调作协湖南分会从事专业创作。1988年到海南后开始主编《海南纪实》杂志。1996年与同人策划文人杂志《天涯》，任杂志社社长。出版有中短篇小说集《月兰》、《飞过蓝天》、《诱惑》等，以及文艺理论《面对神秘空阔的世界》。1996年出版的长篇小说《马桥词典》（作家出版社）引起各方争论。对传统文化心理的反思和批判是其创作的一个基本主题。他的《西望茅草地》和《飞过蓝天》分别获1980年、1981年全国优秀短篇小说奖。他是1985年倡导"寻根文学"的主将，发表《文学的根》，② 提出"寻根"的口号，并以自己的创作实践了这一主张。比较著名的有《爸爸爸》、《女女女》等，表现了向民族历史文化深层汲取力量的趋向，饱含深邃的哲学意蕴，在文坛产生很大影响。

---

① 韩少功：《月兰》，载《人民文学》1979年第4期。
② 韩少功：《文学的根》，载《作家》1985年第4期。

二、《爸爸爸》

韩少功的中篇小说《爸爸爸》被誉为是具有里程碑意义的作品。这部小说不仅对作家个人具有超越自我的意义，而且预示着新时期文学的一个新的阶段的来临。

小说描写的是一个古老山寨的历史性迁徙。这是个原始、古朽的山寨，地处蛮夷之地，位于湘山和鄂水之间。"寨子落在大山里，白云上，常常出门就一脚踏进云里，你一走，前面的云就退，后面的云就跟，白茫茫的云海总是不远不近地团团围着你，留给你脚下一块永远也走不完的小小孤岛，托你浮游。"这个山寨的名字叫鸡头寨。在这里，太古的原始意识、中古的迷信观念及近古的封建伦理层层郁积下来，构成死一般的凝固、停滞状态。村民们就在这样一个环境氛围里繁衍生息，终年过着贫穷、落后、几乎与世隔绝的原始生活，支配他们立身行事的，主要是原始性的蒙昧、愚蛮、荒诞的思想意识。譬如，鸡头寨年成不好，认为是鸡头峰——叫鸡精"正冲着寨里的两垅田，把谷子都吃进肚子里去啦"。丙崽之所以呆头呆脑，是因为丙崽娘烧死了一只绿眼赤身的大蜘蛛，冒犯了神明，受到蜘蛛精的报应。又譬如，鸡头寨和鸡尾寨之间"打冤"成风，厮斗仇杀，活像原始时代部落间血战的习俗。这些，活脱脱地展现了远古意识中的洪荒性、原始性以及低能性。在同邻村鸡尾寨的一次械斗中，鸡头寨的人遭到惨败。于是鸡头寨人自己烧村砸寨，熬制毒药，毒死全村老小弱残。为了繁衍子孙，传接香火，留下几头牛和青壮年男女，过山迁徙到另外一个地方去了。

从鸡头寨来的悠远、神秘，去的苍凉、悲壮的描写中，小说展示了一幅幅具有象征色彩的民俗画：畏天拜神、祖先崇拜、集团仇杀、蒸煮冤家、兽性摧残……这些画面隐喻着作者对这愚昧、野蛮的民族文化形态的切齿否定。正是这些落后、蛮荒的原始文化形态，使得鸡头寨从古至今很少发展进步，只能走向必然的衰败。作者怀着强烈的忧患意识和变革的愿望,对中国文化和民族精神重新进行审视。一方面,对传统民族文化中的劣根性进行无情的揭露与批判;另一方面,"则汲取精华,注进现实生活,光大发扬,给当代人来个扶阳补气,益精固本",①试图通过对民族文化的挖掘,重新认识自我,认识民族,重建新型的民族文化观。用作者自己的话说:寻根,就是要寻出那有生命力的根源与病态的根源,"为重铸民族的新人格、新心态、新精神、新思维和新的审美体系"提供某些参照系,从而"为中华民族的发达腾飞作出贡献"。②

小说的中心人物丙崽是鸡头寨这一原始文化生态环境的畸形产物与象征。这是一个只有背篓高,额上有皱纹,大脑袋像个倒竖的青皮葫芦,眼目无神、行动呆滞、只知吃喝拉撒睡玩的白痴。他长到七、八岁还只能说两句话,凡属肯定、积极方面的说:"爸爸爸",凡属否定、消极方面的,就骂"×妈妈"。他的体形和智力永远停留在"十三岁",永远保持童稚状态,永远长不高长不大,而且历劫不死,具有顽强的生命力。但就是这样一个思维混乱、语言不清的怪物,竟然得到了鸡头寨全体村民的顶礼膜拜。他的"爸爸爸"、"×妈妈"竟被村民们视为阴阳二卦,不但免除了杀祭谷神之灾,而且被尊称为"丙相公"、"丙大爷"、"丙仙",成为指点迷津的神灵。丙崽这丑陋、呆痴、愚顽的形象具有远远超越其自身的象征意义:他既是那种长存不变的文化生态的伴生物,同时又是封闭的、惰性的、僵死的、退化的文化生态的一种象征。

丙崽的形象与鸡头寨衰败的命运,一虚一实,相辅相成地完成和深化了小说的主题,显示了作者对民族以及人类命运的哲学思考。

《爸爸爸》表现了作家的一种新的审美倾向,即注重对地域和民族传统文化进行深入的发掘和探寻,整部作品散发着浓郁的楚文

---

①② 韩少功:《文学的根》,载《作家》1985年第4期。

化气息。

艺术上，小说明显受到西方现代主义的影响。特别是魔幻现实主义手法的运用，使作品呈现出一种幽深奇峭、沉郁含蓄、亦真亦幻、扑朔迷离的写意特色。丙崽这一象征形象的塑造，对鸡头寨原始自然景观的描写，以及对山寨里吃人肉汤、喝老鼠尸灰等古怪习俗的渲染，都可明显看出对荒诞、夸张、变形等现代派手法的借鉴。在语言风格上，小说具有湖南作家特有的浓厚的乡土色彩和地域风格特点。语言幽默、俏皮，富有哲理性。

第二节　莫言的《红高粱》

一、创作概述

莫言（1956—　），原名管谟业，山东高密人，小学五年级辍学后，回乡务农近十年。1976年参加中国人民解放军。1981年开始创作，发表了《枯河》、《秋水》、《民间音乐》等作品。1985年以中篇小说《透明的红萝卜》轰动文坛。[①] 1986年毕业于解放军艺术学院文学系。代表作还有《金发婴儿》、《红高粱》等。先后出版了中短篇小说集《透明的红萝卜》、《爆炸》、《红高粱家族》等，长篇小说《天堂蒜苔之歌》、《十三步》、《丰乳肥臀》等。其中《红高粱》获1985～1986年全国优秀中篇小说奖。他的早期作品注重表现细腻独特的生命体验，描写童年记忆的乡村世界，达到了自然与感觉的奇妙和谐。1985年到1986年前后，受拉美魔幻现实主义的影响，他开始文体实验，构造独特的主观感觉世界，天马行空般的叙述、陌生化的处理，塑造神秘超验的对象世界，带有明显的"先锋"色彩。

---

① 莫言：《透明的红萝卜》，载《中国作家》1985年第2期。

二、《红高粱》

莫言的中篇小说《红高粱》以惊世骇俗、令人瞠目的面貌出现在文坛。小说描写了山东高密东北乡作者的祖辈们抗击日本侵略者的故事。与以往的革命战争文学不同,作者没有过多地描写战争的具体过程,而是侧重于对战争环境以及深层文化背景的描写,在自己熟悉的地域中寻找民族文化的源流和精髓。他以一种全新的审美形态,借助丰富的感觉和想像,恣意尽情地再现了高密东北乡那"最美丽最丑陋、最超脱最世俗、最圣洁最龌龊、最英雄好汉最王八蛋、最能喝酒最能爱"的独特文化形态,再现了人民自发抗击日本侵略者的悲壮历史。

小说的战争环境是由一望无际的红高粱、默默流淌的墨河水、浸透鲜血的土地和一座座村庄组成的。"那无边无际血海似的红高粱"是故事的背景,又是生活在这片土地上的人们感情的依托,同时又是祖辈们"不自由毋宁死"的精神的见证。那强悍、充满生命力的红高粱,与那些腾跃于其间的人物相伴相随,成了无处不在的生灵,成了血性、刚勇和具有饱满生命力的民族精神、民族魂的象征。

小说以虚拟家族回忆的形式描写了由"我爷爷"——土匪司令余占鳌组织率领的民间武装对日寇的一场伏击战,以及发生在高密东北乡这个乡野世界中的各种野性故事。作品的情节由两条线索交织而成。主要线索由余占鳌与戴凤莲在抗战前的爱情故事串起。戴凤莲16岁出嫁时,余占鳌是抬她的轿夫,一路上,轿夫们按当地的习俗,通过"颠轿"等形式与新娘调笑。途中遇见劫轿的土匪,余占鳌率众杀了他。随后,余占鳌在戴凤莲回门时隐伏在路边,把戴凤莲劫进高粱地野合,从此两个人开始了激情迷荡的欢爱。接下来余占鳌杀死了戴凤莲的公公和患麻疯病的丈夫,正式做了土匪,光明正大地成为戴凤莲的情人。在这充满传奇色彩的爱情故事中,表现了一种充满激情而又自由舒展的人生状态,显示了作者对祖辈

第十四章 新时期的中篇小说（下）

们这种原始生命力和自然人性的赞美。

民族灾难降临后，余占鳌和戴凤莲身上的野性和原始生命热情升华为现代民族精神。从罗汉大爷被日本人剥皮零割而死开始，到余占鳌愤而拉起土匪队伍在胶东公路边伏击日本汽车队，发动了一场全部由土匪和村民参加的民间战争。这支队伍没有政治统帅，没有斗争目标，完全是被日本人的侵略暴行所激怒了的自发反抗。他们在高粱丛中与日本侵略者展开殊死搏斗，表现出凛然正气，建立了不朽功勋。

小说的成功还在于作者把艺术的凝聚点投向了人，投向了纷纭复杂、色彩斑斓的人生。《红高粱》中的人物不是单色的英雄或孬种，而是真真切切在那片长着红高粱的土地上爱着、恨着、痛苦着、欢欣着的本色人。他们有着美丑善恶集于一身的对立统一的性格。"我爷爷"余占鳌就是一个集抗日英雄与土匪于一身的，性格鲜明而又复杂的草莽英雄。作者将他的野性、匪性与人性、英雄气质融为一体。他既是勇于追求个人幸福和爱情的体力劳动者，又是杀人越货的土匪，还是一个精忠报国的抗日英雄。他骠悍、刚勇，狂放不羁，敢作敢为。为了他所爱的人，他无视传统观念，两次杀人，做了土匪，表现了大胆、热烈、敢爱敢恨的性格。抗击日本人时，他英勇顽强，率领众人浴血奋战，表现了朴素的民族意识。但他不是一个清醒的爱国者，也不是自觉为民族奋斗的人。他既打日本，又想吞并其他小股土匪，想当土匪霸王。在他身上洋溢着一股天不怕地不怕的豪气、雄气和霸气。这个复杂独特的人物是作者的一个创造，突破了以往塑造英雄人物的框框，创造了非英雄模式的英雄。

此外，富有传奇色彩、敢于蔑视法规、追求自由幸福、具有大智大勇、为抗击日寇献出身家性命的"我奶奶"戴凤莲；忠厚刚勇、被鬼子活剥了皮仍叫骂不止的罗汉大爷等，都是我国当代小说中不可多得的既具一定认识价值，又具较高审美价值的艺术形象。

总之,《红高粱》突破了过去描写革命战争和革命历史小说的框架,摒弃了历来写战争题材的路数,弱化了历史战争所具有的政治色彩,真实地再现了祖辈们威武雄壮、可歌可泣的本色人生和强悍风流的生命力。作者想以此来祭奠那些高粱地里的"英魂和冤魂",宣泄他关于民族的"种的退化"的忧虑。

《红高粱》在艺术手法上颇具特色。小说几乎完全打破了传统的时空顺序和情节逻辑,大胆地借鉴了意识流小说的时空表现手法和魔幻现实主义小说的情节结构方式,把本来较为完整的故事情节打碎、切割,随主人公意识的流动、视角的变化,重新剪辑组合,形成多元多维、散点透视,过去时与现在时两条线索既平行发展又互相交错的立体叙事结构。叙述中运用大量的夸张、变形、象征、通感等手法和充满想像力并违背常规的比喻,使作品呈现出一种酣畅淋漓、瑰丽神奇的艺术风貌。

这部小说的语言也颇为独特。作者常常使用奇特的语义组合方式,宣泄爱恨交织、悲怆激荡、复杂纷乱的炽热感情,显示了作者驾驭语言的卓越才能。

第三节 王安忆的《小鲍庄》

一、创作概述

王安忆(1954—),原籍福建省同安县,出生在南京,是作家茹志鹃的次女。1955年随母移居上海。1970年到安徽五河插队。1972年考入江苏省徐州地区文工团,在乐队拉大提琴,并参加一些创作活动。1976年开始发表作品。1978年调上海中国福利会《儿童时代》任编辑。1980年曾入中国作协文学讲习所学习。因发表短篇小说《雨,沙沙沙》、[①]《广阔天地的一角》、《从疾驰的车窗

---

① 王安忆:《雨,沙沙沙》,载《北京文艺》1980年第6期。

前掠过的》、《命运》、《幻影》等"雯雯系列小说"而引人注目。1987年调上海作家协会创作室从事专业创作。后担任中国作协理事、上海作协副主席。著有中短篇小说集《雨，沙沙沙》、《流逝》、《小鲍庄》、《尾声》、《荒山之恋》、《海上繁华梦》、《神圣祭坛》、《乌托邦诗篇》等，长篇小说《69届初中生》、《黄河故道人》、《流水十三章》、《米尼》、《纪实与虚构》、《长恨歌》等。其中《本次列车终点》获1981年全国优秀短篇小说奖，《流逝》、《小鲍庄》分别获1981～1982年，1985～1986年全国优秀中篇小说奖，其作品在海内外都有较大影响。80年代中期以前的作品多以知青为题材，表现其人生的追求和向往，以心理描写见长。80年代中期以后则着力于人性和人的生命本相的探索，如"三恋"等。90年代以后开始追求新的叙事风格，以《叔叔的故事》、《乌托邦诗篇》为代表。

二、《小鲍庄》

《小鲍庄》是"寻根文学"的优秀之作。它是王安忆1985年访美归来后，思想感情、世界观、审美观念诸方面都经历了极大冲击和变化，重新调整心态之后创作的一部中篇小说。这是中国新文学诞生后第一篇以伦理、仁义为正面主题的作品，表现了作者对民族与乡土文化表象及人性的深入思考。

小说展示的是中华民族在传统美德支配下的生存状态。小鲍庄是一个被鲍山把它与外界隔离得远远的古老村庄。只要一走进这庄子，就会感到一种茫然无绪的死寂。这里有祖先治水的传说和野史，有生于斯、长于斯，还得终于斯的五户人家，这里的人们几乎还生活在原始的状态之中。一祖之孙的血缘关系，祖上的负罪心理和共同的生活方式、文化背景、伦理风范，形成了鲍氏家族不可破的群体意识。这种以仁义为核心的群体意识与贫穷、愚昧相结合，就构筑成了一种冷漠、呆滞、封闭的凝固体。在这平和得简直感觉不出生命搏动的村庄里，悄无声息地漫流着历史留下的习俗和文化，人们在这贫瘠的土地上过着平庸、艰辛、麻木而沉重的日子。然而这里的人们却从不抱怨，他们安分、守拙、顺从、木讷，压抑个性而重群体。群体意志成为小鲍庄人遵守的行为规范，谁若违背，便会触犯众怒，群起而攻之。拾来与二婶的结合违背了小鲍庄的群体意志，鲍氏家族便可以对其棍棒相加；渴望现代文明，试图实现自我的鲍仁文不被村民们理解，被称为"文疯子"，众叛亲离，孤立无援；小翠和文化子真挚相爱，当然也不被家族相容。当仁义违背了初衷，便演化为一股封闭、停滞的惰性力量，牵制着小鲍庄前进的脚步。已经是社会主义了，却看不出小鲍庄人有什么新的理想、新的愿望，似乎还处在祖辈那种民以食为天，男耕女织，够吃够穿就是太平盛世的境界中。

这里的村民们自古以来"不敬富、不畏势，就是敬重个仁义"。鲍彦山家里的要生孩子，做父亲的尚在"两只胳膊背在背后，夹了一杆锄子，不慌不忙地往家走"，而"他家门口已经蹲了几个老头了"。鲍五爷死了孙子，成了"绝户"，可一屋老娘们却挤在一起"唏唏溜溜的抹眼泪，甩鼻子"。队长还特意劝慰五爷："'仁'字辈的，都是你的孙儿。"众人也说："小鲍庄谁家锅里有，就少不了你老碗里的。"最动人的要算鲍彦山的小儿子捞渣同孤老头鲍五爷的深厚情意。这个天性仁义的孩子，宁可自己少吃一张饼，少喝一碗粥也要供养五爷，情愿每天陪伴五爷，为他捂被窝，甚至还会开导五爷厌世的情绪："好日子都在后头哩"，"你咋是绝户呢，咱都叫你爷爷哩"。最后在洪水中，捞渣为救五爷而牺牲，行了大仁大义。在他身上集中体现了传统的孝道精神，体现了"老吾老，以及人之老"的仁爱思想以及见义勇为、舍己救人的美好品质。

捞渣短短的一生，浓缩了小鲍庄人代代崇尚的仁义美德。他的仁爱遍及一切，无论家人、外人，还是动物，凡是有生命的，他都赋予爱心。姐姐生气了，捞渣总是和气地对着她笑；与小伙伴游戏时，他自甘认输；在读书问题上，同哥哥谦让；别人骂他时，他反以亲热的举动和"一脸厚道相"化解对方的怨恨;听说蛐蛐也是个生灵立即放生……这么小的孩子,竟然懂得了委曲求全、克己忍让、以德报怨、以柔克刚等处世之道,几乎成了一个完人、圣人。小说在捞渣身上集中了过多的仁义内涵,使得这个不满十岁的孩子的许多表现违背了孩子的天性,成为传统道德的载体,成为小鲍庄"仁义"的理想化身。

所以,作者笔下的捞渣不是一个写实的儿童形象,而是一个具有象征意义的形象。在以捞渣为代表的人物身上,传统文化的精华与糟粕混溶一体。一方面是仁义、忍让、富于爱心的传统美德,另一方面是个性泯灭所造成的沉重、艰辛、缺乏活力的悲凉人生。这二者的叠合所决定的特定生存环境和人物命运,不能不令人对传统文化做深层的反思。

艺术上,小说也做了一些大胆的探索。

首先,创造了富有暗示和象征意蕴的艺术形象。作品借助了一些神话因素,在艺术构思上采取写实与虚拟、具体同抽象相结合的形式,使小鲍庄及一些人物的存在成为一种象征,使人们对它的理解超出一般农村题材作品的内涵而进入历史文化层次。

其次,散点透视、多侧面交叉的结构方法。《小鲍庄》的结构,一直为人所称道。作品由两个引子、两个尾声和40个小段组成。作者把它们切割成若干块,让它包容五户人家的生活史,错综交织,在共时态中齐头并进,汇成小鲍庄的生活史。40个段落的安排变化多姿,其中既有个人命运心态的真实刻画,又有对群体生活表面形态、心理趋向的准确把握。整个作品意味深长,似乎笔笔都在写实,然而又意蕴深厚,似乎是在写意。

此外,主观感情和故事情节的淡化,叙述语言的平实、质朴等都显示出作者艺术风格的变化,即从原来的温雅清丽转向淡朴、深厚。

第四节　王朔的《动物凶猛》

一、创作概述

王朔（1958—　），北京人。1976年中学毕业后，曾先后在海军北海舰队服役，在北京医药公司工作。1978年开始创作。先后发表了《空中小姐》、《浮出海面》、《一半是火焰，一半是海水》、《顽主》、《千万别把我当人》、《橡皮人》、《玩的就是心跳》、《我是你爸爸》、《看上去很美》等中、长篇小说，广受读者欢迎。出版有四卷本的《王朔文集》和《王朔自选集》等，曾引起轰动。① 他的早期作品都是以自己部队"大杂院"的成长经历为素材，写过一些言情、侦探小说。后来的小说则形成特有风格，写一群文化痞子，以游戏、颓废为精神特征，对白通俗化又充满活力，叙述语言则以戏谑、反讽为主，对权威话语的知识分子的精英立场都有嘲讽。他笔下人物的"我是流氓我怕谁"和他自己"我是码字的"的宣言一样，成为一部分青年人的精神象征。90年代初进入影视界，由他策划的电视连续剧《渴望》和《编辑部的故事》都大获成功，由他的小说改编成的电影、电视剧也都很受欢迎，有明显的商业炒作。他的作品虽风靡一时，评论界却分歧很大，以至在80～90年代之交的中国文坛、影坛出现了引人注目的"王朔现象"。

二、《动物凶猛》

中篇小说《动物凶猛》在王朔的创作中占有非常特殊的地位。② 这篇小说有着超越通俗读物的审美趣味，它是王朔作品中最少商业气味的一篇。作者在这部作品中惟一一次不加掩饰地展示了

---

① 《王朔文集》，华艺出版社1992年版。
② 王朔：《动物凶猛》，载《收获》1991年第6期。

第十四章 新时期的中篇小说（下）

他所经历过的"阳光灿烂的日子"。在那些日子里，涌动着他纯真的少年梦想与烂漫的初恋情怀，珍藏着他永世难忘的青春记忆与切身感受。

小说以追忆和自我剖析的叙述方式展现出了一个记忆中的鲜活纯朴的青春世界。作品写了 70 年代中期，几个正在向成人过渡的十五六岁的年轻人内心的躁动不安与反复无常。他们都是出生在 60 年代前后的京城军官子弟。在"文革"中，他们度过了特殊时代所赋予的空虚但自在放纵的童年和少年时期。优越感、无羁感和乌托邦的理想主义是"文革"岁月留给他们的精神赠礼。主人公怀着重拾逝去时光的情绪冲动，回忆起自己 15 岁的往事。那时他作为部队大院无人管教的男孩，感到自己获得了"空前解放"，因为比他大的人都到农村和军队去了。"在学校不必学习那些后来注定要忘掉的知识"，他终日可以悠哉游哉。于是惹是生非、打架斗殴、拍女孩子，或和十几个穿军上衣、懒汉鞋的同伴聚在十字路口的交通警察指挥台前，肆无忌惮地"吞支喷雾"，眉飞色舞地说话，"颇有些豪踞街头顾盼自雄的倜傥劲儿"。主人公在政治及个人生活深陷双重的无政府状态下，得以尽情发展了一种令他迷恋的恶习，即打开别人家的门锁，入内闲逛。这使他有机会闯进一位叫米兰的少女的房间。在令人痴迷的馥郁香气中见到了照片上的她，她是如此美丽，她的笑容灿如阳光。这个鲜艳夺目、光彩照人的女孩儿令他"倾倒、醉心、着迷、丧魂失魄"，立即唤起他心中懵懂的情感，他感到自己受到从未有过的震撼与冲击。他爱上了米兰，他设法与她相识，"像一粒铁屑被紧紧吸引在她富有磁力的身影之后"，也与她结成一种富有暗示的诱惑，但又单纯清白的亲密关系。这种关系令他欣悦无比，使他体验到初恋的幸福与迷乱。出于虚荣心，他把米兰作为自己拍上的女孩儿介绍给同伴们。后来米兰与他的同伴高晋越来越好了。于是米兰的形象在他心中由高大、美丽变得放荡、丑陋，那种朦胧美好的初恋感觉消逝得无影无踪。终于有一天他在米兰后面尾随而至，粗暴地强奸了她。但他并未得到性的满足，反倒使自己稚嫩的心灵受到了伤害。

这就是叙述者为我们讲述的一个故事。这个故事把我们带回到70年代那个充满了政治虚妄、混乱无序的时代。在那个时代，每个人正当的人性欲求都被全面地压抑，甚至窒息。于是，得不到正当保护的人性欲求，就只能借助扭曲的方式来释放和宣泄。人类需要社会规范和文明秩序，青年需要善意的帮助、教育和指导，而不是一味地放纵、禁忌、压制和拘留。因为这些十五六岁的青年，正处于青春萌动期，时代又赋予他们怀疑的性格和叛逆精神。他们是都市不安分的魂灵，他们始终骚动着，像笼中的困兽，左冲右撞，要挣脱一切束缚，冲决一切樊篱，大胆而勇猛地践踏社会规范和秩序，呈现出反文化、反传统的倾向。在极端情绪之下，他们往往会对社会和他人造成破坏力，正像作品中所说的："这也类同于猛兽，只有关在笼子里是安全的，可供观赏，一旦放出，顷刻便对一切生命产生威胁。"这段话可看作是小说命题的直接释义。

王朔小说具有"补充体验"的功能。《动物凶猛》这篇小说便有着独特的认识价值和批判力量。他描写了鲜为人知，至少是一部分人还不太熟悉的生活和人物，使我们获得了近乎全新的生命体验、情感体验和审美体验。

艺术上，王朔小说追求通俗、浪漫、幽默、调侃的美学情调。他突破了传统小说语言的束缚，用一种夸张和变形的手法，漫画式地塑造人物、叙述故事。他的小说语言生活化、口语化，在当代文学中独树一帜，风格鲜明。王朔小说中的经典对话，曾在某一时间段里作为都市流行语迅速传播，成为90年代初中国一道亮丽的奇观。在艺术追求上，王朔小说与后现代主义有某些契合。

第十四章　新时期的中篇小说（下）

第五节　余华的《现实一种》

一、创作概述

余华（1960— ），原籍山东高唐，生于浙江杭州，一岁随父母迁居海盐县城。父母都是医生，从小在父母供职的医院环境中长大。1977年中学毕业，曾在一家镇上的医院当了五年牙医，其间读过一年卫生学校。1983年开始创作，同年进入浙江省海盐县文化馆。处女作《星星》发表在《北京文学》1984年第一期上。1989年调入嘉兴市文联工作。曾在北京鲁迅文学院、北京师范大学联合招收的研究生班学习。现定居北京，从事专业创作。主要作品有中短篇小说《十八岁出门远行》、《四月三日事件》、《一九八六年》、《河边的错误》、《现实一种》、《鲜血梅花》、《在劫难逃》、《世事如烟》、《古典爱情》、《黄昏里的男孩》等，长篇小说《在细雨中呼喊》、《活着》、《许三观卖血记》。他是"先锋派"的代表作家，早年的小说带有很强的实验性，以极其冷酷的笔调揭示人性丑陋阴暗的角落，罪恶、暴力、死亡是他执著描写的对象，处处透着怪异奇特的气息，又有着非凡的想像力，客观的叙述语言和跌宕恐怖的情节形成鲜明的对比，对生存的异化状况有着特殊的敏感，给人以震撼。然而他在90年代后创作的长篇小说与80年代中后期的中短篇小说有很大的不同，特别是使他享有盛誉的《活着》和《许三观卖血记》，逼近生活真实，以平实的民间姿态呈现一种淡泊而坚毅的力量，提供了历史的另一种叙述方法。死亡仍是其一大主题，极端化处理仍时隐时现。

二、《现实一种》

余华善写暴力和死亡。他的小说的独特之处在于他总是以平淡和冷漠的笔调来描写令人毛骨悚然的暴力和死亡，以此证明人的兽性本能和人性恶的特征。中篇小说《现实一种》就充分体现了作者的这种创作倾向。①

　　小说叙述的是一个鲜血淋漓、惨不忍睹的故事。故事发生在山岗、山峰两兄弟之间。山岗四岁的儿子皮皮摔死了山峰的儿子（一个尚躺在摇篮中的婴儿）—山峰一脚踢死了皮皮—山岗以恶毒的方式杀死亲弟弟山峰—山岗被枪毙后，山峰妻阴毒地"献出"山岗尸体供医生零刀碎剐（解剖）。这种连环报式的情节链每扣上一环，人性恶的一面便向纵深迈进一步。

　　四岁孩子皮皮的"性恶"似乎是与生俱来，对堂弟拧脸、打耳光、卡喉咙，以引起婴儿厉声哭叫为乐事。如果说孩子对孩子的剿杀带有下意识成分，那么成人对孩子的仇杀、成人与成人之间的仇杀则全然是兽性大发、老谋深算。山峰逼皮皮去舔婴儿的血，山峰妻吼叫着"咬死你"扑向皮皮，山峰甩起一脚将皮皮踢得腾空飞起，那残忍、恐怖的镜头让人触目惊心、惨不忍睹。

　　展现得最惊心动魄的一幕是哥哥山岗虐杀弟弟山峰的场面：山峰被哥哥捆绑在树上，山岗在弟弟的脚底板上涂满了香味四溢的骨头汁，然后让一只小狗去舔，一直让山峰活活笑死。小说中这样描述了山峰被杀的情景：

　　　　然而这时一股奇异的感觉从脚底慢慢升起，又往上面爬了过来。越爬越快，不一会就爬到胸口了。他第三次喊叫还没出来，就不由得自己脑袋一缩，然后拼命地笑了起来。他要缩回腿，可腿没法弯曲，于是他只得将腿上下摆动，身体尽管乱扭起来。可一点也没有动。他的脑袋此刻摇得令人眼花缭乱。山峰的笑声像是两张铝片刮出来一样。

---

①　余华：《现实一种》，载《北京文学》1988年第1期。

第十四章 新时期的中篇小说(下)

　　山岗这时的神色令人愉快,他与山峰说:"你可真高兴呵。"随后他回头对妻子说:"高兴得都有点让我妒嫉了。"妻子没有望着他,她的眼睛正望着那条狗,小狗贪婪地用舌头舔着山峰赤裸的脚底。他发现妻子的神色和狗一样贪婪。接着他又去看看弟媳,弟媳还坐在地上,她已经被山峰古怪的笑声弄糊涂了。她呆呆地望着山峰,她因为莫名奇妙都有点神志不清了。

处心积虑的山岗在杀死弟弟后,不动声色地回答弟媳的痛斥:杀人的"不是我,是那条狗"。此刻,杀人策划者与杀人"执行者"——的确都是"狗"。作者反讽地强调了人与动物界限的难以区分。

　　值得一提的还有老祖母以及兄弟俩各自的妻子在杀人中扮演的角色:老太太冷漠寡情,只关心自己还能活多久,不去力阻儿孙们行恶;山岗妻撺掇怂恿,把菜刀递给丈夫并激怒他:"你是胆小鬼!"山峰妻为了替丈夫、儿子复仇,则阴险地捐尸,让医生的解剖刀游走于山岗尸体,将它变为一堆堆皮、肉、骨骼,一个个器官。

　　小说的结尾,山岗的大多数器官被移植都没有成功,惟独生殖器官的移植成功了,死者的生命种子仍然极其荒诞地延续下去,象征着混乱与暴力仍然会绵延不绝。

　　《现实一种》是对中国家族伦理的无情曝光,揭开了"兄弟怡怡"的薄纱,露出了以消灭对方子嗣为目的的血腥争斗。这部小说不动声色的对于血腥场面的叙述,揭示了人所能达到的残酷境界。人性在《现实一种》中跌落到兽性的层次,然而又比兽多了一份狡诈。这就是余华所发现的这个世界的可怕。《现实一种》的标题反过来就是"一种现实",余华在这篇小说里向我们揭示了家庭除了人们通常习知的温情脉脉之外的另一种现实景象:家庭中的仇恨和血腥,实际上在我们这个人口众多、环境恶劣的社会中,亲人间因生存矛盾而激发的冷漠、仇恨的现象并不罕见,虽然大多数并未走到相互残杀的极端。在《现实一种》这类小说中,凝聚着作者对人类生存的悲悯与关怀,冷峻的语言外壳下隐含着作者内热的"痛心"。余华在《虚伪的作品》一文中说:"现在我们似乎比以往任何时候都明白自己为何写作,我的所有努力都是为了更加接近真实。"但是这种真实并不是"被日常生活围困的经验",而是一种"作家眼中的真实"。用他自己的话说:"我的这个真实,不是生活里的那种真实,我觉得生活实际上是不真实的,生活是一种真假参半、鱼目混珠的事物。我觉得真实是对个人而言的。"为此,他企图建构一个封闭的个人的小说世界,通过这种世界,赋予外部世界一个他认为是真实的图像模型。他说:"到《现实一种》为止,我有关真实的思考只是对常识的怀疑,也就是说,当我不再相信有关现实生活的常识时,这种怀疑便导致我对另一部分真实的重视,从而直接诱发了我有关混乱和暴力的想法。"《现实一种》可以说正是这"另一部分真实"的象征。

艺术上,余华的小说独具特色。在创作中他常把怪异、荒诞、罪恶、丑陋、宿命等汇于一体,以奇诡的人事情境、冷冽、近乎黑色幽默的笔法,诉说一则则荒诞也荒凉的故事。叙述独具魅力,冷漠、沉静、不动声色,在怪异而精细的感觉传达中,透视着真实的存在图景。

第六节　池莉的《烦恼人生》

一、创作概述

池莉(1957—　),湖北仙桃市(原为沔阳县)人。1963~1974年度过了中小学时代。高中毕业后下乡插队,在农村当过小学教师。1976年到冶金医学专科学校办的"七二一"工人大学读书,然后分配到武汉钢铁公司卫生处防疫站,当了流行病医生。1981年开始业余文学创作,1983年考入武汉大学中文系。毕业后,在武汉做过《芳草》月刊的文学编辑,现为武汉市文联文学创作所专业作家、市作协副主席。1987年发表中篇小说《烦恼人生》,引起文坛关注并受到好评。接着又发表了《不谈爱情》、《太阳出世》两部中篇,以其女性对生活的深切体验和平实流畅的笔调,真切地记下了现代生活中逐渐成熟起来的一代人的种种烦恼和欢欣,被人誉为"人生三部曲"。她的小说还有《青奴》、《金手》、《你是一条河》、《让梦穿越你的心》、《一去永不回》、《热也好冷也好活着就好》和长篇《来来往往》等。池莉的视野没有超出女性生活的范围,爱情、婚姻、家庭是她经常表现的题材。她擅长从人们习以为常的平庸生活里体味人生的艰辛和烦恼,她以巨大的热情,冷静地审视生活,创造了一个艺术化了的世俗的生活世界。其独到之处是她能于沉重灰暗的人生画面中透出活力与亮色,在烦恼中隐含着对生活、对生命的追求和挚爱,既洗尽了生活的浪漫色彩,又保有着生活自身的诗意和温馨。

1987年,正当文学失去轰动效应、新潮文学渐趋平静之际,一种新的小说式样——"新写实小说"悄然破土。它以异样的色调和韵味显示出独特的价值选择和审美取向,经过两三年的发展,已经有了一个可观的、年轻的作家队伍,池莉就是其中颇引人注目的一个。

二、《烦恼人生》

中篇小说《烦恼人生》是池莉的代表作,是较早探索现代人生存状态的一部"新写实小说"。① 池莉以女性特有的细腻和敏感,触摸到了与现代人认知世界的方式相契合的一种新型的审美形态,

---

① 池莉:《烦恼人生》,载《上海文学》1987年第8期。

让人们在习以为常的平庸生活里体味出人生的艰辛和烦恼，发现了像印家厚这样广泛存在于社会中的小人物，以她的灵心善感写出了烦恼的真味，表现出她特有的对人、对生命的理解和关注。

《烦恼人生》写了普通工人印家厚一天的经历。从后半夜儿子摔下床写起。清晨排队洗漱、上厕所，带孩子上班，乘车的拥挤争吵，评奖金只得三等奖的恼怒，师徒情缘引起的困惑，以及和厂长动肝火，被工会抓差，接二连三的捐款，给父亲、岳父拜寿送礼，经济的拮据，住房的窘迫，然后又带孩子挤车，又乘轮渡，又忙家务，一直写到十一点半上床睡觉。这是一个循环往复、无穷无尽的过程。这种生活过程写出了特定历史条件下普通中国人的生存状态和生命形式。作者以其敏锐的观察力和感受力，捕捉住了一个平凡人物一天当中难以省略难于简化的事件，细致入微地写出了印家厚的种种烦恼。主人公印家厚一天之中经历了许多烦人的事，扮演了父亲、丈夫、情人、工人、乘客、拆迁户等多重角色，他的所有烦恼，都是生计的烦恼，也是生命的烦恼；既属于他个人的，也是社会的；是一个普通工人的，也是整个一代人的；貌似一天的，也是一年甚至一生的。从印家厚的烦恼中，不只感到他个人生活的困窘、生命的焦虑、心灵的疲惫，还感受到人类某些共通的困扰。这样就使一个普通工人印家厚的一天上升到无数中国人的生存状态的一种象征，象征生命的人为的难于避免的内耗，象征普通人周而复始的人生道路。

但作品的哲学意蕴并不停留在烦恼的浅层次。作品展示的是"我们不可能主宰生活中的一切，但将竭尽全力去做"的民族性格的深层主题。这一深层主题也是从印家厚的身上得到体现的。

印家厚是现代化钢板厂的现代化操作工，曾受过日本专家的严格培训，对这份工作他很自豪。他性格宽厚，精明英俊，富有才华。凭着这些，他本该拥有自己的一切，成就一番事业。可是贫乏的生活条件，多重繁复的社会义务，平庸琐碎的日常生活，轮番地

第十四章　新时期的中篇小说（下）

销蚀、扭曲着他，使他无论从体力上还是心灵上都有一种不堪承受之感。在生活这张无形巨网的束缚下，他越来越变得怯懦、孤独、平庸。但他并不灰心丧气，仍然希望有一个美好的明天，仍不放弃追求，仍拼命啃日语，努力争取考电大，甚至老记着自己的一字诗："梦"（连梦里也不曾忘记）。他的身上，体现了一种"忍耐"的精神特质，这正是普通工人的可贵之处。这是一种"我们不可能主宰生活中的一切，但将竭尽全力去做"的人生信条。正是这种进取的人生态度，使印家厚能够正视生活中的种种烦恼，没有被生活压垮，对生活仍充满梦幻式的信心，希望能让老婆尝一次西餐，希望改变自己的生存境况。从印家厚身上，我们可以看出一种坚忍不拔与忍辱负重向前行的民族性格。

艺术上，《烦恼人生》体现了"新写实小说"最基本的创作特征，即还原生活本相，注重描写琐屑的生活形态及人的生存状态、生命体验，注重对人世间凡俗性的展示。小说虽然只记述了主人公一天的经历，但它的结构却是开放的，只写人物生活和生命的过程，不去阐明原因和结果，也不下结论来判断，使小说仿佛是从生活的长河中截取的几滴水，没有开头也没有结局，生活原本如此。因而作者也不去组织曲折的故事情节，不设置激烈的高潮，只是让生活原生状态自然地流动，让生命的原生状态真诚地流动。

在叙事风格上，作者采取的是客观化的审美态度和局外人的叙述方式。对作品中的人和事她从不外加自己的评判褒贬，而是进行不动声色、不露情感的叙述，使得叙述呈现出了持重、冷静的风格。如小说的开头：

早晨是从半夜开始的。

昏蒙蒙的半夜里"咕咚"一声，惊天动地，紧接着是一声恐怖的嚎叫。印家厚一个惊悸，醒了，全身绷得硬直，一时间竟以为是在恶梦里。待他反应过来，知道是儿子掉到了地上时,他老婆已经赤着脚窜下了床,颤颤地唤着儿子。母子俩在窄狭拥塞的空间撞翻了几件家什,跌跌撞撞扑成一团。

这种对人物、心理及行为的纯客观的叙述方式,使生活得到本真、自然的流露,使读者获得了极强的微观的真实感,并启示读者去挖掘隐藏在故事背后的深层意蕴。

第十五章 新时期的短篇小说

第一节 概 述

短篇小说重返文坛，标志着新时期文学的开端。1977年11月《人民文学》发表了刘心武的短篇小说《班主任》，立即引起了广泛的注意，成为新时期小说的开山之作。1978年8月11日，《文汇报》发表了卢新华的短篇小说《伤痕》，小说从母女深情入手，通过知识青年王晓华的不幸遭遇，揭露了"文化大革命"给无数中国人的肉体和心灵带来的难以愈合的创伤，"伤痕文学"也因此得名。"伤痕文学"的代表作还有张弦的《记忆》、陈国凯的《我该怎么办》、宗璞的《我是谁》、张洁的《从森林里来的孩子》、中杰英的《罗浮山血泪祭》、陈世旭的《小镇上的将军》、韩少功的《西望茅草地》等。短篇小说之所以能够在新时期率先登上文坛，既有文学史发展自身规律的原因，也有短篇小说文体特点的原因。对于在新时期开始登上文坛的作家来说，篇幅和创作周期都很短的短篇小说最有利于表达他们积聚已久的思想和情感，使他们多年的积怨得以在很短的时间内以暴发的形式发泄出来，这也是为什么短篇小说能够在新时期率先登上文坛，并一度引领文学潮流的重要原因。

短篇小说的这种文体优势，使它在新时期小说发展的每一个阶段，都扮演着引领者的角色。1979年2月，《人民文学》发表了茹志鹃的短篇小说《剪辑错了的故事》，标志着文学的发展已经从叙述悲剧故事的"伤痕文学"阶段，发展到具有历史回顾和理性分析特点的"反思文学"阶段。《剪辑错了的故事》以历史和现实共同展示的双线结构,反映了50年代末期的极左路线对农业生产的严重破坏。高晓声的短篇小说《李顺大造屋》是另一篇有代表性的短篇小说,小说通过农民李顺大造屋的经历,反映了"大跃进"以后"左"的错误给农民生活带来的严重后果。在其他反思作品中,女作家铁凝的《哦,香雪》以充满抒情意味的笔调,通过描写每天停留一分钟的火车给香雪等一群乡村少女所带来的情感波澜,表达了作者对现代文明与乡村淳朴人性之间矛盾与冲突的思索;张洁的《爱是不能忘记的》则深入到婚姻、爱情与伦理道德领域,提出了婚姻与爱情的关系这个长久影响人类生活的问题。

党的十一届三中全会以后,全党的工作重心转移到经济建设上来,改革开放成了备受关注的时代主潮。短篇小说再一次率先担当起反映这一时代主题的历史责任。1979年,蒋子龙发表了短篇小说《乔厂长上任记》。这篇小说以主人公乔光朴自荐到困难重重的老厂当厂长,并以坚强的毅力和改革的精神改变该厂落后面貌的故事为线索,反映了"文革"对工业战线造成的严重创伤以及堆积如山的种种问题,并且大胆地暴露了随着改革的进程,在新时期出现的各种新矛盾、新问题。《乔厂长上任记》为"改革文学"的兴起开辟了道路,主人公乔光朴也成为代表新时期改革者形象的"时代英雄"。在这篇小说之后,涌现出了高晓声的《陈奂生上城》、何士光的《乡场上》、王润滋的《内当家》、柯云路的《三千万》、王蒙的《坚硬的稀粥》等一大批反映改革题材的短篇小说。这些优秀的作品充分地发挥了短篇小说的文体特征,在以反映生活的及时性、敏锐性赢得了众多读者的同时,也以由小见大、充满象征、曲折反映等艺术手法的高超运用,取得了较高的艺术成就,成为新时期文学创作走向繁荣的重要标志。

一般认为短篇小说不太适于表现比较厚重的题材和具有实验性的作品,但在新时期文学的"寻根小说"中,汪曾祺于1980年创作的短篇小说《受戒》，不仅代表了新时期文学"寻根小说"创作的水平，也代表了新时期短篇小说创作的突出成就。汪曾祺以一种成熟的技巧赋予了短篇小说独特的叙述方式、叙述语言和叙述结构，显示了一种成熟的小说文体的典范：散文化的小说，平淡的叙述方式，简洁准确的语言，"淡中有味、飘而不散"的风格，虚实相生的艺术氛围，等等。读者在他那精致而令人回味无穷的作品中看到了各种生命的状态，体味到空灵和诗意，感悟到成熟和达观，这在他后来的《晚饭花》等作品中表现得更为强烈。而在"新探索小说"中，王蒙以《春之声》等一系列运用意识流手法创作的小说，为新时期小说的发展注入了现代主义的因素。

进入90年代，短篇小说的发展逐渐被更适应时代需求的中篇小说和长篇小说的繁荣所代替，缺乏能够产生轰动效应和广泛影响的作品。但是短篇小说的发展绝不会就此停滞不前，在对表现内容和表现形式的不断探索中，短篇小说一定会实现新的发展。

第二节　铁凝的《哦，香雪》

一、创作概述

铁凝（1957—　　），原籍河北赵县，生于北京，四岁回保定。1970年入中学，中学时代即开始发表作品。1974年处女作《会飞的镰刀》在《保定文艺》发表。1975年毕业于保定第十一中学高中，赴保定附近的农村插队。创作了《夜路》、《丧事》、《不受欢迎的礼物》等作品。1979年调保定地区文联《花山》编辑部任小说编辑。1980年出版短篇小说集《夜路》，渐为文坛注意。1982年发表短篇小说《哦，香雪》，受到广泛称誉，获同年全国优秀短篇小说奖。后来的《没有纽扣的红衬衫》、《六月的话题》又分获全国优秀中篇和短篇小说奖。1984年调河北省文联创作室。现为中国作协副主席、河北省作协主席。出版有中短篇小说集《没有纽扣的红衬衫》、《哦,香雪》等,长篇小说《玫瑰门》、《无雨之城》。她的小说可分两类,一类"清新秀润",表现淡远含蓄的美,如早期的《哦,香雪》;另一类则粗砺酣畅,如《麦秸垛》。

二、《哦,香雪》

短篇小说《哦,香雪》发表于《青年文学》1982年第五期,是铁凝的成名作。这是一篇写意性很强的颇为空灵的小说。作者在这篇小说中倾注了相当多的抒情成分和对时代现实的严肃思考。

作品以一个北方僻远的小山村——台儿沟为叙事和抒情的背景。台儿沟是一个掩藏在大山深处皱褶里的闭塞、孤独的角落,这里的人们过着平静、几乎封闭式的生活。

然而前进的时代流潮终究会冲击每一个角落,随着祖国现代化建设步伐,铁路修到了台儿沟。一列从北京开来的火车每天在这里停留一分钟。台儿沟以往的宁静被打破了,也扰乱了山村人平静的心。最先被唤醒的是代表山里人希望和未来的姑娘们。这些淳朴的山村姑娘们怀着共同的兴奋、欣喜和激动,以极其隆重的方式——像过节一样梳妆打扮,去迎接那列只停留一分钟的火车的到来。在这一分钟里,她们看到了外面世界的丰富多彩,她们对山外的世界、对文明社会充满了好奇和向往:一个发卡、一块手表、一只人造革的书包、一个带磁铁的塑料泡沫铅笔盒……都会带给她们热烈的话题和遐想。开始,她们还只是结伴去看火车,与乘务员搭话,到后来就充分地利用停站的一分钟时间做起生意来。

在这群姑娘中,台儿沟惟一的中学生香雪是那么羞怯,显得与众不同。望着她"那洁如水晶的眼睛"和"洁净得仿佛一分钟前才诞生的面孔","心中会升起一种美好的感情"。她不羡慕城里人的衣饰和小手表,而对人造革书包、铅笔盒、配乐诗朗诵和北京大学招生的事感兴趣。为了自己的人格和自尊心不再受到奚落,她在那

第十五章 新时期的短篇小说

停车一分钟的间隙里,毅然踏进了火车,用积攒的 40 个鸡蛋,换来了一个向往已久的带磁铁的能自动开关的塑料铅笔盒。为此,她甘愿被父母责怪,而且一个人摸黑走了三十多里的山路。这对一个平时说话不多、胆子又小的山村少女来说需要极大的勇气。

香雪的举动显示了一个女孩子强烈的自尊和蓬勃进取的精神。她追求的目标既是如此具体微小(仅仅是一个长不盈尺,在城镇学生眼中极为平常的铅笔盒),又是如此丰富和广大。这个小小的自动开关的铅笔盒,凝结了香雪的希望、渴求,象征了她对明天和对现代文明的急切呼唤。

这篇小说的主题似乎不是用几句话能说清楚的,表现了生活和情感的复杂性。作品的成功,恰在于它与切近的、直露的思想主题保持了一定距离,而在更大的心灵空间里,让生活自然流淌,让意蕴自然展现。在香雪的委屈与希冀、追求与欢欣、胆怯羞涩与果敢执著的交替转换中,展示了山村少女美好的内心世界,映照出理智与感情的历史和现实的丰富内容,从而暗示了一个僻远山村古老陈旧的生活方式和观念的解体。

《哦,香雪》标志着作者创作个性的形成。这篇小说的成功,主要得力于新颖精巧的构思和抒情写意笔法的运用。作者淡化情节,以情感人。整篇小说并没有以情节线索来安排叙述,而是选取一个全知全能的叙述视角,根据情感抒发的需要,把一些情节片断加以组接,将艺术的焦点紧紧定准在人物身上,极力在"一分钟"里深入开掘,细致入微地描写香雪们的心理变化和情感波澜,让一分钟浓缩巨大的生活容量和感情容量,以此来映射生活的新旧嬗变,映射现代文明对古老山村的巨大冲击。整个作品笔调清新、婉丽,意蕴深远、含蓄,具有诗的素质和美感。作者不铺排浓烈的辞采,刻意追求的是淡雅的风格。语言优美纯净、活泼明快,状物的拟人化也大大加强了小说的魅力。作者怀着对古老山川的热爱写山、写树、写小溪，也写了象征着现代文明的火车和象征着稳定、缓慢、封闭的大山，并将这一切都赋予了生命，使这些物体都跃动起来，有了体温，有了脉搏，有了感情、灵魂，有了语言、歌声……它们和人物微妙的心理活动一起，共同组成了一个和谐的、充满生机的艺术世界。

此外，在大山与火车这组对峙的象征意象里，也微妙地流露出作者矛盾的心态：既希望打破大山的封闭，让山的女儿们进入到现代生活中来，又希望同时保持我们民族的传统美德，让美在时间中永驻。

第三节　高晓声的《陈奂生上城》

一、创作概述

高晓声（1928—1999），出生于江苏省武进农民家庭。从小酷爱文学，受古典文学名著熏陶。中学时代因经济原因曾三次中断学业，1947年高中毕业，1948年考入上海法学院经济系。1949年入苏南新闻专科学校，次年毕业。先后在苏南文联、江苏省文化局从事群众文化工作，在《新华日报》文艺副刊任编辑，1951年发表小说《收田财》。1953年参加农村合作化运动，撰写锡剧剧本《走上新路》（与叶至诚合作，并获奖）。1954年，以新的婚姻法为背景的小说《解约》引起文坛注意。[①] 1957年与方之、陆文夫、叶至诚等江苏青年文艺工作者发起"探索者"文学社团，起草《"探索者"文学月刊启事》。同年6月发表了把宣言具体化的探索小说《不幸》，受到批判，被划成右派，遣送武进农村"劳动改造"。1962年又重新创作，"文革"期间在农村劳动。1979年平反，重归文坛。任中国作协理事、江苏作协副主席。1980年发表小说《陈

---

① 高晓声：《解约》，载《文艺月报》1954年第2期。

奂生上城》,因塑造了陈奂生这一继阿Q之后的典型农民形象而获得高度评价。他的主要作品有小说集《79小说集》、《高晓声1980年短篇小说集》、《高晓声1981年短篇小说集》、《高晓声1982年短篇小说集》、《高晓声1983年短篇小说集》、《高晓声1984年小说集》等,长篇小说《青天在上》、《陈奂生上城出国记》等,散文集《生活的交流》等,文艺论集《创作谈》、《生活、思考、创作》等。其中《李顺大造屋》、《陈奂生上城》分别获1979年、1980年全国优秀短篇小说奖,多篇作品被翻译成外语。其创作多取材于苏南农村生活,"陈奂生系列"小说以严峻的现实主义笔触,揭示风云变幻的政治、经济变革对普通农民命运的深刻影响,剖析了农民身上的劣根性,但仍有政策主导情节的倾向。另一类小说《鱼钓》、《钱包》等则以讽喻、象征的手法体味深刻的人生哲理。晚年以散文创作为主。

高晓声是新时期最杰出的专写农民的作家,被誉为继赵树理、周立波、柳青之后的描写当代农村生活的高手。

二、《陈奂生上城》

历经二十多年坎坷的高晓声早就和农民融合在一起,他深深地理解农民,熟悉并了解他们真实的生活状况和精神世界。发表于1980年的获奖小说《陈奂生上城》就是对中国普通农民精神世界的绝妙解剖。

作品描写十一届三中全会后,党的农村新经济政策给农民的生活带来了新的转机。陈奂生的"漏斗户主"的帽子摘掉了,他身上有了肉,脸上有了笑,囤里有米,橱里有衣,在物质生活上"满意透了"之后,对于精神生活也有一种强烈的向往。为了不比村里人矮一头,他也学村里人的样儿上城卖油绳,赚了钱想给自己买顶帽子,顺便也可以开开眼、长些见识。但卖完油绳后,他因没舍得买帽子而受了凉,病倒在火车站候车室,被路过的县委书记吴楚送到了五元钱一晚的高级招待所,他虽然心疼,却很快找到了精神上的慰藉。小说通过陈奂生上城卖油绳、住招待所的经历及其微妙的心理变化,写出了背负历史重荷的农民在跨入新时期变革的门槛时的精神状态,成功地塑造了陈奂生这一忠厚、憨直、拙讷、狭隘,多少带点阿Q气的农民典型。

  作品重点描绘了陈奂生住招待所的一幕。他在病中被路过的吴楚书记送来,第二天结帐时大吃一惊。对刚刚摆脱饥饿的他来说,五元钱可不是一个小数目,那是他干七天农活还要倒贴一角钱的价值。作者对陈奂生付出房钱前后的心理变化作了深入细致的描绘与开掘。在付出房钱之前,陈奂生是那么自卑、淳朴,一觉醒来,他发现自己睡在棕绷大床上,那雪白的天花板白得耀眼,再看那青白相辅的墙壁,蜡打的地板,紫檀色的五斗橱,嫩黄色的写字台,皮包的软沙发,里外三新的绸缎被褥……他不自觉地缩成一团,生怕弄脏了被子,赶紧下了床,把鞋子拎在手里,光着脚跑了出去,惟恐把地板弄脏。沙发椅他也不敢坐,害怕瘪下去起不来……对于这一切,陈奂生是既感激又不安,对吴楚书记的如此关怀,这位老实的农民早已感动得热泪盈眶,心里暖洋洋、眼睛热辣辣的。但他又觉得自己不配住这么好的房间,不配使用、享受这么高档的设备。而在付出房钱之后,陈奂生内心的感觉完全起了变化。他怎么也想不通,住一夜竟损失买两顶帽子的钱,白白花了钱,还遭白眼,他深感吃亏懊丧。但他也有一套解脱烦恼的办法,一种破坏欲、一种损人不利己的心理便发作起来。于是对房间大施淫威,来发泄报复的情绪:他用脚使劲踏沙发,不脱鞋就钻进被窝,并算计着要睡足时间,这样才不吃亏,才能补回些损失。作者由此对人物的心理又作了进一步的挖掘,写尽了这个农民的各个心理侧面。既然住一夜就花掉了五元钱,那么索性心一横,再到百货公司给自己买顶帽子,立刻戴在头上飘然而去。一路上,仍担心五元的住宿费无法向老婆交账。但转念一想,我这五元钱花得值,村里人谁坐过吴书记的小轿车？谁住过五元一宿的高级房间？看谁还敢看不起我？……想起这些，他精神陡增，好像自己高大了许多，老婆也不在他眼里了，那种不愉快的心情刹时一扫而光。于是，他愉快地划着脚步，像一阵轻风荡到了家。

陈奂生仅仅用五元钱就买到了精神上的满足，"这五块钱花得值透！"这种微小而又容易的满足，不能不使人感到他的可怜与可悲。尤其令人深思的是，从此以后，陈奂生果然身价倍增，受到了全村人的刮目相看。这说明无知、自卑、容易满足等等心理弊病，并不是他一人独有，而是农民的共同心理。从这里我们不难窥见陈奂生身上所掺杂的某些阿Q精神，也可感受到作者对其哀其不幸、怒其不争背后的酸辛。他刚刚摘掉"漏斗户主"那顶物质贫困的帽子，却又暴露了精神上的贫困。作者描写陈奂生的弱点，不是示众，而是为了"疗救"。在这一点上，高晓声接通了鲁迅探讨"国民性"问题的源头，成功地塑造了陈奂生这一诚实而质朴、憨厚而勤劳，但又过于软弱、自卑、麻木、狭隘、缺乏主人翁气质的农民典型。陈奂生的性格已成为历史和国民性中美德与弱点的一面镜子，将愈来愈显示出普遍意义。

《陈奂生上城》体现了典型的高晓声式的叙事风格，他惯于运用第三人称的叙述方式，以叙述为主，尤其擅长概括性叙述，很少让人物直接说话和行动，作品的语言基本上都是出自叙述人之口。作者善于刻画人物的心理，常常通过细腻、逼真的心理描写，展现人物个性。如陈奂生上城路上的得意神情，交五元钱住宿费前后的心理变化，以及回家路上的忧虑、烦恼和终于找到解脱烦恼的办法——"精神胜利法"后的喜悦、自得，都写得惟妙惟肖、生动传神，从而更逼真地展现出当代农民的灵魂。

小说语言简洁明快、幽默犀利，寓庄于谐，读来让人于轻快中有沉重感，于愉悦中含辛酸泪，形成一种"含泪微笑"的艺术格调。

第四节 汪曾祺的《受戒》

一、创作概述

汪曾祺（1920—1997），江苏高邮人。小时候受过正规的传统教育。1939年考入西南联大中国文学系，1940年开始写小说，受到当时中文系教授沈从文的指导。1943年毕业后在昆明、上海执教于中学，出版了小说集《邂逅集》。1948年到北平，任职历史博物馆，不久参加中国人民解放军四野南下工作团，行至武汉被留下接管文教单位。1950年调回北京，在文艺团体、文艺刊物工作，长期担任编辑，曾编过《北京文艺》、《说说唱唱》、《民间文学》等。1956年发表京剧剧本《范进中举》。1958年被划成右派，下放到张家口的农业研究所。1962年调北京京剧团任编剧。1963年出版儿童小说集《羊舍的夜晚》。"文革"中参与样板戏《沙家浜》的定稿。1979年重新开始创作。80年代以后写了许多描写民国时代风俗人情的小说，受到了很高的赞誉。出版了小说集《晚饭花集》、《汪曾祺短篇小说选》，论文集《晚翠文谈》等。所作《大淖记事》获1981年全国优秀短篇小说奖。比较有影响的作品还有《受戒》、《异秉》等。所作小说多写童年、故乡，写记忆里的人和事，在浑朴自然、清新委婉中表现和谐的意趣。他力求淡泊，脱离外界的喧哗和干扰，精心营构自己的艺术世界，自觉吸收传统文化，具有浓郁的乡土气息。

二、《受戒》

从旧中国走来，在十七年及"文革"中饱受挫折、磨难的老作家汪曾祺，在80年代初焕发了青春，写出了惊世骇俗的短篇小说《受戒》，引起了文坛的震动与注目。

《受戒》在当时确实是一篇全新的（离经叛道）的小说。它的写法与50～70年代人们所习惯的写法大相径庭，它让人们看到了小说的另一样写法，从选材到技法都令人耳目一新。汪曾祺在西南联大读书时深得老师沈从文的赏识，是沈从文的"入室弟子"。他承传了沈从文一贯的创作思想和创作风格，以平和幽远、清新雅致的笔墨去描写真实的生命和生活。

《受戒》写的是少年明海到荸荠庵当和尚后的一段生活经历。小说以明丽动人的笔调，描绘了明海与少女英子之间萌发的天真无邪的朦胧爱情，并着力渲染了田园水乡自然淳朴的风物习俗，字里行间蕴涵着对生活和人生的热爱，洋溢着人性和人情的欢歌。

少年明海按照当地的习俗出家当了和尚，在荸荠庵里学念经，也劳作，也画画。虽然受戒在身，却无紧锁空门之苦。小说为读者展现出了一个独特的"法外天地"：这里是佛门，却没有佛门的法规、佛法。和尚可以唱情歌、娶媳妇，像常人一样追求情人、追求爱。还可以杀猪、吃肉，唱"姐儿生得漂漂的，两个奶子翘翘的。有心上去摸一把，心里有点跳跳的"这样的酸曲。这个"法外天地"中人的生活方式是世俗的，然而又是率真自然的，充满了人间烟火气。因为在当地，出家仅仅是一种谋生的手段，不过是谋个"管饭"的地方。所以出家既不比别的职业高贵，也不比别的职业低贱，庵中的和尚不高人一等，也不矮人三分。他们和常人一样有着七情六欲，一切都顺乎自然。

庙里的和尚是如此，当地的居民也是如此。英子一家的生活也是过得怡然自得，男耕女织，衣食不愁，充满了一种俗世的美和快乐。在这样自由自在、原始淳朴的环境氛围中，作品重点描绘了小和尚明海与小英子之间天真无邪的友谊和纯洁真挚的爱情。在汪曾祺笔下，明海是聪明的、善良的、淳朴的，小英子是天真、美丽、多情的，他们之间朦胧的异性情感，呈现出一种纯真、优美的浪漫气息。他们白天一起薅草，傍晚一起车水，夜里又一起看场。他们并肩坐在一个石碌子上,听青蛙打鼓,听寒蛇唱歌……小英子最爱"搓"荸荠,赤着脚,在凉浸浸滑溜溜的泥里踩着,她常拉着明海一起去,而且老是故意用自己的光脚去踩明海的脚。而明海也常坐小英子的船进城给庵里买香烛、油盐等日用品,途中经过芦花荡时,两人可以倾心交谈。就这样,在纯无纤尘的嬉戏中,在相濡以沫的生活中,这对少男少女的友谊也在发展。就在明海受戒后,小英子接他回来时问他:"我给你当老婆,你要不要?"明海先是大声,然后"小小声"说:"要——!"英子把船划进了芦花荡。小说接着这样描写:

> 芦花才吐新穗。紫灰色的芦穗,发着银光,滑溜溜的,像一串丝线。有的地方结了蒲棒,通红的,像一枝一枝小蜡烛。青浮萍,紫浮萍。长脚蚊子,水蜘蛛。野菱角开着四瓣的小白花。惊起一只青桩(一种水鸟),擦着芦穗,扑鲁鲁鲁飞远了。

作者将这一切写得如诗如画,温馨、淡雅,为的是表达一种希望,一种向往,一种对自由、对健康的现实的人性和人情的肯定和赞美,在恬淡和谐的人世生活中表现生命的欢乐。

艺术上,《受戒》吸收了洒脱自如的散文笔法和散点透视的传统绘画手法。小说结构随便,散漫自由,看似信马由缰,了无约束,其实却是一个和谐统一的整体。作品不讲究情节、故事,而着意捕捉人物心灵外化的神情、动作和话语,以极简练、传神的笔墨揭示人物的感情世界,勾勒人物的音容笑貌,尤其重视气氛的渲染和意境的创造,描绘富有情趣的地方习俗和人情生态。语言平实、洗练、淡朴而又明澈,具有诗的格调和韵律。小说的叙述也是曲尽自然,仿佛水的流动,一地一景或一人一事,信笔拈出,娓娓道来,如行云流水,潇洒自然中自有法度,显示出作者深厚的文化底蕴和文学修养。

第五节 残雪的《山上的小屋》

一、创作概述

残雪（1953—   ），原名邓小华。原籍湖南耒阳，出生于长沙市。1966年小学毕业。四年后，进长沙一街道小厂当铣工十年，后为服装缝纫个体营业者。1985年开始发表作品，1988年参加中国作协。出版有小说集《天堂里的对话》、《黄泥街》，长篇小说《突围表演》等。她的具有"先锋"色彩的小说《山上的小屋》、《天窗》、《阿梅在一个太阳天里的愁思》等在读者和批评界中反响颇大。她的创作具有鲜明的个性，形式上受到西方现代派作品的影响，但内容却表达了强烈的中国特色的现实感受，以臆想、梦呓的手法组织神秘荒诞的叙述氛围，造成朦胧晦涩、离奇可怖的审美意象。小说有一种对人性丑恶的近乎残酷的透视力，对人类生存的悲剧本质进行无可保留的暴露，表现其独特的生命体验。

二、《山上的小屋》

《山上的小屋》是残雪短篇小说的代表作之一。[①] 在这篇小说中，作者以她特有的对于世界、对于生命的感知方式，暗示了人性中极端黑暗的存在。她主要是从人际关系特别是亲情关系的感受来展现人与人、人与世界之间的隔膜和对抗。作品通过主人公怪异的感官体验，描绘出一个怪异的世界："所有的人的耳朵都出了毛病。"主人公对她的母亲憋着一口气说下去："月光下，有那么多的小偷在我们这栋房子周围徘徊。我打开灯，看见窗子上被人用手指

---

① 残雪：《山上的小屋》，载《人民文学》1985年第8期。

捅出数不清的洞眼。隔壁房里,你和父亲的鼾声格外沉重,震得瓶瓶罐罐在碗柜里跳跃起来。我蹬了一脚床板,侧转肿大的头,听见那个被反锁在小屋里的人暴怒地撞着木板门,声音一直持续到天亮。"主人公感到周围的一切充满了恐怖、威胁,尤其不可理解的是她的亲人,个个显出邪恶的面目:"父亲每天夜里变为狼群中的一只,绕着这栋房子奔跑,发出凄厉的嗥叫","妈妈老在暗中与我作对","她正恶狠狠地盯着我的后脑勺,我感觉得出来。每次她盯着我的后脑勺,我头皮上被她盯的那块地方就发麻,而且肿起来"。可以说,主人公在如此阴森、险恶的环境中已失去了正常的理性和感受力,于是产生了种种奇异的体验,并把这种内心体验的阴暗面极端化地表现出来,显示出超越了政治、历史和现实的一种异常深刻的穿透力。

《山上的小屋》表现了亲人之间的怀疑、敌对和憎恶。残雪笔下的人物大都缺乏安全感,神色诡异,行动乖戾,永远处于一种随时准备自卫的戒备状态。就连父母姐妹也不例外。在《山上的小屋》中,母亲的笑是虚伪的,父亲窥视自己的眼睛竟然像狼的眼睛一样发出绿光。"小妹目光永远是直勾勾的",能够刺得我脖子上"长出红色的小疹子来"。这是一个阴森可怖的、癫狂者的家庭。人际间残酷的相互牵制与折磨,把人类的精神焦虑推向极致。人人处于他人的监视之下,隔墙有耳,不断传来喊喊喳喳的声音,到处有人窥探,从而暗示个人隐私权被剥夺的心理反应。在作品中,真实的感觉与幻觉搅和在一起,叙述者与小说主人公的立场合一,这就更加强了作品神秘、乖张的气氛。尽管如此,神经健全的读者也能从那些反常的行为与心理状态中获得某种联想与共鸣,感受到它所暗示和隐喻的内容:人们很容易联想到十年"文化大革命"时期,人人都可能被窥探与告密,人们无法主宰自己的命运,人与人之间互不信任,为了保存自己而不惜出卖别人,就是家庭、亲人之间也互相提防、猜忌与嫌憎,连在梦中都惴惴不安。

残雪就这样通过失常的精神状态夸张而变形地表现了特定历史时期的正常人的心理状态。作品表现的是一种超越于生活表象之上的精神真实、心态真实，是人处于一种险恶环境中对于荒谬、欺骗、冷酷世界的真实体验。

作品里还写到了主人公想像中的一所"山上的小屋"与小屋中的人。那座荒山上用木板搭起来的小屋是主人公主观臆想的虚像，那座梦幻中的小屋其实就是主人公一直寻找和渴望的自我象征。"在山上的小屋里，也有一个人正在呻吟。黑风里夹带着一些山葡萄的叶子"，这似乎在暗示着在她与那个不知名的人之间有着某种潜在的相知。为此她一次次向山上走去，想去寻找这种相知的痕迹，但是每一次都让她失望："我爬上山，满眼都是白石子的火焰，没有山葡萄，也没有小屋。"这大概可以看作是一种微弱理想的破灭。然而主人公不气馁，她始终不放弃追求，她从未停止过对生存环境的反抗。作品中反复出现的一个动作就是她每天都在家中清理"永生永世也清理不好"的抽屉。清理抽屉隐喻重建秩序和正常理性的努力。但这个行为却遭到他人的嫉恨和破坏："母亲一直在打主意要弄断我的胳膊，因为我开关抽屉的声音使她发狂。""我发现他们趁我不在的时候，把我的抽屉翻得乱七八糟，几只死蛾子、死蜻蜓全扔到了地上，他们很清楚那是我心爱的东西。"由此隐喻了人权被毁、人性得不到尊重的荒谬与可悲。但是主人公对自己所追求的却从不放弃，总是千方百计要把抽屉收拾好，甚至起劲地干起通宵来。虽然这行为同寻找"山上的小屋"一样，看不出成功的希望，但却明确地传达出主人公对险恶生存环境的反抗意识，暗示了人类执著追求精神寄托的永恒又可悲的抽象寓意。

残雪的小说在 80 年代的文坛上是一种非常独特的存在。她在文学的描写内容、叙述表现形式和读者接受等方面都带来了挑战。她的小说最决绝地体现绝望、孤独和非理性倾向，而且十多年来，始终坚守自己的叙事风格，将现代主义语言与中国的生存状况结合起来，成为中国当代最有毅力，也是挣扎得最为艰苦的现代主义小说家。《山上的小屋》作为残雪的代表作之一，则显示了现代派小说的许多特点。

首先，作者开拓了当代小说的表现领域，她是新时期第一个将精神异常者的心理状态引入文学作品的作家。残雪的小说带有超现实主义色彩，总体上给人以噩梦般的印象。像《山上的小屋》、《黄泥街》、《苍老的浮云》等，每一篇作品都充满了变异错乱的感觉，展现的是精神异常者的梦魇、下意识的心理状态。作品的寓意是通过将无形的心理感受和情绪化的体验化为有形的物境或物感曲折表达的。作品所表现的不是人的视觉所看到的世界，而是人的心灵所感觉到的世界。在这个世界中，客观现实被扭曲、夸张、变形，成为表现作家心境的对应物。在《山上的小屋》中，"北风在凶猛地抽打小屋杉木皮搭成的屋顶"的呼啸声，是主人公在神经质人格心态下的视听幻觉，暗示了生存环境的险恶。那个蹲在小屋里由于夜不能寐眼眶下有两大团紫晕的人，那个晚间暴怒地撞着反锁的小屋木板门的人，那个在小屋中不停呻吟的人，是在梦的妊娠中痛苦痉挛的抽象人类的象征，其中附着了主人公自况的意味。父亲在几十年梦中下决心去打捞掉在井里的剪刀，当他意识到剪刀永远也打捞不出来时，人生的全部希望都抛落在深井里，于刹那间鬓发全白，从整个人生的意义上概括了人类存在的失落感。

其次，叙述方式新颖、独特，开创了一种非常态的语言。《山上的小屋》在叙述表现形式上是对传统小说注重准确、鲜明的语言感知方式的反叛，为读者悟解作品提供了最大的自由度。在作品中出现了一反常态的叙述者。这个叙述者既是小说的主人公，又是小说作者本人，又好像二者都不是。他不断地出入于故事，打破读者所习惯的单一的阅读视角，而采取多个叙述角度，使作品的内容、意义变得丰富而复杂。叙述者与小说主人公的立场合一，叙述者本身就站在精神异常者的立场来叙述一些不正常的感受与心理反应，这就更加强了作品神秘乖张的气氛。

此外，节奏的极度紧张，结构的变化突兀，情节的不连贯，人物的模糊，语意上的含混和不合逻辑，幻觉和梦呓般描写等，构成了残雪小说独特的审美空间和审美效果。

第十六章 王蒙的小说创作

第一节 王蒙的《春之声》及其新探索

一、创作概述

王蒙（1934—　），祖籍河北南皮，生于北京，1945年入私立平民中学学习。王蒙在中学时代与共产党地下党员接触，受到了马克思主义的影响。1955年发表处女作短篇小说《小豆儿》。1956年因发表短篇小说《组织部来了个年轻人》而成名，也正是因为这篇小说，在1957年的"反右"运动中被错划为右派分子，下放到新疆劳动改造。"文革"之后的1978年12月5日，北京《文艺报》和《文学评论》编辑部召开文艺作品落实政策座谈会，为《组织部来了个年轻人》等作品平反。平反后的王蒙重新调回北京工作，历任北京市文联专业创作员、中国作协书记处书记、常务副主席、《人民文学》主编、文化部部长等职务。1990年王蒙辞去文化部部长职务，仍任中国作协副主席。新时期是王蒙文学创作的旺盛时期，先后出版了长篇小说《青春万岁》（创作于50年代）、《活动变人形》、《这边风景》、《恋爱的季节》、《失态的季节》、《踌躇的季节》，中篇小说集《深的湖》、《冬雨》、《木箱深处的紫绸花服》、《在伊犁——浅灰色的眼珠》、《坚硬的稀粥》等，其中短篇小说《最宝贵的……》、《悠悠寸草心》、《春之声》分别获1978年、1979年、1980年全国优秀短篇小说奖，《蝴蝶》、《相见时难》分别获全国第一、二届优秀中篇小说奖。此外，王蒙还著有散文集《纪行》，评论集《漫话小说创作》、《王蒙、王干谈话录》，以及《王蒙报告文学集》、《王蒙选集》（全四卷），还有读《红楼梦》的笔记论文《红楼启示录》。

王蒙的创作大致可分为四个阶段，无论在内容和形式上，每一个阶段都有新的突破和发展。第一阶段以《青春万岁》和《组织部来了个年轻人》为代表，主要特点是充满革命的诗意和激情；第二阶段以《最宝贵的》、《悠悠寸草心》等为代表，主要基调是在呼唤光明的同时，对社会政治进行反思；第三阶段以《春之声》、《夜的眼》、《蝴蝶》、《布礼》等作品为代表，在艺术上大胆探索、创新；第四阶段以长篇小说《活动变人形》、《失态的季节》等为代表，以现代意识透视中国历史，对中国传统政治、文化进行反思。总之，在新时期文坛上，王蒙的小说特别善于抓住时代的新主题，并敏锐地向历史、文化心理的纵深开掘，而且勇于探索创新，领风气之先，对中国当代文学产生重大的影响。

二、《春之声》

《春之声》是王蒙意识流小说的代表作之一。它以十一届三中全会后的中国1980年为时代背景，写主人公岳之峰在80年代第一个春节即将来临之际，回到阔别已久的故乡探亲时，在乘坐闷罐子车的短短旅途中的心理流程。作品的情节比较简单：岳之峰是一位学有专长的知识分子，出国考察三个月，一回来就接到父亲的信，决定回一趟阔别了二十多年的故乡。于是他搭乘从X城到N城的一辆闷罐列车出发了。小说通过意识流的手法，从车身"咣地一声"开始，岳之峰的所见、所闻就成了点燃他思绪的导火索。于是，在一节闷罐子车的狭小空间中，他的思绪上下驰骋、东西纵横，既展示了自己经历的坎坷，也写出了当今的世界与中国。火车行进时使旅客产生了摇摆的感觉，这种感觉使岳之峰回忆起童年和故乡的情景，因而又联想到过去回家呆了4天，却检讨了22年的那些荒唐的岁月。而车轮撞击铁轨发出的噪音，却给人物带来了

"鼓舞和希望",由此而联想到人们所要久久"寻找的生活","谢天谢地,现在全国人民都可以快快乐乐地过年了,再也不用以'革命化'的名义取消春节了"。从"像沙丁鱼挤在罐头盒子里"似的乘客拥挤的情景,联想到"斯图加特的奔驰汽车厂的装配线"和具有一百三十年历史的"西门子公司规模巨大",进而使人物产生了"赶上,赶上,不管有多么艰难"的想法。从"那个抱小孩的妇女"手中的录音机里播送出来的外国歌曲和那妇女学习外语的情景中,联想到西北高原的故乡和那逝去了的遥远的北平,因而想起了青年时代青春的活力,进而用感激的目光,看着正在成长中的一代新人,为了祖国"四化",刻苦学习外语,勇于奔向远方。小说以旅途的见闻为触发点,打破时空限制,在短暂的意识流动中,把笔触伸向过去和现在、外国和中国、城市和农村,写出了党的十一届三中全会之后我国现实生活中出现的历史转折和欣欣向荣的春天气息。

在形式上,《春之声》采取放射性心理流程来结构作品。在作品中,岳之峰的思绪由个人放射到整个社会,他的童年、他的初恋、他的战斗、他的受挫、他的人的尊严和价值的恢复、中国的落后、德国的先进,然而中国正在赶上去,等等。但由于作者所展示的都是岳之峰一人的意识流动,作品延宕的时间也不长,因而结构框架并不复杂。同时,作者还大量采用象征的手法,使小说具有很强的生活实感和时代色彩。

以散文的笔法酿造典型意境也是这篇小说的主要特色。在人物任意驰骋的意绪流动中,即使是普通的景物,也可以蕴涵着浓重的主观色彩:"这还是冬天吗?当然还是冬天。然而已经联结着春天的冬天,是春天的桥。有风为证,风已经不冷!风会愈来愈和煦,如醉,如酥……他欢迎着承受着别人仍然觉得凛冽,但是他已经为之雀跃的'春'风,小声地叫着他悄悄地爱着的女孩子的名字。"这里写的不仅是一股春风,而且是凝聚了主人公初恋情怀的一片春情,正所谓"一切景语皆情语",这篇小说也因此呈现出明显的散文特征。同时,作品还熔杂文、相声、绘画、音乐等多种艺术手法于一炉,富有一种清新、隽永的幽默感和音乐感,于轻松中见深意。

三、小说创作的新探索

（一）以人物的意识流程为主的文本结构

王蒙在小说创作方面所进行的新探索,主要表现在文本形式方面,即以人物的意识流程为主的文本结构。在新时期作家中,王蒙不是率先使用"意识流"的作家,但由于王蒙最初的创作就表现出能够精确地写出人物的灵魂、意识、情绪的能力,因而王蒙成为使用"意识流"最为突出的作家。王蒙的"意识流"小说在结构上常常是"以人物和故事为经,以心理描写——包括意识流为纬",打破时间和情节顺序,以人物的内心活动和意识流动来结构小说,侧重表现主人公心灵活动的历程。

王蒙以意识流动来结构作品的方式大致有两种,一种是放射性结构,一种是交叉式结构。所谓放射性结构,即以人物的心理活动为线索,从某一点放射出去并无限延伸,从而在某一题旨的辐射下融入更多的内容。《蝴蝶》的结构就是由张思远坐在车上看见碾在车下的一朵白花想起了前妻海云展开出去的,它穿插、跳跃、变幻、错综、重叠地呈现了张思远的回忆、联想、思索、幻想,从而把生活的动荡、自身的经历、命运都纳入他的灵魂的变化矛盾中了。所谓交叉式结构,它不同于放射性结构从某一点生发出去写意识流动的方法,而是采取一种情节结构和心理结构交叉运用的方式。这种结构方式的代表作是《相见时难》。作品随着美籍华人蓝佩玉回国和翁式含如何接待这一情节线索,同时描写了两个人的回忆和联想,情节变化发展了心理变化,心理变化促进了情节发展,两者互相作用,使这种结构带有很强的立体感。当然,这两种结构也并不是单一存在的,在同一部作品中也会出现两种结构的互相融合。比如长篇小说《活动变人形》,由于作品所要展示的时间跨度比较大,所涉及的人物也比较多,因而虽然作品的框架是由倪藻的思绪放射出去的,但是故事的主干却是在倪吾诚家庭纷争的情节线索之中,穿插了众多人物大量的意识流程。这种大胆突破传统叙事小说的时间顺序和情节线索,在情节框架的依托之下,侧重表现人物心灵活动的历程,并按照心态意识流动的轨迹对时空进行切割和重新组合的叙事方法,一定程度上适应了表现大的时空跨度、表达广阔的社会场景的要求,从而使王蒙的新探索带上了明显的现代叙事特征。

(二) 灵活多变的叙述视角

小说的叙述视角,其实就是通过谁的眼睛去看生活图景的问题。王蒙的新探索,还表现在对传统叙述视角的突破上。传统叙事文学多采用全知全能的叙述视角,这种视角的好处是视点高、角度大,可以对所写内容进行综合的把握和调度,但在表现感觉的丰富性方面,则显得相对单一。因为同样的现实世界,在不同人身上唤起、诱发的感觉是千差万别的,凝聚着他们自己的生活体验,作家的任务就是要找到和表现每个人新颖独特的叙述视角。王蒙的叙述视角很丰富,既有自知视角,如《布礼》中钟亦诚叙述自己所知所历之事;也有旁知视角,如《活动变人形》中倪藻、姜静宜、史福冈等从旁对他们了解的倪吾诚进行叙述;还有审视视角,如《蝴蝶》中既从张思远的角度描写了他像庄周梦蝴蝶那样不知道自己变成了蝴蝶,还是蝴蝶变成了自己,从而如实地反映了他不应有的命运,又从更高的视角俯视了张思远所走过的道路,如在什么地方脱离了群众,从而以一个政治思想家的角度来思考和把握了主题。王蒙还常常是采用多重视角并存的办法,这种手法在他的长篇小说创作中得到了充分的体现,《活动变人形》就是融合了这三种叙事方法的代表作。这种综合运用的不同叙述视角,使王蒙的作品在转换

第十六章 王蒙的小说创作

伸缩中获得一种摇曳多姿、富于变化的艺术效果。

（三）新颖独特的语言风格

王蒙在作品的形式上的创新也带动了作品语言的变化。由于他的作品大多写人物感受、感情、心理活动、潜意识等主观世界，因而他的小说语言，与传统现实主义所要求的精确性和客观性相比，有很大的不同。他的小说语言有着鲜明的主观色彩，句式跳跃变化，长短不一，错落有致，词汇的使用超出常规，标点符号的使用和段落的划分使节奏感更为强烈。"飕，一皮带，嗡，一链条，喔噢，一声惨叫"（《布礼》），采用的是电影特写镜头衔接的方法；"自由市场。百货公司。香港电子石英表。豫剧片《卷席筒》。羊肉泡馍。醪糟蛋花。三接头皮鞋。三片瓦帽子。包产到组。收购大葱。中医治癌。差额选举。结婚宴席"（《春之声》），语言节奏短促，用一大串独词句和短句的组合，十几个毫不相干的意象的杂乱衔接，表现新生活的变化使人应接不暇。王蒙还创造性地运用了大量双声词、叠韵词、叠声词，使其小说语言清新活泼、错落有致。

此外，王蒙在创作中还大量地采用现代的创作手法，把意识流、生活流、镜头剪辑、倒叙、回忆、联想、象征、隐喻等现代叙事手法与生动曲折的故事叙述、情节交代，尤其是人物性格塑造的传统手法结合起来，从而使其作品风格多样，内蕴深厚，显示出强烈的个性特征。

综观王蒙在小说形式方面的新探索，总的看来是在探索一条将西方现代派特别是意识流手法，同传统的特别是中国的现实主义相结合的道路，正如王蒙自己所说："我们搞一点'意识流'，不是为了发神经，不是为了世纪末的悲哀，而是为了塑造一种更深沉、更美丽、更丰富也更文明的灵魂。我们还不同意把心理活动与生活与社会对立起来，我们写心理、感觉、意识的时候并没有忘记它们是生活的折光，没有忘记它们的社会意义。"正是从这种创作心理出发，王蒙的小说不管结构形式发生怎样的变化，其最终主题总是指向对党和祖国的历史与现实的认识、反思和评价上。《布礼》是从一个共产党员的角度反思党的历史；《春之声》写一个苦尽甘来的知识分子对祖国未来的热望；《相见时难》从一个去国外三十年的美籍华人的角度，来认识和反思这风云三十年的中国的历史和现实。因此，王蒙的新探索虽然表明他率先认同了一种来自西方的新的小说观念，即打破传统叙事小说的"三要素"说，认为小说不一定以塑造典型环境中的典型性格为主，也不一定要有完整的故事情节，它可以只写作者或作品中人物的某种感受、情绪或联想，但它和西方的意识流还是有着本质的区别。虽其如此，王蒙在小说中融合了心理结构和情节结构的特点，丰富了作品的表现力，使小说既能塑造人物形象，同时又能直接通过人物的意识联想来反映整个社会，达到反映一个时代各方面的目的，因而小说的容量要远远大于相应的篇幅。虽然他的大部分新探索小说并不能称之为真正意义上的现代小说，但他对意识流等现代叙事手法的开拓性运用，却影响和带动了一大批作家纷纷仿效。像李国文的《月食》、《冬天里的春天》，谌容的《人到中年》等。因而王蒙的艺术创新总的说来是可取的、成功的，他在传统小说的情节结构的基础上，吸收了意识流等西方现代艺术手法，丰富了小说的艺术表现力，对新时期小说艺术形式的开拓功不可没。

第二节 《活动变人形》

1985年王蒙完成了酝酿多年沉淀在心底的长篇小说《活动变人形》，这是王蒙对他所经历的中国历史长久沉思结出的艺术之果。这部小说标志着王蒙的小说已经从对具体的社会、历史、政治问题的反思上升到对中国传统文化的反思，充满了强烈的现代的文化批判意识。

第十六章 王蒙的小说创作

一、作品主题

《活动变人形》的主要内容依然延续了王蒙所熟悉的知识分子题材，小说的主要内容就是写倪吾诚在他的不幸婚姻中所受的种种磨难和他充满悲剧意味的一生。小说将一个家庭或者说一个家族的生活——主要是婚姻生活作为切入点，对中国传统文化展开批判。作品通过具有一定西方先进思想文化的知识分子，最后被封建文化和传统伦理道德打得狼狈不堪、焦头烂额这一人生惨剧，揭示出传统文化的强大，并予以批判，也反映出西方资产阶级文化面对传统文化时的软弱无力，其中既凝聚了王蒙对封建社会巨翼下知识分子命运的具有历史深度的思考，也充分写出了中国寻求文化出路的知识者进行价值选择时的痛苦和艰难。作品的时间跨度很大，分为正、续两篇。正篇主要写倪吾诚和妻子姜静宜、岳母姜赵氏、大姨子姜静珍之间旷日持久的斗争；续篇主要写倪吾诚在新中国种种可笑而不幸的遭遇。在作者笔下，倪吾诚与一切旧的东西的对立和斗争，都表现为粗鄙的家庭纷争形式。《活动变人形》正是在对倪吾诚一家残酷怨毒的故事的描写中，揭开了中国历史上新旧冲突的沉重序幕，把那些旧中国历史上存在的精神痛苦，解剖给人看。

小说首先批判了传统文化的"吃人性"。倪吾诚身上很早就有些"革命"的意味，从某种意义上说，倪吾诚应该是一个背叛了旧传统、接受新文明的新一代知识分子，是一个懂得康梁学说，懂得西方文明常识，对孩子充满爱心而对旧传统、旧的生活方式刻骨仇恨的知识分子，然而他却在反对封建、提倡文明的家庭的战场上败下阵来。一次次希望与追求，可是迎接他的只是一次又一次的绝望和理想的破灭。而粉碎他梦想的代表者，竟都是站在传统观念的立场上声称爱他的亲人。倪吾诚的母亲有一套来自古训的"爱"的哲学：吸鸦片可以使人陶醉麻木，也可以使人安分守己。只要一家人守在一起，明哲保身，苟延残喘，就是幸福。正是在这种荒唐的生活逻辑支配下，她为初露新思想苗头的倪吾诚准备了鸦片和封建婚姻；深受传统文化浸淫的妻子也不理解他，更没有办法认同他满口的欧罗巴的文明，为了能够让他安安分分地挣钱养家而和自己的母亲、大姐一起，以她们从小因袭的"祖宗成法"为精神支柱，不断向向往现代文明的倪吾诚发动猛烈的攻击；童年的儿女也曾经爱过他，可终于在家庭的咒骂声中变成了对他刻骨的怨毒。在这场持久的家庭纷争中，倪吾诚败下阵来，成为一个无所作为、百无一用的人物。这种纷争的实质是中西文化冲突的具象化，这是因袭着传统力量的社会带给知识分子的沉重的负荷。在这幕家庭的悲剧中，旧文化那种虐杀生命和灵魂的吃人本质，在王蒙的笔下，又一次被淋漓尽致地揭露出来。

《活动变人形》还批判了知识分子自身的软弱性。在20世纪中国知识分子形象系列中，倪吾诚无疑是30～40年代知识分子充满矛盾、软弱的典型。一方面他接触过新思想，也见识过欧洲的现代文明，这些曾构成他可怜巴巴的苍白的"理想主义"，使他大谈民主和自由，希望中国尽快摆脱封建愚昧的状态；另一方面他又难以摆脱在传统文化中所因袭的修身养性、安身立命的惰性，因而对在现实生活中如何做、怎样做，他都一无所知。他自己不能创造实现理想的环境，社会又没有为他提供实现理想的环境，于是他形而上的所谓文明的高谈阔论，每每在静珍形而下的驳斥面前，在姜氏母女猛烈的攻击之下，丢盔弃甲，落荒而逃。倪吾诚的失败，既是知识分子自身软弱性的表现，也是西方现代文明在面对传统文化时软弱无力的象征。因而这种软弱的悲剧，不仅在倪吾诚身上，在鲁迅笔下的魏连殳，在巴金笔下的高觉新，在钱钟书笔下的方鸿渐身上都有所体现。正因为如此，由这种软弱的品性所铸就的性格悲剧，对像倪吾诚这样从孟官屯—陶村一带浅薄贫穷的盐碱地上，一块"羊巴巴蛋上搓脚"、"打死老婆再说个"的野蛮的土地上走出来的，又接受了西方思想影响的知识分子来说，这种选择的内心矛盾、艰难无力、精神失败，几乎就有一种宿命的味道。

二、人物形象

在《活动变人形》中，王蒙以倪家的家庭纷争为主线，着力刻画了一个醒来了却无路可走的男人和三个昏睡着但异常专制的女人的形象。倪吾诚是其中的一个典型人物，这是一个担负着中国的、乡土的、历史的、没落的地主之家全部罪孽的典型，是一个寻求文化出路而不得的中国知识分子的形象，反抗旧生活追求西方文明并精神失败是倪吾诚思想性格的核心。自九岁上洋学堂之后，倪吾诚就迷上梁启超、章太炎、王国维的文章。他无师自通地反对缠足；与佃户谈论"耕者有其田"，还扬言要砸烂祖宗牌位；他从小就整夜思索人生的目的、意义和价值。这种不满旧文明、旧伦理的表现让他的母亲很恐慌，于是他被套上了大烟和封建婚姻的枷锁。尽管这桩包办婚姻曾一度使倪吾诚远走高飞到欧洲留学，但留学得到的西洋文化的一鳞半爪不但没有使倪吾诚脱胎换骨，反而使他陷入一生的矛盾和挣扎。他有一肚子的文明、学问，可在现实生活中，却没有一个能够实现；他渴望美好浪漫的爱情，又不敢也不能提出离婚；他没有勇气抗日也不愿附日，甚至不能回答儿子提出的最基本的政治问题。小说用极其深刻的笔触，记述了这个本该有用的人的没用的一生，并从他相互矛盾的性格的两个侧面中，折射出传统文化精神和西方现代思想在畸形的现实环境中互不兼容的矛盾。因此，倪吾诚的悲剧，既是社会转型期知识分子性格的悲剧，同时又是历史的必然要求和无法实现的客观条件之间冲突的悲剧。它深刻地揭示了仅仅学得没有与中国具体实际找到结合点的表层西方文化，既不能改变个人的命运，也无法改变民族的命运。倪吾诚在东西方文化冲撞大背景下的精神失败，是一代知识分子精神历程的真实写照。虽说如此，倪吾诚终究是一个令人同情的与新的文化思潮相联系的人，他的抗争和失败向我们道出了觉醒了的知识分子对封建文化和封建伦理的决绝之意以及理想实现的艰难。

倪家的家庭之争是孤立的倪吾诚和姜静宜母女联合阵线的斗争。作者虽然也尖锐批判了倪吾诚身上的孟官屯—陶村人气质，但更多笔力却用在对姜氏母女的封建性的揭示上。这方面最成功的人物是姜静珍。作者通过她的一生，深刻地揭露了封建礼教"吃人"的本质。静珍本是一个聪敏刚毅的女子，但18岁守寡，便誓不再嫁，把自己本应享有的幸福，和自己早逝的丈夫一起埋进了坟墓。这种积淀在她内心深处的节烈观，主宰着她的一生。但她毕竟是一个健康的活人，也有人的欲望在内心萌动。她每天早晨起来都要认真细致地梳妆打扮，这是她被压抑的性的欲望的无意识流露；但打扮之后又要全部洗去，就像是对幸福的一种送葬仪式；尤其是那段语无伦次、恶毒异常的"镜前诅咒"，更是形象化地表明了她内心深处人的欲望和节烈观念的冲突。她恶毒的咒骂，突发难测的狂哭，所向披靡的"恶斗"，都化做了这种畸形生命力的变态发泄。因此，如果说倪吾诚的悲剧是知识分子抗争而不可得的宿命的悲哀，那么静珍的悲剧，便凝聚着封建节烈观下女性不知抗争的无尽的悲凉。

三、艺术特色

王蒙是一个长于艺术创新的作家，因此在《活动变人形》中，他创造了一种把历史的讲述、回忆与个人的抒发结合起来的自由文体。小说大量采用意识流的手法，情节让位于情绪，不再是结构的中心，而是心理、意识赖以附着的主线；时空交错，时而80年代，时而30～40年代；情节结构与心理结构交叉互动，既保证了叙述视角的丰富、连贯，同时又能透视出较大的心理容量。因此在小说中，王蒙不断变化视角从多侧面去揭示人物内心世界，以多维的心理意象形式，映射出丰富的历史和文化内容。

与情绪化的心理结构相对应，《活动变人形》的小说语言同样具有"王蒙式"的特点。人的意识流动和视角的频繁转换造成语言风格的跳跃,时而激情澎湃,一泻千里,时而尖刻辛辣,近乎夸张,写到动情处还经常出现一长串"王蒙式"叠词、排句、快节奏的平行补语,给读者的阅读带来强烈的情感冲击,也为主题的深化注入了强烈的情感内容。

第十七章　新时期的诗歌

第一节　概　　述

新时期的诗歌是在三个层面上展开的,并且呈现出截然不同的特色,从而也在新时期的诗坛上形成了三个不同的创作群体和阅读群体,他们在一定程度上代表着新时期社会思想文化的变革和走向。

1976年的"四五"天安门运动,以一次激烈的爆发迎来了新时期诗歌的觉醒。这次运动中产生的诗歌作品,在当代文学史上有着独特的地位。在后来结集为《天安门诗抄》中的诗歌,以近乎直白的方式表达了广大人民群众最真挚的情感,诗歌中洋溢的斗争精神,真实地记录了当时人们的感情、意志和愿望,使诗歌在相当长时间的沉寂之后,再次显示出动人的艺术力量,也为新时期诗歌的发展创立了一个良好的开端。

在新时期开始后,最早登上诗坛的是被称为"归来者"的复出的诗人群体,这批诗人中主要包括"反右"斗争中被错划为右派的诗人艾青、公木、唐祈、公刘、邵燕祥、流沙河、昌耀、孙静轩等诗人,还包括"七月派"诗人鲁黎、绿原、牛汉、曾卓、彭燕郊、罗洛、胡征等诗人,也包括一些早在50年代就已退出诗坛的"九叶"诗人。

"归来者"诗人的诗歌主要有两个特点。一是具有浓厚的"反思"色彩,他们在经历过难以想见的生活挫折之后,将自己在磨难中积累下来的种种感受,凝结成对历史的深思。这些思考投射到诗歌创作当中，使他们的诗歌自觉地带有了对历史和人生反思的倾向，也使他们诗歌呈现出较为一致的艺术特征，如艾青的《鱼化石》、曾卓的《悬崖边的树》、公刘的《沉思》等诗作，都体现着反思的主题，其中既有被埋没的痛苦，也有被发现的欢乐。"归来者"诗人诗歌的第二个特点是，他们的诗歌创作集中了关注社会生活的主题。他们当中的一些诗人，由于历史的原因，在长达几十年的时间里脱离了艺术的实践，他们曾经敏锐的诗歌触觉多少有些钝化，但是长时间的思考也使他们对社会的种种矛盾有了更为深刻的理解。这使得他们在诗歌创作中，更多地把关注的目光投注在当代社会生活当中，以强烈的政治参与意识和理性的思辨精神，承担起社会思想者和代言人的角色，艾青的《光的赞歌》、雷抒雁的《小草在歌唱》、刘祖慈的《为高举的和不举的手臂歌唱》、熊召政的《请举起森林般的手，制止！》等，都是其中具有代表性的作品。

和"归来者"诗人相比，朦胧诗的作者要晚得多。以舒婷、顾城、江河、杨炼、芒克、方含、食指、多多、梁小斌等人为代表的在"文革"中成长起来的青年诗人，以探索性的新诗潮开创了新时期的朦胧诗潮。在"文革"时期的"地下文学"中就已经孕育着朦胧诗的萌芽了。食指、芒克、多多等人的在"文革"中创作的，并以手抄本形式流传的诗作，就已经具有了很强的朦胧诗的韵味。1979 年，《诗刊》杂志发表了舒婷的《致橡树》、《祖国啊，我亲爱的祖国》等诗作，1980 年又以"青春诗会"为题集中推出了 17 位朦胧诗人的作品和他们的创作主张，使朦胧诗正式成为一种流传甚广的诗歌潮流。朦胧诗作为一种诗潮，一开始便呈现出与传统诗歌不同的审美特征，这些年轻诗人从自我的心灵出发，以象征、隐喻、通感等现代诗歌的艺术技巧，创作了一批具有新的美学原则的诗歌。他们在诗中呼唤人的自我价值的确认以及人道主义和人性复归，这几乎成了朦胧诗的思想核心。而他们诗歌共同体现的意象化、象征化、立体化特征，则既代表了他们新的美学追求，也表明了他们对传统诗歌艺术规范的反叛和变革。但也正因为他们对传统诗歌理论的这种背叛和变革，在文艺界引起了关于朦胧诗的论争。

到了80年代中后期，一批有着高等学校教育背景的更为年轻的一代诗人登上了诗坛，他们以令人应接不暇的方式展示着他们变幻纷呈的诗作，以各自不同的名称来标示他们的艺术主张，在朦胧诗之后形成了一个新的诗歌潮流，这些诗人也被称为"第三代"诗人或"新生代"诗人。1986年《诗歌报》和《深圳青年报》联合以"现代主义诗歌大展"方式，集中介绍了六十余家自立诗派的一百多位诗人的诗作，这是"新生代"诗人的第一次集体亮相。

"新生代"诗人试图以自己的创作来颠覆朦胧诗人的创作主张，以反意象、反修辞和口语化的方式，建立起一种属于自己的诗歌概念。今天看来这种诗歌创作还缺乏统一的尺度和旗帜，仅从他们对自己的诗派的命名上就能够感受到这一点，南京的"他们诗派"、上海的"海上诗群"，四川的"莽汉主义"、"非非主义"、"整体主义"、"新传统主义"等等层出不穷的诗派名称，正说明他们在标准上的不一致性。但是对"新生代"诗人来说，有一点是一致的，那就是他们在对生活俗常状态体验和追求的基础上，试图建立起属于个人的诗歌，于是，反英雄、反崇高、平民化成为新生代诗潮的总体特征，它代表了这代诗人平民意识的觉醒。而与此相适应的，他们在诗歌语言上的反意象、反修辞和口语化则可以视作是这种平民意识的表现手段，并进而表现出一种审丑的态度，这既是其在语言实验方面的重要特征，也是"诗歌以语言为目的，诗到语言为止"创作主张的实现。这方面的代表作如韩东的《有关大雁塔》、于坚的《尚义街6号》、王小龙的《外科病号》等。

总观新时期的诗歌，从"归来者"的诗到朦胧诗到"新生代"的诗，形成了一个动态的诗学流变。在这种流变的过程中，各种诗歌流派的此起彼伏构成一个立体化的诗歌发展图景，这正是新时期诗歌繁荣发展的明证。

第二节 朦胧诗及其论争

一、朦胧诗的出现及其艺术特征

在新时期中国诗坛上，朦胧诗是一个具有广泛影响且艺术成就卓著的诗歌潮流。它最早出现于20世纪70年代中期的民间刊物。1979年3月，《诗刊》等公开刊物陆续发表了北岛的《回答》、舒婷的《致橡树》、顾城的《无名的小花》等。这些诗人以其诗歌美学观念相近的创作和创作主张，形成"朦胧诗群"，刮起了一股旋风。这些朦胧诗的出现，打破了诗坛现实主义诗潮的一统格局，冲击了传统的诗歌观念和审美意识，以其陌生和新奇震动了文坛。到了1980年，它已形成一股不可遏制的潮流。舒婷、北岛、顾城、江河、杨炼就是其中的佼佼者。一些评论家、诗人纷纷撰文对这一新诗潮给予肯定与扶持，不同的看法也开始展开批评与论争。朦胧诗成为80年代初诗坛上一个引人注目的焦点，名声也因此大振，出现了一批广有影响的作品。如舒婷的《祖国啊，我亲爱的祖国》、《双桅船》，顾城的《永别了，墓地》、《远与近》，北岛的《一切》、《宣告》，梁小斌的《雪白的墙》、《中国，我的钥匙丢了》，江河的《纪念碑》、《祖国啊，祖国》，杨炼的《大雁塔》、《诺日朗》以及王小妮的《碾子沟里，蹲着一个石匠》，王家新的《中国画》等。

朦胧诗的出现并非偶然，而是有着深厚而复杂的社会文化基础和心理基础。朦胧诗的作者们大都生于红旗下，成长于十年动乱中。十年浩劫，给他们留下深深的创伤，对社会的动荡、人世的冷暖、人民的苦乐、时代的悲观，都有着深切的感受。他们痛苦迷惘过，愤懑挣扎过，苦难促使他们从幼稚走向成熟，促使他们猛醒，使他们学会了用自己的头脑进行独立思考和探索。于是，他们纷纷拿起笔，带着被伤害后的怨恨、失望，带着从生活底层而来的严峻的沉思，和对于追求的深沉的渴望，以奇异的形式构思成诗。由于对前景感到渺茫,思想上又处于困惑、零乱的状态,再加上对刚刚过去的恐怖还心有余悸,使他们无法把自己全部的思考和真实的情感无遮掩地表现出来,于是便往往采用不确定的语言和形象,曲折迂回地传达着自己内心的体验,含蓄委婉地宣泄着自己长期得不到宣泄的情感。这就造成了诗歌的朦胧、晦涩和难懂,显示出与传统表现形式迥然不同的一种全新的审美特征。

最引人注目的是他们对生活的怀疑态度和由此产生的变革意识。由于朦胧诗大都是在"文化大革命"中饱受磨难的一代"上山下乡"的知识青年,他们经历了从迷惘到觉醒的心路历程。精神上的深刻震荡,使他们对既有的价值尺度、信仰以及文学观念产生了强烈的反叛意识,对新的表现形式进行了大胆的探索。他们的诗作因此带有鲜明的怀疑主义和政治反思的意向,常常以冷峻的眼光审视生活,以叛逆的姿态表示与旧世界的决绝。如北岛的《回答》,就表现了一个"我不相信"的主题。

表现自我,以自我的内心世界为直接表现的对象,是朦胧诗不同于此前当代诗歌的显著特征。在以前的当代诗歌中,真实的"自我"早已被削弱得无影无踪,诗歌创作几乎千篇一律、千人一面,失去了抒情个性。朦胧诗的出现,带来了诗歌抒情个性的强化,诗人们强调自我表现,张扬个性,强调用自己的眼睛去观察、审视世界,用自己的头脑去思考社会和人生,用自己的心灵去感受周围的一切,从而写出自己独特的生活体验和具有自己独特个性的诗歌。如舒婷的诗,多采用第一人称写成,信念、理想、社会的正义性都通过"我"这一抒情形象表现出来,诗中充满了对人的自我价值的思考。

在诗歌艺术上,朦胧诗是新的诗歌美学的奠基者。把民族与历史命运的深刻反思的主题与新的诗歌美学形式的独特追求相结合,是朦胧诗人共同的艺术追求。他们对诗歌把握世界的方式有新的理解,不太重视客观世界的再现而偏重主观世界的表现,由追求客观真实转向追求主观真实,强调的是诗人的直觉。在表现手法上,较多借鉴了西方现代派的表现形式和技巧,较多地运用了象征、隐喻、暗示、通感、变形等手法,常常捕捉瞬间的印象,寻找跳动的闪念和幻觉,运用意象的组合、情绪的跳跃、时空的转换、意识流等手段,表现对生活的直感。

二、关于朦胧诗的论争

朦胧诗的出现,开始了对诗歌传统的超越性的变革。它以强大的势头冲击着传统新诗及其批评准则,因而必然会引发一场争论。1980年8月,《诗刊》发表了章明的《令人气闷的"朦胧"》一文,以"叫人看不懂"为由来否定其意义和价值,朦胧诗便因此得名。持这种观点的代表人物还有方冰、臧克家、周良沛等。与其相反,谢冕、孙绍振、徐敬亚等人则先后撰文肯定这一新诗潮。1980年5月7日,作为诗评家的谢冕在《光明日报》上发表了有影响的也引起争议的文章《在新的崛起面前》,从文学史的角度肯定了这些诗人的探索精神,对他们不拘一格、大胆吸收西方现代派诗歌的某些表现方法的行为表示支持与赞赏。紧接着,1981年《诗刊》在3月号上发表了孙绍振的文章《新的美学原则在崛起》,从美学角度对朦胧诗进行了赞扬,以为这批年轻诗人的诗歌代表的是一种新的美学原则,这一原则与传统美学原则的分歧在于"人的价值标准的分歧","在年轻的革新者看来,个人在社会中应该有一种更高的地位",并提出两个观点,即诗就是表现诗人自己,诗应该是反理性的。进而概括了这批"朦胧诗"的三个美学原则,即"不屑于作时代精神的传声筒","不屑于表现自我情感世界以外的丰功伟绩","回避写那些我们习惯了的人物的经历、英勇的斗争和忘我的劳动场景"。1983年初,《当代文艺思潮》双月刊在第一期登载了徐敬亚的长文《崛起的诗群——评我国诗歌的现代倾向》。本身就是新诗潮阵营一员的徐敬亚,回顾了诗歌发展的历史,从形式到内容把朦胧诗的艺术主张系统化，从而彻底否定传统诗歌的精神，发出朦胧诗将"成为我国诗歌的主流"的预言。

这三篇"崛起"的文章发表后，受到理论、批评界的极大关注。一些文艺评论家、诗评家纷纷写文，对以谢冕、孙绍振、徐敬亚这三篇文章为代表的新诗潮理论，进行了严厉的批评。这场争论长达数年之久，双方存在着严重的分歧，终难求得一致。而朦胧诗则在这褒贬声中得以成长。

无论对朦胧诗如何评价，随着时间的推移，朦胧诗这一新的诗潮已经在文学史上确立了不可忽视的位置，并对当代诗歌创作产生了难以估量的影响。他们的美学追求已为文学史和广大读者所认同，并且很快成为更年轻的一代诗人超越的对象。

第三节 舒婷的《思念》和《双桅船》

一、创作概述

舒婷（1952—　），原名龚佩瑜，祖籍福建省泉州市，生于厦门。1967年结束中学学业，1969年到闽西山区插队。1971年开始写诗，在知青中传抄。1972年回厦门，成为建筑公司的临时工。1975年起在集体所有制企业工作。1977年她与后来同为朦胧诗代表诗人的北岛结识，创作受其影响。1980年入福建文联创作室，后任中国作协理事、作协福建分会副主席。著有诗集《双桅船》、《会唱歌的鸢尾花》，合集《舒婷顾城抒情诗选》、《五人诗选》以及散文集《心烟》等。其中《双桅船》获全国第一届新诗集优秀奖，诗作《祖国啊，我亲爱的祖国》获1979～1980年全国中青年诗人优秀诗歌二等奖。另外还有代表作《致橡树》、《四月的黄昏》等。

舒婷的诗从思想到艺术都有动人心魄的力量。这种力量，来自于对人的关注。"文化大革命"的恶梦过去之后，诗人首先萌发的是"人"的意识，她怀着一种理解别人也期待别人理解的心，勇敢地投入新时期以"人"为主题的诗歌潮流中。作为女诗人,她更多地从对女性命运的关注中,呼唤着人的价值与尊严,展露一种强烈的女性独立的意识。

二、《思念》和《双桅船》

《思念》和《双桅船》是舒婷成熟期很有代表性的作品。

写于1978年5月的《思念》表达的是一种复杂微妙的情绪,展露了一段没有结局的爱情的痛苦和甜蜜。诗人运用比喻、象征、通感、排比等手法,把这种深埋在心底的爱情心理作了深层次的刻画:"一幅色彩缤纷但缺乏线条的挂图,/一题清纯然而无解的代数,/一具独弦琴,拨动檐雨的念珠,/一双达不到彼岸的桨橹。"这是一连用了五六个意象,把这种刻骨铭心的思念之情转化为具体可感的视觉、听觉、触觉,暗示出我对你的思念是如此美好、多元而丰富,但又苦于不能明白清晰地表达;我对你的思念是如此清纯,然而又说不清思念的来由和缘故;是你的爱拨动了我久已尘封的心弦,使我如此动情,却又含有说不出的凄楚;因为我们的爱也许永远没有结局,也就仅仅是一种思念而已。但即使这样,我对你仍然是:"蓓蕾一般默默地等待,/夕阳一般遥遥地注目,/也许藏有一个重洋,/但流出来,只是两颗泪珠。/呵,在心的远景里,/在灵魂的深处。"暗示出我对你的爱矢志不渝、无止无休,它会永远这样忠贞、诚挚、含蓄而深沉。

写于1979年的《双桅船》,诗人以隐喻的方式曲折传达了恋爱双方在相互依赖中所具有的自我的独立。在这首诗中,作者借用一艘双桅船自喻,向那连绵的海岸倾诉自己的思慕:"昨天刚刚和你分别/今天你又在这里/明天我们将在/另一个纬度相遇"。这种和海岸不断分离,却又总是再度结合的特殊关系,使双桅船明确意识到自己和海岸之间有一种永远无法改变的互相依存的天然联系。眷恋着海岸的双桅船,渴望得到岸的保护与温暖,渴望在爱人的怀抱中宁静地生活。然而负有使命的双桅船是属于大海和风暴的,它将在风高浪险的航程中追寻自己的理想,它必须告别"心爱的岸"扬帆远航:"是一场风景,一盏灯/把我们联系在一起/是一场风景,另一盏灯/使我们再分东西/不怕天涯海角/岂在朝朝夕夕/你在我的航程上/我在你的视线里"。双桅船将在不断的追求、奋斗中,展现自己独特的风采和魅力。对理想的追求、奋斗,使他们的爱情得到升华,变得崇高而美丽。不论航程多么遥远,不论分别多长时间,两颗相爱的心都会彼此牵系。至此,一个渴望爱情慰藉,又具有主体意识和使命意识的现代女性形象便在诗中确立。

　　舒婷作为一个有着丰富情感的女诗人,更偏重于爱情题材的写作。但她的爱情诗有些与众不同,常常是既写爱情,又在爱情中有所寄托,或在抒写爱情的同时,抒发一些包含着时代、社会内容和个人多重矛盾冲突的情感。《思念》和《双桅船》就流露了这种委婉多姿、复杂矛盾的情调。

　　舒婷的诗具有典雅、端丽、细腻的抒情风格。她的诗含有淡淡的忧伤,充满了女性的温柔。她诗歌的抒情形象渗透着诗人的个性特征,流淌着对人关切的柔情。在艺术表现上,舒婷的诗自觉地融入了一些西方现代主义的技巧,多角度多义性地运用了象征、比喻、暗示、通感等手法,以个性化的感觉来凝聚意象,通过多种意象间的关联、组合,让感觉和意识自由流动,让感情和理智自由喷薄,求得一种"细节清晰,整体朦胧"的审美效果。

　　比起"朦胧诗群"的其他诗人,舒婷似乎更为读者所赏识,这与她的抒情方式,以及艺术风格上与传统有更多联系是分不开的。

第四节　北岛的《回答》

一、创作概述

　　北岛(1949——　　),原名赵振开。祖籍浙江省湖州市。

1949年生于北京，就读于北京第四中学。1969年高中毕业后在北京一家建筑公司做了11年的工人。1970年开始写诗，1972年开始写小说。1976年参加天安门运动，创作了《回答》一诗。1978年与芒克等文学同人创刊《今天》，担任主编。其现代主义色彩的新诗歌形式受到青年读者的欢迎，被称为朦胧诗的代表诗人，但也受到来自传统势力的批评。1980年进《新观察》杂志社当编辑，1981年在《中国报道》的文学部门当编辑，后辞职，1986年被《星星》杂志评为"我最喜欢的中青年诗人"之一。《北岛诗选》获中国作协全国第三届新诗诗集奖。北岛在美国、瑞典分别出版诗集《太阳城札记》、《北岛顾城诗集》，还发表过小说《波动》（《长江》1981年第一期，因其存在主义的倾向受到批判）和《稿纸上的月亮》等，并著有小说集《归来的陌生人》。现居美国。

北岛和舒婷是同一代人，他们的诗显示了不同的个性。北岛的诗有着强悍的男性气息。他写于"文革"十年期间的诗，以揭露那时非人道的现实，批判、反思那段历史为基调，以张扬人道主义、呼唤人的尊严、追求人的价值为主旋律。1979年3月，他的《回答》发表在《诗刊》上，打响了朦胧诗的第一炮。

二、《回答》

《回答》作于1976年清明节期间，表现了被愚弄、被伤害的一代青年觉醒后对荒唐岁月的深刻认识和彻底否定。"卑鄙是卑鄙者的通行证，/高尚是高尚者的墓志铭。"这是对荒谬时代的经典的概括，是血与泪的总结，标志着一代人自觉意识的觉醒，和对人生目的的思索。不与卑鄙者为伍，不与荒谬的现实同流合污，向畸形的世界挑战，是这首诗的内核。"冰川纪过去了，/为什么到处都是冰凌？/好望角发现了，/为什么死海里千帆竞争？"诗人对这个变态社会的现象提出质问。"冰凌"象征性地点出"四人帮"法西斯专政的冷酷，"死海"象征这个变态社会是没有出路的。"四人帮"的爪牙及随从者们，尽管山头林立，最终也只能驶向罪恶的渊薮。诗人经过对荒谬现实的冷峻的审视，发出了痛苦而决绝的呐喊："告诉你吧，世界，/我——不——相——信！/如果你脚下有一千名挑战者，/那就把我算作第一千零一名。"这是挑战者向当时社会发出的反叛的呐喊，充满了冷静而又不可遏制的愤怒情绪。"如果海洋注定要决堤，/就让所有的苦水都注入我心中，/如果陆地注定要上升，/就让人类重新选择生存的峰顶。"这几句诗充满了悲壮的英雄气概和博大宽广的胸怀。作为人道主义者，诗人并没有怀疑一切、否定一切，而是选择了斗争，自觉地承担起改造世界的历史使命。

诗的结尾，诗人又重新把目光转向天空："新的转机和闪闪的星斗，/正在缀满没有遮拦的天空。/那是五千年的象形文字，/那是未来人们凝视的眼睛。"暗示了有着五千年文明传统的中华民族是有顽强的再生力的，使人在沉郁中看到了希望，表达出坚定的民族自信心。

这首诗在表现方法上既有直抒胸臆的正义呼唤，又有意味深长的象征、隐喻和暗示。诗人选择了许多带有象征意味的意象来表达情绪。如"镀金的天空"、"死者弯曲的倒影"，以及被冰川封闭的世界、千帆竞争的死海和决堤的海洋、上升的陆地等，从而使诗人的情感世界得到形象而准确的展示。此外，诗人还通过改变视角和透视关系、打破时空秩序等手法，把电影蒙太奇技巧引入诗中，造成意象的撞击和迅速转换，激发人们的想像力来填补大幅度跳跃留下的空白，以扩大诗歌的容纳量。这些西方现代主义技巧的运用，使北岛的诗歌在朦胧诗人群中最富有创新精神和艺术震撼力。

第五节 顾城的《弧线》

一、创作概述

顾城（1956—1993），祖籍上海，生于北京。十岁左右开始写

第十七章 新时期的诗歌

诗。从现在可以见到的写于 12 岁的《天外的亮光》、《烟囱》等诗中，已可见少年顾城那奇异的想像。但"文革"的十年浩劫，使他失去了正常成长的机会，并击碎了他童年的梦幻。1969 年他随其父顾工下放到山东省潍河岸边的荒滩上，在那里度过了他从少年走向青年的难忘岁月。1974 年回到北京，曾在街道工厂做木工。1979 年，他的组诗《无名的小花》在北京的一家小报上发表，随即引起诗坛注意，成为朦胧诗的代表诗人之一。1981 年因《抒情诗十首》获"星星诗歌奖"。著有《黑眼睛》、《北岛顾城诗选》、《舒婷顾城抒情诗选》、《雷米》、《城》、《水银》等诗集。1987 年应邀出访欧美国家，进行文化交流。1988 年赴新西兰教授中国古典文学，被聘为奥克兰大学亚语系研究员。后辞职隐居新西兰激流岛。1992 年获德国学术交流中心 DAAD 创作年金。1993 年获伯尔创作基金，在德写作。1993 年 9 月在新西兰寓所杀死了妻子谢烨（诗人雷米），同时自缢身亡。死亡后记录他隐居生活的小说《英儿》（与雷米合作）出版。他的作品较少关注社会历史，更多关注人的内心。早期的诗歌有孩子般的纯稚风格、梦幻情绪，用直觉和印象式的语句来咏唱童话般的少年生活。代表作品有《一代人》、《我是一个任性的孩子》等。

顾城是朦胧诗人群中极有个性的诗人，被誉为天才的童话诗人。他独具的艺术气质，使他很少对现实中的黑暗、丑恶进行直接抨击，而是热衷于编织自己的童话，通过创造一个与现实对照的童话来反衬现实社会的污浊、丑恶。

二、《弧线》

作于 1980 年 8 月的《弧线》是一首语浅意深、代表诗人独特风格的小诗。

全诗共四节，诗人选用四个带有运动美的具象画面，构成奇特的意象组合。疾风中转向的鸟儿、捡拾硬币的少年的身影、葡萄藤的触丝、大海起伏的波浪,都有弧线的弯曲形式,诗人用弧线这一共同的特征将这四个画面串成一个整体,象征性地概括了特定时期的社会生活给予诗人的深切感受。

"鸟儿在疾风中/迅速转向",这是一道自然中美丽流动的弧线,给人以清新活泼的感觉。"少年去拾捡/一枚分币",稚气、纯真的少年弯下腰去捡拾一枚玲珑轻巧的分币,这是一道质朴、健康的弧线。"葡萄藤因幻想/而延伸的触丝",这是一道神秘的生命弧线,给人以向上而葱茏的感觉。"海浪因退缩/而耸起的背脊",这是一道壮阔而浑浩的弧线,给人以力的起伏的感觉。

在这首诗中,对自然中弧线运动的赞美,构成了诗的表层主题。其深层含义则是对现实生活中"弧线"的讽刺。我们可以联想到生活中那些圆滑、势力的"在疾风迅速转向"的人,可以联想到那些贪婪的、见利忘义的和不择手段、到处伸手攀附的人,以及在现实生活中永远卑琐、怯弱、直不起脊梁的人……这些深层的含义,诗人都留给读者去联想,为诗的欣赏提供了广阔的想像空间。

用新诗的形式,通过具象画面表现事物抽象的线条美,是顾城的一个创造。作为富有独创性的诗人,顾城的艺术世界是晶莹剔透的。他的诗语言流畅、纯净,富有音乐性。凭着天赋的想像力、直觉的美感,他用简洁、准确的意象为读者营造了一个富有深邃哲理的明净而澄澈的诗的意境。

第十八章　其他诗人

第一节　艾青的《光的赞歌》

艾青（1910—1996），以《大堰河——我的保姆》一诗成名，他的诗作通常以劳苦大众、民族命运、社会黑暗为表现对象，强烈地表达了对光明的向往和汹涌澎湃的革命，被誉为"火把诗人"。新中国成立后艾青先后担任了中国作协理事、《人民文学》副主编等职务。1957年因被错划为右派，先后被下放到北大荒和新疆生产建设兵团劳动。经历了二十多年的右派生涯之后，复出的艾青发表了《光的赞歌》、《古罗马的大斗技场》等诗作。创作的诗集《归来的歌》、《雪莲》分别荣获全国第一、二届优秀新诗诗集奖。

一、《光的赞歌》的主题

长篇抒情诗《光的赞歌》是艾青新时期诗歌创作中最具代表性的一首，诗歌继承和发扬了30年代《向太阳》、《火把》的内在精神，以"光"这一自然事物为抒情主题，展开丰富的想像和联想。诗歌突破了时间与空间的限制，以"光"象征民主、科学、自由、理想和真理，既凝聚着诗人深切的人生体验，也包含着诗人对人类历史发展进步的理性思考，蕴涵着一种人类历史的纵深感。在这首诗中，诗人通过人民追求"光"，人类的智者将光播向人间，而人间的丑类则要垄断光，以及人类为追寻光明所进行的奋斗，热情的歌颂了"盗火"的英雄和人民不屈不挠的精神，揭露了统治者为维护其统治、企图垄断光的丑恶灵魂。诗人首先对光加以热情的歌颂，充分说明了光对世界、对人类的重要性："世界要是没有光/等于人没眼睛/……/要是我们什么也看不见/我们对世界还有什么留恋。"正是因为有了光，世界才绚丽多彩，人类才会有幸福的生活。

但是诗人对"光"的书写并没有停留在单纯的歌颂上，在新时期这个历史转折的关键时刻，在光明与黑暗的激烈较量中，艾青赋予了"光"以强烈的现实意义和时代意义。诗人在对"光"进行歌颂的基础上，转向了对人类文明史的追溯，因为在人类发展的历史上，充满着光明与黑暗、科学与迷信、民主与专制、智慧与愚昧、前进与倒退的斗争，诗人以无比的激情和勇气对阻碍光明的人和势力给予了有力的抨击："但是有人害怕光/有人对光满怀仇恨/因为光所发出的针芒/刺盲了他们自私的眼睛/历史上的所有暴君/各个朝代的奸臣/一切贪婪无厌的人/为了盗窃财富、垄断财富/千方百计想把光监禁/因为光能使人觉醒。"诗人还进一步写到，追求光明的人民不会甘于总是被黑暗统治着，那些为争取光明而斗争的勇士们，在宏观世界和微观世界中艰难探索，在自然科学和社会科学中奋力攀登，为人类取得了科学之光、民主之光、真理之光，使人类告别蒙昧时代，进入一个又一个新的时期。在诗的最后几节里，诗人写了个人在光明与黑暗斗争过程中应该发挥的作用，并且大声地呼吁人们要为争取光明、创造光明而斗争："即使我们是一支蜡烛/也应做'蜡炬成灰泪始干'/即使我们只是一根火柴/也要在关键时刻有一次闪耀/即使我们的尸骨腐烂了/也要变成火在荒野燃烧。"在这些诗句当中，闪耀着斗争的火花，既是诗人发出的誓言，也是时代精神的体现。正因为如此，这首诗作被视为一部表现诗人宇宙观、真理观和美学观的里程碑式的作品，是诗人的诗体哲学。

二、艺术特色

艾青的诗歌蕴涵着深刻的哲理与动人心魄的情感力量。诗人善于用形象来说话，从而调动读者的思想感情与形象思维，真正达到

"外极其象，内极其意"的艺术效果。诗人在他一贯的创作中，善于将现实与理想紧密地结合在一起，既从现实出发又憧憬着理想中的世界，让读者不知不觉地进入到美好的境界之中。诗发乎情，又合乎理，使诗歌达到情理交融的艺术境界。在《光的赞歌》当中，诗人从"光"出发，运用象征主义的手法，将抒情、哲理、历史有机地融合在一起，对人生、对世界、对社会等重大的问题做出独特的回答，使这首诗在形式的完美、思想的精辟、感情的真挚等方面均达到了一个新的高度，并取得了良好的艺术效果。与他在50年代创作的诗歌相比，艾青在新时期的诗歌创作，思想更加深沉凝重，感情更加真挚动人，也更富于历史使命感和社会责任感。诗人密切关注时代生活，对社会、历史、人生进行深刻的剖析和思考，歌颂与暴露相统一，抒情与议论相结合，构成一种雄浑博大而又朴素凝练的诗歌艺术境界。

在《光的赞歌》当中，诗人把抽象的"光"塑造成一个实在而鲜明的艺术形象，具有一种造型艺术的质感与美感。这种艺术形象的塑造，是在诗人对诗歌抒情对象真挚的感觉之中萌发的。诗人在抒情对象中注入了自己的思想情感，凝结成朴素动人的形象，从而把抒情对象所引发的感觉与诗人的思想感情有机地融为一个和谐统一的、密不可分的艺术整体，唤起读者感官兴奋，表现出具体化的思想内容，从而收到强烈的艺术效果。

在语言上，《光的赞歌》所运用的语言，是在口语的基础上，经过艺术加工而形成的一种独特的诗的语言，简洁、单纯、明白，有一种透明的质感。这种口语化的、精练的、透明的诗歌语言，也是艾青在新时期运用诗歌语言的最大特点。

第二节　雷抒雁的《小草在歌唱》

雷抒雁（1942—2013），陕西省泾阳县人，1967年毕业于西北大学中文系,曾任《解放军文艺》编辑、工人出版社编辑、中国作家协会鲁迅文学院副院长等职务。雷抒雁从1959年开始发表作品,著有《沙海军歌》、《漫长的边境线》、《父母之河》、《小草在歌唱》、《春神》、《云雀》等诗集。诗歌《小草在歌唱》和诗集《父母之河》曾获全国优秀新诗、诗集奖。

一、《小草在歌唱》的主题

《小草在歌唱》是为悼念在"文革"中牺牲的张志新烈士而写的,这是一首非常感人的英雄颂歌。诗人自己说:"我以《小草在歌唱》抒写了英雄的死在人民的内心造成的巨大伤痛。"①在这首诗当中,诗人满怀热情地歌颂了张志新烈士坚强、刚毅、高大、圣洁的英雄形象。在诗中雷抒雁将张志新比做刘胡兰和江姐:"虽然不是/面对勾子军的大胡子连长/她却像刘胡兰一样坚强/虽然不是/在渣滓洞的魔窟/她却像江竹筠一样悲壮/这是二十世纪,七十年代/社会主义中国的特殊土壤里/成长起来的英雄/——丹娘。"作者对英雄的塑造,并没有沿用以往通用的模式,而是采用人道主义的标尺对英雄进行了新的评价。诗人一次又一次悲愤地回忆和描写了张志新烈士的死:"黎明。一声枪响/在祖国遥远的东方/溅起一片血红的霞光。"然而,诗人对烈士牺牲前的心理的揣测,却不是传统英雄颂套路的阶级、革命的利益,而是由于自己的牺牲,留给亲人的悲哀:"我敢说:她不想死/她有母亲:风烛残年,受不了这多悲伤/她有孩子:花蕾绽放/怎能落上寒霜!"这种充满人道主义精神的描写,不但没有影响英雄的高大形象,反而使英雄的形象充满了浓厚的人性情怀。

和那个时代的其他现实主义诗人一样,对人民群众的深厚感情

---

① 雷抒雁:《英雄,和英雄的乐章》,载《当代作家谈创作》,中央广播电视大学出版社1984年版。

第十八章 其他诗人

是雷抒雁诗歌所要表现的另一个重要主题。因此,《小草在歌唱》不仅是一曲英雄的颂歌,还是一曲人民的颂歌。在这首诗的开头,诗人写道:"风说:忘记她吧/我已用尘土把罪恶埋葬/雨说:忘记她吧/我已用泪水把耻辱洗光。"但是,"只有小草不会忘记/因为那殷红的血已经渗进土壤/因为那殷红的血/已经在花朵里放出清香"。这里的小草是人民的象征,诗人把小草作为描写的对象,是为了从人民的视角来观察和思考"张志新事件",从而写出了英雄在人民心中的崇高地位和人民对英雄的爱戴之情。诗人描写小草对烈士的怀念之情,也是对人民是历史的创造者的歌唱。

《小草在歌唱》是英雄的颂歌、人民的颂歌,更是一首自我忏悔和觉醒的颂歌。在诗中,诗人热情地歌颂了张志新,歌颂了代表人民的小草,并且把这种歌颂和诗人的心灵忏悔紧密地结合在一起。诗人通过抒情主人公与烈士的对比,做了深刻的反省和检讨。"如丝如缕的小草哟/你在骄傲的歌唱/感谢你用鞭子/抽在我的心上/让我清醒/昏睡的生活/比死更可悲/愚昧的日子/比猪更肮脏。"这深刻的自我解剖,代表着新时期一代人的心声,正是这种以抒情主人公形象进行的反思和忏悔,使诗篇获得了感人的力量。因此,这首诗不仅是英雄和人民的颂歌,而且也是被愚弄的一代人的觉醒之歌。

二、艺术特色

《小草在歌唱》是一首思想性和艺术性结合得相当完美的杰作,在艺术上也取得了很大的成就。

真挚深沉的思想与精巧的艺术构思相结合是这首诗最重要的艺术特色。《小草在歌唱》所蕴涵的思想是深刻的,诗人坚定地走在现实主义的道路上,歌唱英雄、歌唱人民、歌唱觉醒、歌唱希望,而这种深邃的思想则是通过精巧的艺术构思体现出来的。在作品中,作者不仅以抒情主人公"我"对比烘托烈士的高尚情怀,而且采用托物言志、借物抒情的方法，把"小草"的形象作为起兴和贯串全诗的线索，作者以此咏志抒情，寓情于理。以"小草"默默无闻、质朴平凡，却有着无限的生机和旺盛的生命力来象征烈士高尚不朽的精神。作者还把真挚的感情融入作品的细节描写之中，写烈士临刑前对"年老的妈妈"和"幼小的孩子"的牵挂，既饱含深情，又真挚感人。

哲理化的抒情倾向是这首诗的又一个特点。雷抒雁的诗歌语言凝练生动，充满激情又饱含哲理。如"昏睡的生活/比死更可悲/愚昧的日子/比猪更肮脏"；"正是需要光明的暗夜，阴风却吹熄了星光/正是需要呐喊的荒野/真理的嘴却被封上。"这样生动形象的语言结合深沉的现实主义精神，使雷抒雁的诗歌在新时期的诗坛上独树一帜，体现出独特的艺术风格。

第三节 "新生代"诗人

一、"新生代"的出现及其艺术特征

"新生代"是新时期朦胧诗退潮之后，诗坛涌现的又一次诗歌浪潮。如果说朦胧诗的出现是西方现代主义的影响在中国当代诗坛的表现的话，那么"新生代"的出现则可以被视为西方后现代主义思潮对中国诗坛发挥作用的结果。

和受后现代主义影响的其他艺术形式一样，"新生代"的诗潮流派纷繁复杂，因此要总结出"新生代"诗人共同的倾向和特征是困难的。但是如果我们把他们的审美追求和艺术特征作一个简单的划分，就可以把他们分成几个相互联系，又有所不同的诗歌群落。一般地说，"新生代"的诗歌流派有：1982年成立的以韩东、于坚为代表的，围绕在《飞天》杂志"大学生诗苑"周围的学生诗人，他们是"新生代"诗人中最活跃的群体。1984年，韩东、于坚、陆忆敏等人又在南京成立了"他们文学社"，创办了油印刊物《他

第十八章 其他诗人

们》。与此同时,李亚伟、万夏、马松、胡东等人在四川成立了"莽汉主义",出版了油印诗集《莽汉》、《好汉》和《怒汉》。1984年在上海还成立了由默默、刘漫流、陈东东、孟浪等人组成的"海上诗群"。1986年在四川又成立了由周伦佑、蓝马、杨黎、尚仲敏、梁晓明等人组成的"非非主义"。此外还有以宋渠、宋炜、石光华为代表的"整体主义",以廖亦武、欧阳江河为代表的"新传统主义",以京不特、泡里根为代表的"撒娇派",以翟永明、唐亚平、伊蕾为代表的"女性诗歌"。

"新生代"诗人都很年轻,大多数是大专院校的学生。他们中的一部分人在大学里就已经接受了朦胧诗,并且成为朦胧诗人忠实的追随者。但是由于他们没有朦胧诗人那种对苦难历史的切身体验,也无法形成那种源于痛苦经历所酿造的诗情,因此他们很快意识到沿着朦胧诗的道路很难有超越性的发展。于是,朦胧诗成为他们超越的对象。"新生代"诗歌正是以对朦胧诗的挑战显示出自己的美学品格的,即"反英雄"、"反崇高"的价值观念和"反意象"、"反优雅"的文学观念。

在诗歌题材上,"新生代"诗人注重小题材的挖掘而回避写重大题材,普通小人物的日常生活琐事成为诗人表现的对象。这与他们"反英雄"、"反崇高"的价值观念是一致的。因此,"新生代"诗人大多采用"生活流"的方法写诗。即诗人只是把生活现象朴实平易、客观冷静地呈现给读者,而不作任何的提炼和加工。如小君的《日常生活》:"某一位朋友/她要出嫁了/另外一个/我很想最近去看看她/就这样/我的表情/一会阴郁/一会晴和/如外面的天空"。"新生代"诗歌就是这样,作者不加任何修饰,和盘托给你一个生活的真实。在他们的笔下,即使是伟人,也是一个常见的普通形象。如尚仲敏的《卡尔·马克思》:"犹太人卡尔·马克思/叼着雪茄/用鹅毛笔写字/字迹非常潦草/他们太忙/满脸的大胡子/刮也不刮"。

在情绪内涵上,"新生代"诗人告别英雄主义和启蒙主义而转向平民立场。他们以凡夫俗子的平民日常情绪取代英雄的崇高感,不再扮演文化英雄,不再追求作品深度,而是用一种无喜无悲无爱无恨的态度来表现自我、表现人生、表现世界。如杨黎的《赞美》:"我不再刻意追求深刻/那种天空的假设/已悄然而去/我是一个人/写诗,真诚而又平易近人"。在这里,抒情主体不再向任何一个精神高度攀登,因而也不具有任何神圣性,只是以冷态的生命体验展示实际的生存状况。

在表现手法上,"新生代"诗人以"反意象"、"反优雅"实现了对朦胧诗表现方式和语言风格的反叛。他们排斥朦胧诗哲理化、含蓄的意象,而追求诗歌语言的平民化、口语化、通俗化,甚至将这种追求推向极致而走向粗俗。在"新生代"的诗歌中,甚至出现了很多粗俗的语言和意象。与这种粗俗的语言和意象相对应的,是"新生代"诗歌语气的反讽,"新生代"诗人们以此作为对传统诗歌高雅优美的反叛。这一点在"莽汉主义"的诗作中体现得最为充分。比如胡东的《我想乘一艘慢船到巴黎去》:"我想乘一艘慢船到巴黎去/去看看凡高看看波德莱尔看看毕加索/进一步查清楚他们隐瞒的家庭成分/然后把这些坏蛋统统枪毙/把他们搞过计划要搞来不及搞的女人/均匀地分配给你分配给我/分配给孔夫子及其徒子徒孙"。此外,对语言规范的反叛也是"新生代"诗歌的一大特色,甚至是一部分"新生代"诗人自觉的追求。比如"非非主义"的诗人们不仅反意象,而且背离语法、改变词性,破坏语言的形象性和可读性。

尽管"新生代"诗人在诗歌创作中做了很多试图超越的努力,但到了1989年便衰微了。"新生代"落潮之中,一批更年轻的诗人,他们另辟蹊径,从"生命意识"到"家园意识",都成为他们表现的内容。这里有海子的感伤,有骆一禾的的咏叹,有戈麦的挣扎,虽引起一定的反响,但随着海子、戈麦的自杀,骆一禾的早逝，中国诗坛再一次出现沉寂。

二、"新生代"诗人的代表

韩东是"新生代"中具有开创意义的诗人。1984 年韩东主持创办了重要的诗歌刊物《他们》，并成为该社的核心成员。他的代表作品有《有关大雁塔》、《你见过的大海》、《明月降临》、《跑吧》、《这个夜晚》等。韩东认为诗歌的美感完全是由个人的生命灌输给它的，又是由另一个具体生命所感受到的，所以他表现自己感觉和体验的方式相当独特，常以明净质朴的比喻写自己细腻醇厚的体验。在语言上，韩东提出著名的"诗到语言为止"的命题，旨在反对朦胧诗人所扮演的"历史真理代言人"的角色以及他们强烈的社会意识。他认为诗人应直接关注具体的日常生活的美感，反映平民化的生活状态，并用一种平平淡淡的语言把它记录下来。因此韩东的诗作常常用一种极为有限的字句造成一种特殊的艺术效果。如《明月降临》中这样写月亮："很大/很亮/肤色金黄/我们认识已很久……但是你不飞/不掉下来/在空中。"通篇都是用质朴无华的实话，来完成主体瞬间的感觉和体验，既没有铺陈性的渲染，也没有哲理化的语言，这种不动声色的叙述方式被称为"冷抒情"或"零度情感"，这是 80 年代末期文学的普遍现象，而韩东在 80 年代初就已经使用，并成为后现代诗歌叙述方面的一个范式。

于坚，从 1979 年开始发表作品，1984 年与韩东等诗人创办《他们》，是"他们文学社"的典型代表。他的诗歌采用了一种自由的表达方式，一反过去诗歌或清新柔美或深沉悲壮的意境，以一种近乎平民化的语言进行创作。他的诗歌语言铿锵有力，节奏感强。他在创作中坚持关注当前的"日常生活"，从日常生活中提炼温馨、朴素的诗意。《避雨之树》、《感谢父亲》、《弗兰茨·卡夫卡》、《怀念之二》、《对一只乌鸦的命名》等，是他的代表作品。

李亚伟，从 1981 年开始诗歌创作，1984 年和胡东、万夏、马松等成立"莽汉主义"诗派,并成为"莽汉"的核心人物。其主要作品有《中文系》、《硬汉们》、《我是中国》、《穷道》、《困兽》、《岛》等。李亚伟的诗歌具有明显的"莽汉主义"的反文化倾向。他的诗表现了对现存文化秩序和文化状态的困惑、怀疑和绝望,试图以一种不和谐的手段和公开的放纵摧毁现有的文化规范。因此,以一种独特的方式表达对文化的亵渎和嘲弄,成了李亚伟诗歌的主要特征。在《中文系》中,他嘲笑中文系的教授和讲师"当屈原、李白的导游"、"把鲁迅存进银行,吃他的利息"、"写王维写过的那块石头";他嘲笑他的同学:"永远在五公尺外爱一个姑娘"、"这个恶棍认识四个食堂的炊哥/却连写作课的老师至今还不认得";他也嘲弄自己:"老师说过要做伟人/就得吃伟人的剩饭背诵伟人的咳嗽/亚伟想做伟人/想和古代的伟人一起干/他每天咳着各种各样的声音从图书馆/回到宿舍后来真的咳嗽不止"。对文化的怀疑使李亚伟似乎看透了文化也看透了自己,于是他尽情地嘲弄作为文化传播者和负载者的文人。李亚伟的诗歌充满了反讽的意味,给当代诗坛带来了一种新鲜的诗趣。

欧阳江河是新传统主义的倡导者。1979年开始发表诗歌作品,同时致力于当代诗学理论批评的研究和写作。其重要的作品有长诗《悬棺》、《椅中人的倾听与交谈》、《咖啡馆》,短诗《汉英之间》、《计划经济时代的爱情》、《去雅典的鞋子》,组诗《最后的幻灭》等。欧阳江河的诗歌触及了生存、现实、死亡、政治、道德等各个方面的主题,在单纯的抒情、想像等手法中,融入一套复杂的语码,用语繁复,语势出人意料,诗意充满玄学色彩,形成了理性、思辨的表现风格,因而被看作是当代具有现代主义倾向的代表诗人之一。

翟永明,从1981年开始发表诗作,是新时期女性诗歌创作的代表作家。1984年完成了组诗《女人》及其序言《黑夜的意识》,发表后引起强烈的反响。此后又有组诗《静安庄》、《人生在世》等作品问世。翟永明说："在生活中我首先是一个女人，其次才是一个诗人。"因而她在诗歌中塑造了一个女性的抒情形象。《女人》组诗是近二十首结构完整的诗歌组合，她将笔触深入女性内在的生命体验，发掘和表现女性生命的秘密，曲折地表达了女性内心的渴望与恐惧、期待与焦灼、自尊与自卑，揭示出一个潜在的心理情绪——性。并从这一情节出发，展示了女性在现代社会的生命过程和女性的内在气质。在诗人笔下，女性不再是柔弱温情的象征，而是成熟、冷静、清醒，并且富于洞察力。同时，她对于母亲的感情，也不再是传统诗歌中深情的思念和赞美，而是带着怨愤诉说着生为女人的不幸，具有极强的女性意识。

陈东东，从80年代开始写作，是"海上诗群"的主要代表诗人。他的诗基本上是以上海这个大都市为背景，蕴涵着浓厚的古典诗歌的韵味，有一种唯美的色彩。他的代表作有《独坐载酒亭》、《我们该怎样去读古诗》、《雨中的马》、《形式主义者爱箫》等。

第十九章 新时期的散文

第一节 概 述

新时期的散文创作主要集中在散文、报告文学两方面。随着思维方式和表现手法的更新,新时期散文和报告文学的创作从形式到内容都呈现出新的面貌,并涌现出一批卓有成就的作家和影响广泛的作品,取得了令人瞩目的成就,出现了全面发展的良好局面。不但创作主体中老中青三代作家齐头并进,硕果累累,而且散文中的各种分支文体也取得了重要的收获,特别是活跃在整个新时期的报告文学,持续产生着轰动的社会效应。

新时期的散文创作主要呈现出如下三个特点。

首先,新时期的散文充满了个性的思考,写出了作者心灵深处的真情实感,在关注重要的人物事件的同时,突出强调表现创作主体丰富的心灵世界。因此,追求对真情实感的表达,成为这一时期散文创作的主要特征。"解放思想,实事求是"的指导思想的确立,为散文创作解除了指导思想上的束缚,根除了"文革"十年散文创作中虚假矫情的流弊。新时期初期的散文,多以哀祭、反思、悼念、追忆为主,巴金的《随想录》、孙犁的《秀露集》、杨绛的《干校六记》、楼适夷的《痛悼傅雷》、毛岸青和邵华的《我们爱韶山的红杜鹃》、刘白羽的《巍巍太行山》、瞿禹钟的《彭大将军回故乡》、薛明的《向党和人民的报告》、柯蓝的《在记忆的海洋上飘荡》、丁一岚的《忆邓拓》、金山的《莫将血恨付春风》、黄宗英的《星》等是其中的代表作。这些散文或是歌颂悼念革命领袖及老一辈无产阶

第十九章 新时期的散文

级革命家的丰功伟绩、崇高品质,或是怀念追忆在"文革"中丧生的文化界知识界的优秀代表人物。其中巴金的《随想录》被称为"一部代表当代文学最高成就的散文作品"。

其次,创作主体复杂,老中青三代作家相承共生,共同耕耘于新时期的散文苑圃。老一代作家如冰心、巴金、孙犁、刘白羽、秦牧、韦君宜、杨绛、郭风、柯灵、黄裳、何为、袁鹰、碧野等依然笔耕不辍,贡献了一批优秀的作品。中青年作家创作活跃,成为这一时期散文创作的主力。如宗璞、姜德明、韩少华、那家伦、刘成章、谢大光、贾平凹、赵丽宏、王英琦等,这些作家在承继与超越中,形成了各自独特的创作风格,如贾平凹的散文以古典情致擅长,赵丽宏以诗意之美取胜。

最后,女作家的散文和学者散文的出现和繁荣。女作家的散文创作在 80 年代显示出强劲的集团优势,张洁、陈慧瑛、马瑞芳、李佩芝、斯妤、梅洁、苏叶、王英琦、唐敏、叶梦、韩小蕙、胡小梦、姜丰等都有很多散文作品问世,其人数、作品之多远远超过了五四以后任何一个时期。这些女作家们善于发挥性别优势,从日常生活中挖掘诗意,并在对自我情绪敏感的表达中,展示一个细腻多情、姿态万千的女性世界。

进入 90 年代,受 80 年代中期文化热的影响,尤其是社会整体文化水平的提高带来的阅读需求,促使一批在各自学术领域有着极高造诣的学者进入了散文创作的领域,他们以深厚的修养和独特的思考为散文注入了理性的色彩。这一类散文包括以汪曾祺为代表的文人散文,以季羡林、张中行、金克木为代表的学者散文,以余秋雨为代表的文化散文,以张承志、韩少功、张炜、史铁生为代表的突出人文关怀的散文。

此外,新时期散文的全面繁荣还表现在杂文和散文诗这两种文体的复苏上。这一时期涌现出一批优秀的杂文和散文诗作者,这里面既有老一代作家如秦牧、黄秋耘、舒芜、柯蓝、邹狄帆、李耕、陶白等人，也有一批中青年作家如李庚长、蒋元明、陈小川、盛祖宏、张聿温、刘湛秋、王中才、纪鹏、许淇等。他们的创作丰富了新时期散文的样式，使新时期散文园地争奇斗艳、各放异彩。

新时期的散文在对艺术手法的探索方面，也取得了长足的进步。新时期的散文创作在延续散文"形散而神聚"特点的基础上，进一步吸收借鉴了诗歌、小说、戏剧等艺术特征，将主体潜意识和现代哲思引进散文本体，随物赋形，不仅发挥了散文的审美优势，而且极大地丰富了散文的文体，带动了散文自身的变革，使新时期的散文呈现出新的面貌。

在报告文学创作方面，新时期以来的一系列政治、经济、文化变革，给报告文学提供了广阔的创作空间，使报告文学获得了空前的生机和活力，形成了报告文学最为轰动的时期。

综观新时期之初的报告文学，各条战线上的先进人物和英雄事迹，都被及时地写进文学的画廊。其中既有表现老一辈革命家高风亮节的陶斯亮的《一封终于发出的信》，也有表现社会主义建设者的奉献精神的，如柯岩的《船长》中的"汉川船长贝汉廷"，理由的《中年颂》中的普通纺织女工索桂清，他们的感人事迹，成为那个时代无数社会主义建设者的典型代表，还有歌颂与林彪、"四人帮"作斗争的英雄、党的好女儿张志新烈士的张书绅的《正气歌》以及杨匡、郭宝臣的描写"四五"天安门运动的《命运》。在这一系列作品中，最引人注目是塑造知识分子群像的作品，如徐迟的《哥德巴赫猜想》、《地质之光》、《生命之树常绿》、《在湍急的漩涡中》，陈祖芬的《祖国高于一切》，黄宗英的《大雁情》、《桔》，邓加荣的《记人口学家马寅初》，柯岩的《美的追求者》、《奇异的书简》、《癌症≠死亡》，何启治、刘茵的《播鲁迅精神之火》等。

1985年以后，随着社会转型的深化，报告文学的内容发生了明显的变化，出现了一批全景式的反映社会生活的报告文学。这一类报告文学主要以人们普遍关注的社会问题、社会现象为中心，敢于报道某些社会热点问题和敏感问题,也因此受到了全社会的广泛关注,形成了"问题报告文学"的热潮。其中影响较大的有写80年代独生子女问题的《中国的"小皇帝"》(涵逸)、反映如何理解教育中学生问题的《多思的年华》(孟晓云)、反映当代知识分子困境的《国殇》(霍达)、反映环境保护问题的《北京失去平衡》(沙青)等。此外还有李延国的《中国农民大趋势》、理由的《倾斜的足球场》、钱钢的《唐山大地震》等。这一类报告文学多以问题和事件为中心,吸收并运用小说写人的手法,将现代小说的意识流、电影蒙太奇等表现手法融入创作,并且以宏观的视角以及充满了学理和哲理色彩的分析,赋予了报告文学以理性的深度。它为读者展示的是一个全方位、多角度、多层次、多面体的生活图景,所以它能够满足现代人对社会全景观照的审美要求。但是另一方面,有些报告文学由于过于注重说理和分析,而减弱了文学的色彩。虽然如此,新时期报告文学在活跃人们生活方面仍起到了积极的作用,在思想内容和艺术表现手法上也取得了巨大的发展和提高,打破了许多禁区,迎来了空前的繁荣。

第二节 巴金的《怀念萧珊》

巴金(1904—2005),从"文革"后的1978年到1986年的八年间,在香港《大公报》和《文汇报》等报刊上陆续发表了散文150篇,共42万字。按时间顺序每30篇为一集,编为《随想录》、《探索集》、《真话集》、《病中集》和《无题集》,总称《随想录》。《随想录》是巴金在经历了十年"文革"之后,反思历史、思考现实的思想与情感的记录,这套散文集在80年代引起很大的震动,被称为"说真话的大书"。

《怀念萧珊》是《随想录》中重要的篇章。在这篇散文中,巴金以沉痛的笔调述说了夫人萧珊的不幸遭遇,以深沉真挚的感情,写出了对风雨同舟、患难与共、相濡以沫的妻子的怀念,动人心弦、催人泪下。这篇散文作于萧珊逝世六周年的纪念日,作者以倒叙的手法追忆了自己与萧珊共同度过的生命历程,为我们刻画了一个外表柔弱、内心坚强、坚贞善良的知识女性形象。在回忆中作者重点追述了"文革"中萧珊因"我"而受到的不公平待遇。这个平凡而默默无闻的女子,就因为"她是我的妻子,便被送进'牛棚',挂上'牛鬼蛇神'的小纸牌"扫街、陪斗、挨打,甚至有病也得不到及时的治疗,最后不得不离开人世而去。这是"文革"对美的扼杀,对生命的无端毁灭。正是在这种痛失亲人的哀痛和怀念中,巴金发出了对十年"文革"强烈的控诉和批判,从而起到反思历史、警醒后人的作用。当然,作为一个具有强烈自省意识的老作家,巴金对萧珊的怀念、对"文革"的批判又是同自我的反思、自我的解剖、自我的忏悔紧密结合在一起的。他怀着一个知识分子、一个丈夫的责任感,带着强烈的自省意识、自责意识,将自己伤痕累累的心灵撕裂给人看,对无辜的妻子因自己而遭到的不幸,做了深深的忏悔,并以此为矛,对那段灭绝人性的荒谬时代进行了无情的揭露和解剖。

真挚的情感与清醒的理性精神相结合,是《怀念萧珊》的突出特点。《怀念萧珊》是《随想录》中的名作,是众多怀人之作中写得最为蕴藉深切、真挚动人的一篇。巴金在十年浩劫中,目睹了许多同志、战友、朋友、亲人相继在"文革"中遭到迫害。当时,他有恨不能说,有泪不能流,有时又不得不说些违心的话,做些违心的事。十年"文革"之后,巴金被压抑已久的感情像火山一样喷发出来,因此在《怀念萧珊》中,作者以深沉的感情、细腻的笔触,真实地再现了他们几十年相依为命、互相慰藉、互相鼓励,同时又互相担心、互相牵挂的动人生活。但作者对亲人的怀念并没有仅仅停留在感情的宣泄上,而是于激情之中蕴涵了深刻的理性精神,深刻地反醒了自己在那次浩劫中的蒙昧、软弱和盲从,这种在感性的伤痛中升华出来的理性反思，使这篇散文具有深刻的思想内容，也引发了读者的深入思考，从而将一般意义上的怀人内容上升到了社会批判和自我反省的高度，增强了文章的思想意义。

此外，语言质朴、简约、不事雕琢，寓深沉于平淡之中；结构上自然天成，不追求技巧，也是这篇散文的重要特色。由于作者写的是自己挚爱的亲人，有着相当深厚的情感积淀，因此，尽管作者只是直陈其事，娓娓道来，仍然使这篇文章具有了很强的艺术感染力，也因此成为巴金散文的代表作。

以《怀念萧珊》为代表的《随想录》是巴金晚年进行艰苦探索的真实记录。在《怀念萧珊》之外，巴金创作的怀念鲁迅、丽尼、胡风、老舍等人的篇章，也同样写得感人至深，使人看到老作家真诚的爱与恨。它们以深刻的思想意义和精湛的艺术价值进一步丰富了巴金杰出的文学成就，成为他创作道路上的又一座丰碑，其价值和影响，远远超出了作品本身和文学范畴。

第三节　史铁生的《我与地坛》

史铁生（1951—2010），生于北京。1969年作为知识青年到陕北插队，1972年因病双腿瘫痪回到北京。从事文学创作后，先后出版了《我遥远的清平湾》、《奶奶的星》、《我与地坛》等文集。他的散文作品主要有《随想与反省》、《我与地坛》、《合欢树》、《好运设计》、《随笔十三》、《散文三题：玩具、角色、姻缘》等。

与新时期的其他作家相比，史铁生的文学创作始终存在着一个"残疾的主题"。这与史铁生本人的不幸遭遇息息相关，身体的残疾形成了史铁生独特的性格和文学视角，也使他的作品中传达出了独特的审美意蕴。正因为他经历了别人所没有经历过的不幸遭遇，他的文学作品所传达的内容也有了其他作家难以企及的严肃、苦难、压抑与悲怆。《我与地坛》是史铁生散文创作的代表作，在新时期的散文创作中也占据着独特的地位。

在内容上,《我与地坛》叙述了七个人生场景。第一个是"我"与地坛之间无奈而又宿命的联系;第二个是"我"的母亲因为"我"的原因而不得不与地坛建立起的联系;第三个是"我"对地坛一年四季景物变化的感知和感受;第四个是15年来一直坚持在地坛散步的一对夫妻,虽然他们从未与作家有过交谈,但是他们已经成为作家精神世界中不可缺少的一个组成部分;第五个是作家记忆中的一个偶然出现的聋哑少女,她外表极为美丽但却智力残缺,作家由她想到了自己,又由自己想到了整个世界的不公平;第六个是作家的思维进入了形而上的层次之后,因思考生与死、灵与肉、缘与命等问题所产生的困惑;第七个场景是作家重新回到现实当中,带着一份苍凉、疲惫,孤独地游荡在人间。

《我与地坛》的主题是沉重而忧郁的。在这篇散文中,史铁生对自己的人生命运和走过的艺术道路进行了全面的回顾、总结和反思。作者对人生的意义与价值进行深入的思考,这种思考是充满矛盾和困惑的。一方面他希望能够皈依所谓的"上帝",从而实现心灵的宁静和熨贴,但是他的理性又必然地否定了这种皈依的可能性,理想与现实的反差和矛盾强烈地提示着精神的痛苦,揭示了现代人陷落于物质之中而又不能游离于精神之外的困境。

《我与地坛》不仅简单地表达了一个漫长的时间过程和思考过程,作家在赋予了它丰富的思想内容和哲理意义的同时,还赋予了它相当卓绝和完美的艺术形式。首先,作者选取了一个独特的叙述视角。在本文中,地坛公园不仅仅是供人游玩的地方,而且还是作者寄托心灵的重要载体。作家将自己一生不幸的命运遭际、悲苦的人生感怀以及15年来在园中的所见所闻所感,都融入了地坛公园这一狭小的空间,把自己一生纷繁复杂的感情井然有序地浓缩在一个极为普通的空间当中。这样既使得作家的情感释放有张、有弛、有度,又使读者觉得亲切可感。其次,文章构思极为精巧。这篇散文篇幅较长，所叙主要内容又有七个，而且每部分内容都包含了很多琐碎的现实生活，但却丝毫不给人以杂乱无章的感觉。原因是作者以地坛这一特定的空间把它们统一起来，作家有意识地选择了那些进入到"我"与地坛共存的空间里的人和事来加以表现。同时作家安排的七个部分都有一个相对明确的主题和对象，如地坛、母亲、园中的四季、一对散步的夫妻、一个漂亮而不幸的小姑娘、"园神"、园子以外世界或自己的未来。这七种表现对象既相对独立，又依据作家所赋予它们的次序有机地结合在一起，使文章的思路、叙述过程、情节结构清晰明了，也使那些纷乱的现象井然有序，从而将复杂的思想内容和精神苦难多角度、多侧面地表达出来，产生了强烈的感染力。

第四节　徐迟的《哥德巴赫猜想》

徐迟（1914—1996），原名余高寿，浙江吴兴县人，曾经就读于东吴大学和燕京大学，先后在《中原杂志》、《人民中国》、《人民日报》、《诗刊》等报刊担任编辑、记者工作。徐迟的早期创作以诗歌、散文、小说为主，主要作品有诗集《二十岁人》、《最强音》，散文集《美文集》，小说集《狂之夜》等。从50年代开始，徐迟的创作转向了报告文学方面，先后出版了《我们这时代的人》和《庆功宴》两个报告文学集。60年代徐迟创作了《鱼的神话》、《踏遍青山人未老》、《祁连山下》等报告文学作品，有意识地进入了以科学文化为主题的创作领域。"文革"结束后，徐迟重新焕发了创作的生机，进入了报告文学创作的丰产期。1977年5月，创作了《石油头》，8月创作了《地质之光》，9月完成了代表作《哥德巴赫猜想》，第二年又连续发表了《生命之树常青》和《在湍流的漩涡中》。这些作品以强烈的时代气息、新颖的内容和高超的艺术技巧，受到了广泛的赞誉，也为新时期报告文学的发展开创了新的领域，提供了新的范式。

《哥德巴赫猜想》刊登于1978年《人民文学》第一期，发表之后立即引起了强烈的反响，形成了新时期报告文学创作的高峰。《哥德巴赫猜想》以著名数学家陈景润为主人公，真实而具体地描写了他不畏艰苦、勇攀科学高峰的动人事迹，写出了新一代科学家的颂歌。陈景润潜心事业、献身科学、不屈不挠、奋勇攀登的精神正是当时广大人民群众"振兴中华"的时代精神的体现。在《哥德巴赫猜想》中，作者以犀利的笔锋批判了十年动乱中的不良社会现象和在"四化"建设进程中仍然存在的阻力。同时，也满怀热情地歌颂了王亚南、华罗庚、熊庆来等"懂得人的价值"的"伯乐"，以及关心爱护陈景润的人民群众，他们为陈景润的成功创造了客观条件。《哥德巴赫猜想》是新时期第一首科学的颂歌、科学家的颂歌，它的发表在新时期掀起了尊重科学、尊重人才的热潮。

在《哥德巴赫猜想》中，作者选取了主人公陈景润生活中有代表性的事件加以描绘，通过很多生动感人的事迹，成功地塑造了一位真实可信、生动可感的新一代科学家形象。对陈景润这样一位全身心地投入到科学事业中的数学家，作者为了表现他这一本质特征，没有简单地罗列他的事迹，而是用富于浪漫主义气息的写作手法，重点表现了他生活中有些"夸张"的细节。他在生活上一无所求，甚至生存的能力都很差，他脚上穿的是"通风透气"的鞋子，吃一口干馍馍就当做一顿饭，走路时撞在大树上还连声说"对不起"。作者的笔墨并不仅仅局限于此，在叙述中集中笔力写他在数学王国里的艰难探索、踽踽独行的经历。在六平方米斗室的油灯下，"废寝忘食、昼夜不舍、潜心思考、探测精蕴"，像"征服珠穆朗玛峰的英雄运动员"那样不屈不挠，"一张又一张的运算稿纸，像漫天大雪似的飞舞，铺满了大地。数字、符号、定理、公式、逻辑、推理，积在楼板上，有三尺深"。作者用充满诗意的笔触层层揭开了陈景润这个"怪人"的奥秘，他并不是"白专道路的典型"、追求名利的个人主义者,而是为事业忘我奋斗、披肝沥胆的值得人们尊敬的数学家。在他身上小而言之体现着对科学事业的热爱,大而言之则体现着对祖国对人民的热爱。

《哥德巴赫猜想》在报告文学选取创作题材领域取得了重大的突破,率先冲破了不许"在报告文学中写活着的真人真事"的禁区,大胆地歌颂了陈景润这个在当时还有些争议的人物,为报告文学进入新的题材和领域开辟了道路。

《哥德巴赫猜想》鲜明地体现了徐迟"诗化报告文学"的特色,在坚持报告文学真实性的前提下,对生活素材进行了艺术的提炼和剪裁,甚至运用了诗意化的浪漫主义夸张的手法,选材构思十分精巧,尤其是在细节描写方面具有鲜明的文学性和艺术性。

《哥德巴赫猜想》这篇报告文学成功地运用了诗化的语言,比喻奇妙,形象生动,以精美典雅的语言营造了优美的意境。在文中作者大量地运用了比喻、排比、对偶等修辞手法,使文章极富文采。在第六节中,作者对"文革"有一段精妙的描写:"只见一个个的场景,闪来闪去,风驰电掣,惊天动地。一台一台的喜剧,排演出来,喜怒哀乐,淋漓尽致;悲欢离合,动人心扉。一个个的人物,登上场了。有的折戟沉沙,死有余辜;四大家族,红楼一梦;有的昙花一现,萎谢得好快啊。……"这段文字气势磅礴、句式整齐、韵律工整、用词华丽、文采飞扬,对十年动乱进行了形象的概括,饱含着强烈的情感和深刻的哲理。在写作过程中,作者还善于把自然科学中的抽象内容和社会现实中复杂的矛盾化为自然界中的形象画面,充满诗情画意,也方便了普通读者的阅读和理解,这也是《哥德巴赫猜想》产生广泛影响的原因之一。

第五节 黄宗英的《大雁情》

黄宗英(1925—),浙江瑞安县人,生于北京。1941年高中毕业后先后在上海同华剧社、上海昆仑电影公司从事演员工作,解放后成为上海电影制片厂演员。黄宗英从1943年开始发表作品,1946年发表了反映艺人生活的散文《寒窗走笔》。1963年黄宗英开始从事报告文学创作,先后发表了《特别姑娘》、《小丫扛大旗》、《新潘伯》等作品。进入新时期以来,发表了《星》、《大雁情》、《美丽的眼睛》、《桔》、《小木屋》、《八面来风》等散文和报告文学。其中《大雁情》、《美丽的眼睛》、《桔》、《小木屋》曾先后荣获全国优秀报告文学奖。

《大雁情》创作于1978年秋天,在1979年《十月》杂志第一期上发表。《大雁情》继续了新时期报告文学的"知识分子主题",配合了十一届三中全会前后党对知识分子政策的调整,因而成为当时最有影响的作品之一。《大雁情》以陕西西安植物园研究实习员秦官属为描写对象,写她对党、对社会主义、对科学事业有着强烈的责任心,在逆境当中坚忍不拔、忍辱负重,顶住了重重压力,坚持从事杨树树种的研究和改良工作。然而在从事科研工作的过程当中,她那种可贵的精神品质不但没有得到应有的重视和支持,反而受到了来自各方面的猜忌、误解和非难,使她陷入了由偏见和无知编成的罗网当中。这种状况直到1978年全国科学大会召开前夕,还没有真正得到改变。作者通过秦官属的遭遇,提出了一个令人深思的社会问题:消除对知识分子无形的传统偏见,比落实有形的知识分子政策更为复杂。这一问题的提出,将当时众多以落实知识分子政策为题材的作品的主题引向了深入。

秦官属这个人物是当时众多知识分子的代表,她的经历是"文革"前后很多知识分子都曾经遭遇过的。作为一名知识分子,秦官属把她对党、对国家、对人民的爱凝聚在对科学事业的不懈追求当中,她的研究对当地经济的发展具有重大的意义,可是她的真正价值却被"地主出身"、"脱离群众"、"骄傲自大"、"脾气极坏"、"个人主义"等等人为定论掩盖和歪曲了,不公正的价值尺度使她的人生发生了错位,也使人们对她的行为作出了截然不同的评价。她对事业倾注了满腔热情,工作上一丝不苟,她性格倔强,具有百折不回的韧性,但她也同普通人一样,有自己的喜怒哀乐和七情六欲。她不满自己的处境,又不愿公诸于众,因而拒绝记者的采访。她的性格中有独特的一面,她对别人的意见和误解置若罔闻,而当有人要锯杨树时,她却站出来坚定地表示抗议。她直率而含蓄、泼辣而又沉静的性格特征,正是她可贵和可爱之处。秦官属这个形象,凝聚了当时很多知识分子的经历、业绩、思想和他们所面对的充满矛盾的复杂社会环境和尖锐的社会问题。这也使她成为富有典型意义的"一代科学工作者的缩影"。

黄宗英的报告文学善于把深沉的感情融化到对人物的描绘当中,具有浓厚的抒情色彩,呈现出一种沉郁、凝重的风格。

这篇报告文学成功地运用了小说的创作方法,作者把情节处理得跌宕起伏,环环相扣,在迂回中深入,在曲折中发展,情节结构富于变化,准确地反映了纷繁复杂的社会现实,揭开了笼罩在人物身上的"层层迷雾",虽然写的是真人真事,但却富有浓厚的艺术感染力。

《大雁情》在标题的选择上独具匠心,别开生面,具有诗的意境和象征的意味。总标题以大雁象征知识分子,充分展示了他们的美好和可敬。全文四节,作者使用了四个小标题:"她……"、"她?"、"她"、"她??",四个不同的标点符号象征情节内容的层层递进,也表达了作者的立场和感情。

作者在报告文学的创作过程中,没有采用通常的第三人称的形式,而是将作者"我"的行踪和活动同人物融合在一起,自然而然地将自己的叙事、抒情、议论注入其间。这样"我"就不再是一个可有可无的人物,而成为作品中的一个艺术形象,同时也把读者的视角和作者的视角重合在一起,和作者一起思考、一起行动、一起作出判断,从而使作品具有了真实感人的力量。

第六节 邓贤的《中国知青梦》

邓贤（1953—   ），出生于四川成都市，是新时期著名的纪实文学作家。邓贤青年时代曾在云南边疆经历过七年知青生活，1982年开始文学创作，主要作品有《大国之魂》、《中国知青梦》、《日落东方》、《流浪金三角》。他的纪实文学作品因大胆涉及敏感问题和敏感领域而引起了广泛的关注。

纪实文学《中国知青梦》以1978年末到1979年初，云南边疆生产建设兵团知青要求落实知青政策而举行的请愿活动为背景，描写了涉及万人的知识青年群体为争取自己的权利和幸福而进行的不懈努力和付出的沉重代价。进而从再现历史的角度，总结性地对知青运动进行了全面的回顾，对知青运动给一代青年造成的伤害进行了深刻的反思。

《中国知青梦》从这次知青请愿活动的导火索，一位女知青因简陋的医疗条件和严重的玩忽职守难产而死写起，集中笔墨写了知青上访、集体卧轨、冒险进京、绝食抗争等几个重点事件，塑造了一批为争取自己的权利和幸福而勇于牺牲的知青形象。同时，作者还集中笔墨塑造了鲁田这位同情知青命运，肯于为民请命，并最终使知青问题得以妥善解决的党的高级干部的形象，并以此为参照系，对那些对知青持冷漠态度的官僚主义进行了揭露和批判。

作为纪实文学，勇于触及敏感的社会问题，需要作者极大的勇气和社会责任感。这也是《中国知青梦》这篇纪实文学能够引起轰动的重要原因。在这部作品中，邓贤采用还原历史的纪实写法，对中国的知青运动、知青政策和知青的生活进行了艺术的再现，正如他在这部作品的尾声中所说："我完全无意在这里对知青运动的功过是非和我的同龄人对待历史的种种态度评头论足。我只想努力还原一个真实的历史过程……"这种历史再现的还原方法，不但使邓贤的纪实作品在一定程度上实现了客观现象的真实，而且将作者的主观评判寓于不动声色冷静客观的写实风格中，获得了异乎寻常的真实的表达效果。

在《中国知青梦》中，邓贤对大量的素材进行了巧妙的艺术处理，采用镜头组接的方法，选取了几个具有代表性和影响力的事件和场面，进行集中描写，在细节的处理上生动感人，提高了真实性，增强了感染力。作品中几次写到了领导干部和知青代表的对话，这一细节生动地表现了个别干部对知青命运的冷漠和知青群众急于改变自身命运的迫切心理。这篇纪实文学结构合理，安排紧凑，情节生动，引人入胜，极富文学性和艺术性。

第七节　余秋雨的散文

余秋雨（1946—　　），浙江余姚人，1968年毕业于上海戏剧学院并留校任教，艺术理论家、散文作家。著有《戏剧理论史稿》、《中国戏剧文化史述》、《艺术创造工程》等学术著作。余秋雨从80年代末开始从事散文创作，出版了《文化苦旅》、《文明的碎片》、《山居笔记》、《霜冷长河》、《千年一叹》等散文集。在新时期的文坛上，余秋雨以一系列被称为"大文化散文"的散文形式，开创了散文创作的新领域。他的散文以深厚广博的文化内涵和沉郁凝练的审美风格，引发了一次广泛的"余秋雨散文热"。

余秋雨的散文大多数是以游历记述的方式表达作者关于历史文化的思考。他在记述对众多名胜古迹的游历感受的同时，在对相关的历史文化知识介绍中融入了对于文化的思考。在思想内容上，余秋雨的散文具有很强的文化反省意识，他在对历史文化变迁的追忆中探求文化和历史兴衰的原因，对知识分子的文化使命和人生命运进行了深入的思考。他的散文创作强调个人在自然山水中及文化背景中获得的主观体验，他把这种对话称之为"个人与山水的周旋"。

余秋雨散文创作的基本思路是，以作者主观的文化思考带动自然山水和人文古迹提升，进而更深入地挖掘出它们潜在的文化内涵，赋予它们以独特的文化意义。因此，散文是基于感性体验的理性思辨。他的感性体验源于作者个人对自然与历史遗迹的接触，他的理性思辨来自于对历史和文化的领悟和反思。他的这种思考既立足于现代观念，又复归于传统精髓，试图在传统和现代之间寻找到一条能够体现知识分子文化价值和人生意义的道路。由于他对传统和现代都持有一种宽容与批判并存的态度，因此余秋雨散文中贯串着一条充满矛盾的价值标准，游移传统和现代之间，寻找着最佳的交汇点。这种观照方式也使余秋雨的散文呈现出独特的审美韵味，读者在阅读过程中既感受到了一种审美的愉悦，又体会到了一种文化思想的焦虑和人生价值的困惑，从而引发了更深层次的思考。在余秋雨的系列散文中，几乎每一篇都具有这个特点。在《莫高窟》中，作者从王圆箓对敦煌文化的破坏中，感叹盛世的繁华化成西风里的断壁残垣，昔日的辉煌成为亘古的遗憾，在历史沧桑中折射出无边的苍凉，在羸弱、愚昧、丑恶的政治背景下，文化为自己的厄运发出了沉重的呼唤和呻吟。作者既为敦煌的发现而狂喜，又为它惨遭破坏发出深切而悠远的挽悼和哀伤。在《苏东坡突围》中，余秋雨给因妒忌而相互倾轧的国民性找到了一个非常有力的历史证明。当苏东坡在人生的舞台上经历过无数屈侮和悲伤之后找到自己的位置时，他的不幸命运已构成了整个社会和民族的耻辱，人的价值在被毁灭的过程中成长，这种人生价值的实现方式对现实的人生是否具有意义，是余秋雨在这篇散文中提出的一个沉重的问题。在《抱愧山西》中，作者勾画了晋商的兴盛与衰落，描写了几个家族几代人的不同命运，揭示了历史与文明在进步与倒退的扭曲中前进的发展规律。

　　余秋雨的散文既有对逝去文明的悼挽，也有对理想毁灭的叹息，还有对人生磨难的慨叹，但他始终把关注的目光投向一个主题,那就是在新的时代面前,中国文化的前途、命运和出路在哪里。同时,余秋雨也尝试着为这个问题的解决提出了自己的方案。《阳关雪》告别了坍塌在精神疆域里的阳关;《上海人》在祭奠上海文明的同时对上海文明的重建与振兴又作了充分的肯定;《腊梅》绽放着春天和人性的生机;《华语情结》正是对那些无根飘零又拥有浓重家园意识的异乡故人的深情呼唤。余秋雨的散文始终高扬民族主义和爱国主义的主题,把自己对祖国山河、华夏文化的热爱与人道主义情怀融为一体,展示了文化发展中更深层次的历史意义和现实意义。

余秋雨的散文浸透了中国文化的凄风苦雨和中国文人的集体苦难,他的散文着重描写了一个人物群体,那就是在蒙昧的历史中艰难跋涉的中国知识分子。他以深刻的理性思考记述那些被权势差遣而四处飘零的文化孤魂,反映了传统文人因追求入仕而导致平庸的无奈与悲哀,揭示了官场人格与文化人格的严重背离,体现出一种充满悲苦和忧患的悲剧之美。《都江堰》中的李冰、《柳侯祠》中的柳宗元、《苏东坡突围》中的苏东坡、《千年庭院》中的朱熹、《青云谱随想》中的八大山人,余秋雨将这些凝聚着厚重文化内涵的历史名人上升为具有象征意义的符号,把他们同都江堰、柳州、黄州、庐山、青云谱这些山川风物、历史名城交错在一起,"通过他们的奋求与失落、中兴与末路、得意与苍凉,质言之,通过他们的生命亮色划破历史隧道的黑暗,展现一幅漫长的中国文化演进的巨幅画卷"。余秋雨在祭奠、反省、透视中国文人的同时,也对中国知识分子的人生归宿进行了深入的探究,他高度评价了苏东坡在生命困境中张扬出来的光彩,为当代知识分子提供了一个建立历史功业、实现人生价值的典范和楷模。

余秋雨在处理散文时所采用的是一种诗性的语言和戏剧化的结构。他的散文语言追求文雅,遣词造句充满了激情和诗意而又不失浑厚质朴,显得平实、忠厚而又睿智,是典型的学者式的语言。余秋雨的历史散文不是简单的历史陈述，他运用戏剧化的结构方式，再现了历史场景的细节，使人物的行为和心理真实可感，也许这些细节并不一定符合历史的真实，但是却产生了强烈的感染力，获得了读者的共鸣。

第八节　学者散文

在新时期散文发展的各种形态当中，学者散文占有着独特的位置。这一类散文的作者大都是从事人文科学或社会科学研究的学者，也有少数从事自然科学研究的专家。他们在进行专业研究的同时，创作了一批融感性表达于理性思考的散文。这种散文形态的出现，有着多方面原因，其中既有中国知识分子积极参与社会现实的精神传统，又有蕴涵深厚文化功底的学者们对散文这种文学体裁驾驭上的便捷，还有散文文体本身思想表达的随意性与学者思维习惯的相适应。

在形式上，学者散文不是十分注重散文文体形式的规定性，而是将其视为专业研究之外一种自我表达或参与现实的方式，具有很强的随意性。而这种随意性恰恰使作者的智慧结晶和个人感受得到了充分的表达，表达上生动的个性特征也随之展现出来。因此，这些散文在形式和内容上都比较自由，为现代散文创作融入了一些新的因素：在内容上，这类散文的侧重点不是情节的叙述和情感的表达，而是所涉及的具体思想内容；在创作风格上，学者散文大多较为平实，通常会运用一些充满理性趣味的幽默来抑制情感的宣泄。同时，稳固的理性支持，也使其具有较高的思想深度和情感厚度。这类散文与其他散文的不同之处，在于它所关注的不是感情的单一表达，而是"情"与"理"的结合，因此有些批评家又将之称为"哲理散文"或"散文小品的学术化"。

学者散文的代表人物有季羡林、张中行、金克木、余秋雨、陈平原、刘小枫、周国平等,这些人都是在各自学术领域取得过突出成就的学者。他们大都有较为深厚的学术修养,往往将学术和理性的思考融入散文的表达之中。

季羡林(1911—2009)是一位闻名中外的学者,又是一位有着独特风格的散文作家。季羡林于1911年出生在山东清县官庄,1934年从清华大学西洋文学系毕业后赴德国哥廷根大学求学,1946年回国后任教于北京大学。在从事学术研究的同时,季羡林创作了很多优秀的散文作品,出版了《天竺心影》、《朗润集》、《季羡林散文选集》等散文集。他的散文创作内容朴实,结构精巧,感情浓厚,语言平实,在不经意间展示了广博的知识和丰富的阅历,充分体现了学贯中西的学者风范,具有独特的艺术风格。

张中行(1909—2006),生于河北香河县,1935年毕业于北京大学中国语言文学系。长期任职于人民教育出版社。在多年的教育和编辑工作之余,撰写了大量语言、文学和佛学方面的论著。出版过《文言津逮》、《文言和白话》、《作文杂谈》等著作。80年代开始从事散文创作,先后出版了《负暄琐话》、《负暄续话》、《负暄三话》、《留梦集》、《流年碎影》等文集。张中行的散文内容十分丰富,有记载个人生活求学历程的,有探讨人生问题的,还有一些书评序跋和语文知识。张中行的散文是典型的学者散文,少描绘多思辨,少记述多议论,以学者的视角审视人生和社会,具有很强的论证性和思辨性;寓经验于推论之中,极具说服力和教育性,使读者在汲取新知的同时能够获得多方面的启示。他的散文文风质朴而不失俊俏,庄重而不失幽默,厚实而不失流畅。素材上广征博引,涉及古今中外的多门学科内容,又深入浅出,明白易懂。

金克木(1912—2000),安徽寿县人。1935年任职于北京大学,1941年赴印度学习,1948年归国后任教于北京大学,从事印度宗教、文学和语言学的翻译和研究工作。著有《梵语文学史》、《印度文化论集》、《比较文化论集》等学术著作,并出版了《天竺旧事》、《文化的解说》、《文化猎疑》等散文随笔集。金克木的散文内容十分丰富，包括思想随笔、读书札记、文化漫谈、文化考证等方面的内容，都具有很强的学术针对性。往往是从某一具体问题出发，根据自己的人生阅历，融进了历史、哲学、宗教、文学等各方面的知识，在平实的书写中展开论证，使问题得以解决，因此他的散文小品具有很强的学术化倾向。金克木的散文语言质朴平实，近乎口语，又很自然地用了一些文言的词汇和语法，从而形成一种独特的语言风格。

其他主要的学者散文，还有王小波的《我的精神家园》，刘小枫的《这一代人的"怕"与"爱"》，赵园的《窗下》，陈平原的《学者的人文情怀》、《书生意气》，周国平的《人与永恒》，耿占春的《观察者的幻想》，梁衡的《人杰鬼雄》，等等。

第二十章　新时期的戏剧

第一节　概　　述

　　进入新时期，戏剧艺术在恢复重建的基础上，得到了快速的发展，无论是在戏剧理论还是在戏剧实践方面都取得了长足的进步。戏剧创作的题材、形式、风格等方面，较之十七年戏剧和"文革"中的戏剧都有显著的发展和提高。这一时期的戏剧创作以80年代初为界分为两个重要时期，前期是以写实主义为主的传统戏剧的发展期，后期是以表现主义为主的现代戏剧探索期。

　　1977年，《豹子湾的战斗》、《八一风暴》等十七年优秀剧目的重新上演，标志着新时期的戏剧开始复苏。这是现实主义戏剧恢复发展和高潮期。金振家、王景愚的《枫叶红了的时候》和白桦的《曙光》等新剧作的问世，标志着新剧作的再生。《枫叶红了的时候》是一出政治喜剧，该剧以喜剧的形式、夸张的手法、尖刻的语言，围绕"四人帮"及其爪牙制造所谓的"忠诚探测器"来展开情节，以辛辣讽刺的笔调揭露了"四人帮"政治欺骗的丑恶面目。《曙光》是一出历史悲剧，戏剧以30年代贺龙与王明"左"倾机会主义路线的斗争为背景，通过优秀红军战士冯大坚被害的故事，从历史的角度揭示了极左路线给党所领导的革命事业带来的巨大危害，总结了"左"倾思潮的渊源和教训。这两部作品承继了五四以来的现实主义文学传统，为新时期的戏剧创作开创了一个良好的开端。

　　1978年，在北京和上海分别上演了苏叔阳的《丹心谱》和宗福先的《于无声处》。《丹心谱》通过周恩来总理关心支持"03"号新药研制过程中的种种冲突,以强烈的现实主义精神,塑造了一系列鲜明的人物形象,表现了人民群众对周总理的耿耿丹心。《于无声处》以表现"人民的总理人民爱,人民的总理爱人民"为主题,为"四五"英雄的平反发出了第一声呐喊。这两部戏剧,南北呼应,形成了戏剧舞台上新的高潮。

　　党的十一届三中全会召开以后,思想上的解放带来了戏剧艺术的繁荣,戏剧舞台上涌现出一大批优秀的写实主义戏剧作品,就其内容而言,大体可以分为四个方面:一是揭发批判"四人帮"的罪恶行径的作品,如李龙云的《有这样一个小院》、都郁的《哦,大森林》、金敬迈的《神话风雷》、苏叔阳的《左邻右舍》、陈屿的《白卷先生》等,这些作品深刻反映了"文革"时期畸形的社会现实,揭露了林彪、"四人帮"的罪恶行径及其对国家、人民造成的严重伤害,也反映了人民与林彪、"四人帮"集团英勇斗争的顽强精神;二是塑造老一辈无产阶级革命家形象的作品,如所云平的《朱德将军》、程士荣等的《西安事变》、丁一山的《陈毅出山》、沙叶新的《陈毅市长》、马融的《转战陕北》、王德英和靳洪的《彭大将军》等,此外还有描写其他领袖和革命人物的剧作,如宋平的《孙中山》、耿可贵的《孙中山和宋庆龄》,以及周端木描写鲁迅的《霜天晓角》、沙叶新的《马克思秘史》等;三是展现新时期社会生活中重大矛盾和问题的作品,如崔德志的《报春花》、赵梓雄的《未来在召唤》、贺国甫的《血,总是热的》、赵国庆的《救救她》、邢益勋的《权与法》、中杰英的《灰色王国的黎明》、沙叶新的《假如我是真的》等;四是老艺术家创作的历史剧,如曹禺创作的《王昭君》、陈白尘创作的《大风歌》、白桦的《吴王金戈越王剑》、李民生和杨平的《唐太宗与魏征》等。这一时期的戏剧创作始终高扬着现实主义精神,揭露了许多触目惊心的社会病态和阴暗面,体现了作家大胆"干预生活"的社会责任感和勇气。因而，此时期的戏剧创作不仅声势浩大，而且作品数量众多，质量也高。

进入80年代以后，随着思想解放和文化开放的深入，在艺术领域逐渐形成了一个探索的浪潮。在戏剧界，这种探索是在理论和实践两个方面同时展开的。新时期的探索戏剧可以1985年为界分成两个流向。前一流向侧重于形式的探索创新，在内容上基本抛弃了情节和人物性格这两个传统戏剧的要素，而是通过某些生活现象的聚集与透视，提炼出生活中的哲理。1982年前后，在戏剧界出现了戏剧观的争鸣。通过对戏剧观的讨论，在戏剧界达成了一个基本的共识，那就是戏剧的发展，应该在学习斯坦尼斯拉夫斯基、布莱希特、梅兰芳这三种戏剧体系的基础上，进一步学习借鉴西方现代主义艺术，以促进我国戏剧的发展和繁荣。在这次争鸣中，大量的外国现代戏剧被介绍到中国，其中既有五四时期曾经介绍过的梅特林克、斯特林堡、奥尼尔以及未来主义剧作家马蒂尼等人的作品，也有20世纪50~60年代兴起的贝克特、尤涅斯库、阿尔比等人创作的荒诞派戏剧。

在进行理论探索的同时，一些剧作家也开始进行了创作实践和舞台实践的探索。马中骏、贾鸿源、瞿新华的《屋外有热流》，开创了探索戏剧的先河，此后陆续出现了刘树纲的《十五桩离婚案的调查剖析》、《一个死者对生者的访问》，陶骏的《魔方》，沙叶新的《耶稣、孔子、披头士列侬》，王培公的《周郎拜师》、《WM（我们）》，费明的《初恋时，我们不懂爱情》，王承刚的《本报星期四第四版》等较有影响的作品。这些戏剧突破了传统的写实手法，结构模式多样，大胆地借鉴了象征主义、表现主义和荒诞派戏剧的表现手段，熔歌、舞、诗、剧等各种横向因素于一炉，丰富了戏剧的表现手段，推动了探索戏剧的发展。

从1985年开始，探索戏剧的热潮开始回落。受电影电视等传媒手段的冲击，戏剧创作趋于平静，但并没有退出文艺的舞台。相反却带动了一大批剧作家更为坚实的探索，一批融现实主义文学传统和现代西方表现手法的作品出现在舞台上，显示了探索戏剧的自我完善的力度。其中刘锦云的《狗儿爷涅槃》、罗剑川的《黑骏马》、沙叶新的《寻找男子汉》、徐频莉的《桑树坪纪事》、宗福先的《传呼电话》、车连宾的《蛾》等作品成为新时期探索戏剧走向成熟的标志。较之前一流向的创作，这类写实流向的戏剧重又注重对人物性格的塑造以及对故事情节的构思，写实因素增加。但在人物塑造上，这类创作着力表现人的心灵的复杂性、丰富性；从思想内容上看，这类戏剧创作又表现出浓厚的非英雄化倾向，往往以普通的现实人生为对象，着力表现芸芸众生的平凡生活、奋斗挣扎以及他们的不同的命运和遭遇。这种内容上的要求和西方现代戏剧以及中国古典戏剧的表现手法综合在一起，增强了写实剧表现生活的能力和审美功能，使它成为继现实主义戏剧、探索戏剧之后新时期戏剧发展史上的第三次高潮。

第二节　崔德志的《报春花》

崔德志（1927—　），黑龙江青岗县人，1946年考入哈尔滨大学文学系。不久，以马非为笔名在当地的《工商日报》上发表处女作短篇小说《楼》。新中国成立后，崔德志先后在东北文教工作队、辽宁省人民艺术剧院工作，主要作品有独幕剧《刘莲英》、《时间的罪人》、《爱的波折》、《毛病在哪里》、《未完的故事》、《生活的赞歌》、《韩巧苓》和多幕剧《报春花》、《红玫瑰》等。其中《刘莲英》和《报春花》两部剧作均在全国产生过轰动效应，受到过广泛的注意。崔德志所创作的戏剧几乎都和纺织工业系统的题材有关，他笔下的人物也都与纺织工人有关，尤其是他创作的有影响的剧作《刘莲英》、《春之声》、《报春花》、《红玫瑰》，都是以青年纺织女工为主人公的。因此，人们称他的创作为"纺织工人家族"。

第二十章 新时期的戏剧

一、《报春花》的主题

《报春花》的剧情,发生在党的十一届三中全会召开前夕。东北某纺织厂刚刚恢复工作的厂长李健,发现自己的女儿李红兰工作成绩不突出,却被推荐到市里参加劳模会,而创造五万米无疵布的白洁,却因家庭出身问题而不能受到表彰。为了扭转生产只重数量不重质量的问题,他决心推举白洁为劳动模范,谁知却引起轩然大波。最后,在党的十一届三中全会的光辉照耀下,白洁终于被选为模范,生产形势也得到好转。

在《报春花》中,崔德志以高度的历史责任感,围绕着关于家庭出身这一曾经的重大社会问题,通过东北某纱厂的故事,以成分不好的女青年劳动模范白洁这一形象,揭露了工业战线上过去被长期掩盖的矛盾冲突,提出令人深思的尖锐问题,即如何冲破极左思潮的束缚,打破一切形而上学的框框,彻底解放生产力的重要因素——人。在这部戏剧中,崔德志还以白洁的不幸遭遇批评了那种打着马克思主义的旗号,实际推行极左路线的唯成分论和封建血统论,并进而指出,在社会主义建设的新形势下,中国应该彻底摒弃这种扼杀人才的"成分论"和"血统论",各行各业都应该广纳贤才,惟才是举,使像白洁这样家庭出身不好的青年能够爱国有心、报国有门。同时,这部话剧还热情歌颂了面对现实,实事求是,真正维护广大人民群众根本利益的党的好干部,也在不同程度上为那些像白洁一样出身虽然不好,但在工作中默默奉献自己全部心血的青年恢复了本来的面目。在这部作品中,崔德志摆脱了把人的本质抽象为阶级本质的僵化模式,把历史的批判同"人学"结合起来,突破了一直被视为"禁区"的主题,率先提出了搞社会主义经济建设,应该首先肃清"成分论"与反动"血统论"流毒的观点。因而,《报春花》的发表,对于去除"文革"、"四人帮"的精神枷锁,促进人们的思想解放起到了很大的鼓舞作用,它使人警醒、使人振奋、发人深思、催人奋进，也理所当然地受到了人们的欢迎。

二、人物形象与艺术特色

《报春花》的主人公白洁是新时期戏剧中有代表性的人物，也是崔德志戏剧创作中比较独特的人物。白洁心地纯洁善良，对社会主义建设有着火一样的热情，四年干了五年的活，创造了五万米无疵布的成绩。她诚实、勤奋，不计名利，但由于妈妈是右派、爸爸是"历史反革命"，在"血统论"的摧残下，长期经受精神的折磨，从而造成了她心理上的自卑、脆弱和性格上的沉默、倔强。但生活的苦难没有使她丧失对真理、光明的执著追求，正是这种受压抑、受歧视的生活，使她更懂得爱，更需要爱，也更勇于为爱而付出，更富于同情心。当"四人帮"大肆摧残革命老干部时，她挺身而出，为被残酷迫害的李健喂药；她冒险参加悼念周总理的活动，并给被捕入狱的战友送饭；她在成绩面前从不"显山露水"、争名夺利，但结果仍受歧视，甚至在心爱的人面前也很自卑，为了使心爱的人免受牵连，主动断绝与吴晓峰的爱情关系；为避开劳动模范的荣誉，保护厂长的安全，她故意往脸上抹黑，偷偷把别人的疵布算在自己的账上。在这里，作者以充满激情的笔触，通过李健决心选白洁当劳模所引起的一系列矛盾，从不同侧面为我们展现了社会主义新形势下一个优秀青年的美好心灵。白洁最终解除了思想负担，被树为劳模，她的命运鼓舞着千千万万的人们前进。她就像一朵报春花，散发着芬芳，昭示着美好的明天。

《报春花》这部戏剧之所以能取得巨大的成功，既得益于主题思想的前瞻性和突破性，也得益于艺术形式的灵活性和创新性。在艺术手法上，《报春花》的戏剧结构紧凑，作者巧妙地设计了矛盾冲突，使剧情波澜起伏，牵动人心。全剧围绕该不该树立白洁当劳模这一主要情节，展开了重重矛盾冲突，如树白洁、撤红兰、解脱韩卫东、提拔田贵、教育刘小英，以及搬开吴一萍这一绊脚石，等等。作品一反过去工业题材"方案之争"的深冗老套，着重写人的思想认识，在尖锐的矛盾冲突中展现人物，使人物性格的塑造和情节的发展融为整体，具有极强的艺术表现力和审美震撼力。

第三节 沙叶新的《假如我是真的》

沙叶新（1939—2018），回族，江苏南京人。中学时代便开始业余创作，发表了诗歌《小波折》、《笑》等。1956年在《江苏文艺》发表短篇小说《妙计》。1957年考入华东师范大学中文系，发表短篇小说《美国剧院的悲剧》、《"老鹰"篮球队》。1961年大学毕业后入上海戏剧学院戏剧创作研究班学习。1966年发表第一个独幕喜剧《一分钱》，获得好评。沙叶新主要代表作有《陈毅市长》、《大幕已经拉开》、《马克思秘史》、《寻找男子汉》、《耶稣、孔子、披头士列侬》以及与李守成、姚明德合作的《假如我是真的》。其中，《陈毅市长》获文化部和中国剧协联合颁发的1980～1981年全国话剧优秀剧本奖。沙叶新的作品思想敏锐，风格清新，节奏明快，艺术上富有独创精神，题材新颖，人物个性鲜明，有幽默感。沙叶新在戏剧的内容题材和表现手法等方面始终保持着一个探索者的姿态，这使他的作品在产生了广泛的影响的同时，也引起了激烈的争论甚至是批判。

时代性和现实性是沙叶新剧作最鲜明的特点，《假如我是真的》正是这样一部典型的社会讽刺剧。作者借主人公李小璋冒充高干子弟招摇撞骗最终被戳穿的过程，对社会上存在的官僚主义和特权思想等丑恶现象进行了无情的鞭挞。剧中的主人公李小璋是一个农场的知青，女友已经回城并且怀孕。按照有关政策的规定他本来可以抽调回城，但是他的名额却被干部子弟们挤占了。由于不能回到城里，女友的父母极力反对这门婚事。李小璋在走投无路的时候，偶尔在剧场门口听到话剧团赵团长、文化局孙局长和组织部钱处长的谈话，于是他便冒充中纪委"张老"的儿子张小理，取得了钱处长和她丈夫市委吴书记的信任。因为这些人都有求于这位假冒的干部子弟张小理，所以就答应了他提出的把"好朋友"李小璋调回城里工作的要求。就在李小璋的计划就要成功的时候，市委吴书记违反政策批条子的事被农场的郑场长告到了中纪委，中纪委的"张老"亲自前来调查，揭穿了李小璋的谎言。在这部现实主义的讽刺作品中，沙叶新敏锐地把握了一个当时正在滋生蔓延的社会现象，即个别领导干部利用自己手中的权力以权谋私、互相利用，严重败坏了党内的风气，影响了工作，造成了很多悲剧。正如李小璋在法庭上所说："我错就错在是个假的，假如我是真的，那我所做的一切就都会是合法的。"《假如我是真的》采用戏中戏的套路，通过李小璋冒名张小理的过程，对那些因为谋求特权和私利而走向堕落的干部进行了揭露和批判，既体现了作者敏锐的社会洞察力和强烈的社会责任感，又表现了真正的现实主义力度和批判精神。因而这部话剧上演后，在社会上引起了强烈的反响和激烈的争论，一时之间，反对官僚主义等不正之风成为当时一个重要的社会话题。

沙叶新是新时期文坛最有争议的剧作家之一。从《假如我是真的》开始，几乎每一篇作品的问世都会引起或大或小的争论，其中有肯定也有批评。《假如我是真的》是沙叶新等根据1979年夏在上海发生的一起小骗子冒充高干子弟到处招摇撞骗的案件创作的话剧。该剧运用讽刺的手法，批判了特权思想。10月，该剧在上海内部上演，不久，此剧又在安徽、山西、河南、江苏、江西、福建等地内部或公开演出，之后又在北京内部演出。演出后，引起了社会上的强烈反响，受到了文艺界和有关方面的重视，有的欣赏，有的反对，有的主张修改，由此而产生了较长时间的争论，到全国第四次文代会召开前后，争论达到高潮。争论主要集中在戏的主题和艺术真实与生活真实的关系处理上，同时包括情节结构和形象创造的艺术处理以及对骗子该不该同情等问题。支持者认为该剧针砭时弊尖锐泼辣,是作家真诚地表现生活,大胆地干预生活的现实主义精神恢复和深化的表现;反对者认为,该剧以戏剧情节影射生活真实,有同情骗子、夸大社会黑暗面的嫌疑。这场争论几乎波及全国,在另一个维度上,促进了新时期现实主义文学观念的成熟和深化。

第四节 刘锦云的《狗儿爷涅槃》

刘锦云(1940—),毕业于北京大学中文系,任北京人民艺术剧院编剧。1985年他与王梓夫共同创作了戏剧《山乡女儿行》,1986年发表了多场现代悲喜剧《狗儿爷涅槃》,引发了强烈的反响,之后又创作了《背碑人》、《乡村轶事》、《杀妃剑》、《阮玲玉》等话剧。《狗儿爷涅槃》发表于1986年6月,由北京人民艺术剧院首演,在戏剧界引起强烈的反响。1988年,《狗儿爷涅槃》荣获第四届全国优秀戏剧奖。

一、《狗儿爷涅槃》的主题

在《狗儿爷涅槃》中,刘锦云继承了新时期以来农村文学题材常见的主题,作品抨击了极左政治思潮对农村经济的破坏和对农民命运的摧残。全剧的剧情是紧紧围绕着狗儿爷与土地的关系及其变化展开的。狗儿爷生活在三种矛盾中:一是与合作化和公社化的矛盾,二是与祁永年的矛盾,三是与儿子陈大虎和儿媳祁小梦的矛盾。狗儿爷一生的最高理想就是能够成为像祁永年那样的地主老财,所以他对土地不但依恋而且贪婪。土改之后的狗儿爷经过苦心钻营,理想的实现似乎已经指日可待,可是一场合作化运动使狗儿爷的一切梦想变成了泡影,他因此精神失常。如果说合作化运动堵死了狗儿爷成为地主的梦想,是可以理解的,但使整个村子"闹得少吃没烧的",这就是中国农民的不幸了。直到十一届三中全会后

"包产到户",他的土地重新又回到他的手里,他一高兴才又清醒起来。作者通过狗儿爷在合作化运动前后精神状态的变化,深刻地揭示了极左思潮对农村经济的破坏和对广大农民命运的摧残。但《狗儿爷涅槃》主题的深刻还不仅如此。在作品中,作者还以相当理性的批判精神,解读了狗儿爷对土地几近病态的痴迷。中国农民自古就面朝黄土背朝天地生活着,土地就是他们安身立命、养家糊口的全部保证。因此,狗儿爷对土地的依恋一方面表现了中国农民几千年积淀而成的心理定势和精神特征,另一方面也暴露了农民自身的劣根性,即狭隘、保守、顽固、僵化的农民意识,这在社会主义新形势下显然是不足取的。正如刘锦云自己所说:"我不是直白地发几句牢骚,咒骂极左路线对农民的坑害,而是着意嘲笑和批判小农意识中的因循守旧、妄自尊大、报复心理等特征,生活中忠厚善良与愚昧保守的混合,赋予了剧中人多侧面的立体感。"① 所以说,《狗儿爷涅槃》在同情中国农民的命运之外,还批判了农民自身的劣根性,从而使戏剧在政治批判主题的基础上,增加了文化批判的内涵。

二、人物形象与艺术特色

剧中的主人公狗儿爷是一个极具经典意义的中国农民形象,在狗儿爷身上,凝聚着中国农民丰富的性格内涵。对土地几近疯狂的钟爱是狗儿爷突出的性格特征。为了土地,他牺牲了第一个老婆,又搭上了第二个老婆,甚至自己也毁灭于此。在这种痴迷背后,作者向我们展示的是一个立体的性格类型。在某种意义上说,狗儿爷是忠厚善良、令人同情的,他对理想的执著使他几乎到了偏谬、疯狂的地步。合作化运动使他没了马、没了车,更没有了他的父亲以

---

① 《踩着收获的泥土,注视农民的命运——三人谈〈狗儿爷涅槃〉》,载1986年12月15日《文汇报》。

生命为代价为他换取的土地，在这种打击之下，狗儿爷急疯了，直到十一届三中全会后，土地重新回到他手中，他一高兴才又清醒过来。但这种痴迷背后，又蕴涵着他作为农民的保守、狭隘、自私和顽固。为了争夺土地，他甚至趁人之危，只花了三石芝麻就把与他有患难之交的苏连玉的三亩好地买下了。他仇恨曾把他吊在门楼上打的地主祁永年，他也想着报复，想让祁永年也在这门楼上打打"秋千"；但另一方面，他人生的全部目标就是成为祁永年那样的人，因此他羡慕祁永年那颗印章，梦想着挂"千顷牌"。在狗儿爷的身上，既有着勤劳、憨厚、朴实的美德，又有着极其强烈的狭隘、保守、顽固、僵化的农民意识。正是这种鲜明的个性特点和深厚的历史内涵，使狗儿爷成为当代戏剧史上一个不可多得的典型形象。

《狗儿爷涅槃》在艺术上有着丰富的内涵，艺术表现方式的多元化是其突出的艺术特征。这部戏剧首先是建立在写实的基础上的，塑造了典型环境中的典型性格。对狗儿爷这个形象的塑造，对他的遭遇的描绘虽然只是个别的、独特的，但又是真实的、历史的。对这个人物的遭遇，凡是对这段历史有过深刻记忆的人，都会对他的真实性表示肯定。但另一方面，它又是写意的，对人物的思想内涵和病态心理的揭示有着明显的意识流的特点，在结构上大量使用象征的手法，如用门楼象征封建主义和农民意识，用门楼的被焚象征着新时代的开始，狗儿爷是几千年来中国传统农民的象征，等等。这种象征意义不但增加了《狗儿爷涅槃》的阐释空间，而且使作品具有更为深刻的思想内涵。

第五节 魏明伦的《潘金莲》

魏明伦（1941—　　），四川内江人。魏明伦从七岁开始学戏，九岁时就在川剧舞台初露头角。后来因病弃演从文，开始从事诗歌、散文、剧评的创作。进入60年代，魏明伦开始从事专业的戏剧创作。他创作的《胆大》、《四姑娘》、《巴山秀才》等三部剧作连续三年在全国优秀剧本评奖中获奖,他本人也因此被人们誉为"写戏状元"。在继承川剧传统的创作思想的基础上,魏明伦将具有时代特征的现代意识引入传统戏曲创作之中,缩短了传统与现代之间的距离,也表现了思想观念上的冲突。他创作的荒诞川剧《潘金莲》上演后,引起了强烈的反响和广泛的争议。

一、《潘金莲》的主题

川剧《潘金莲》有一个复杂而又具有突破性的主题。受古典小说《水浒传》和《金瓶梅》的影响,人们对潘金莲这个文学人物一直有着固定的认识,把她定位为一个受人唾弃的人物。但是魏明伦从现代人的视角出发,在《水浒传》提供的故事原型的基础上,重新结构了潘金莲的故事。他在剧中把潘金莲塑造成为一个复杂而立体的人物,没有一味地写她的堕落,而是大胆地描写了她对幸福生活和理想爱情的向往和追求,以及这种追求被无情地扼杀后的痛苦和绝望。作为丫头的潘金莲,她不为富贵所动,也敢于和权势相抗争,严辞拒绝了主人的无耻要求,保全了自己的人格,显现了她追求正当的幸福的决心。然而,潘金莲却也因此陷入了更为悲惨的命运当中,恼怒的主人将她嫁给了"身材矮小,人格萎缩,不会风流"的武大。在这种畸形的环境中,潘金莲正常的爱和性的要求都得不到满足。但是潘金莲并没有被动地选择屈从和退缩,而是进行了大胆的抗争。遇到英勇的武松后,她敬而爱,但爱之不成。在这种心理失衡的状态下,她的心灵、性格受到扭曲变形,于是她选择了沉沦和堕落,投入了西门庆的怀抱,并在他的威逼利诱之下,一步步地走上了谋杀亲夫的道路。

在这部戏剧中,魏明伦以人道、人性为准则,在展示潘金莲所走过的生活道路的同时,并没有局限在对潘金莲悲剧命运的同情和惋惜上,而是深刻地揭示了她走向堕落,最终成为罪犯的社会根源和历史因素。因此，作家不是单纯同情、赞美潘金莲追求个性解放，也不是简单谴责主人公的不守妇道，而是通过这个形象来分析和探讨封建文化对女性的压抑、束缚和摧残，进而反思人性与社会的不和谐所造成的悲剧结局。在潘金莲的心理发展过程当中，由对理想爱情的真诚向往，转向对两性情爱的病态追求，最后走向堕落成为罪犯，都有着深刻的社会历史根源。潘金莲的悲剧是性格的悲剧，更是社会的悲剧，虽然杀死潘金莲的是武松，但使这个人物走上毁灭的却是整个罪恶的封建制度和所谓"三从四德"的封建伦理观念。

二、艺术特色

《潘金莲》在艺术上也很有特色。一是打破时空界限，成功地运用了"魔幻现实主义"的技巧。荒诞川剧《潘金莲》采用了荒诞的表现手法，打破传统话剧的"顺时性"时序结构方式，用现实、回忆、想像、幻觉等手法，将过去、现在与未来不同时态下发生的情节交错起来，使时间和空间重叠在一起，蕴涵着浓厚的主观色彩，给人一种新颖的感受。

二是打破传统戏剧"幻觉真实"的原则而呈现出虚构性、假定性的特征。《潘金莲》在剧本的结构上，突破了传统戏剧中"一人一事一线"的单线结构，在主人公潘金莲这条主线之外，还设置了以李国文《花园街五号》中的现代女性吕莎为主的一条副线，由这条副线将古今中外现实与虚构的各种人物，如施耐庵、安娜、贾宝玉、红娘、七品芝麻官、人民法院院长、现代阿飞等不同时空中的人物集合在一起。作者打破了时空和虚实的限制，让不同国籍不同种族不同时代的人物纷纷登场，采用了边叙事边议论边演示的方法，全面地展示了不同时代、不同文化背景下人们不同的婚恋观和幸福观。这条副线既表达了作者的思想和情绪，又相互关联，共同推进了情节的发展。在这种看似荒诞的表现形式背后，隐藏着高扬人性、呼唤人的尊严、肯定人的价值的主题。

主要参考书目

（一）教材

1. 郭志刚等主编：《中国当代文学史初稿》，人民文学出版社1993年版。

2. 陈思和主编：《中国当代文学史教程》，复旦大学出版社1999年版。

3. 洪子诚著：《中国当代文学史》，北京大学出版社1999年版。

（二）小说

1. 赵树理著：《三里湾》，北京通俗读物出版社1955年版。

2. 周立波著：《山乡巨变》（上、下），作家出版社1958年、1960年版。

3. 柳青著：《创业史》，中国青年出版社1979年版。

4. 杜鹏程著：《保卫延安》，人民文学出版社1979年版。

5. 吴强著：《红日》，人民文学出版社1958年版。

6. 梁斌著：《红旗谱》，中国青年出版社1978年版。

7. 杨沫著：《青年之歌》，人民文学出版社1961年版。

8. 王蒙：《组织部来了个年轻人》，《王蒙文集》第4卷，华艺出版社1993年版。

9. 古华著：《芙蓉镇》，人民文学出版社1981年版。

10. 张炜著：《古船》，人民文学出版社1987年版。

11. 陈忠实著：《白鹿原》，人民文学出版社1993年版。

12. 谌容著：《人到中年》，百花文艺出版社1980年版。

13. 路遥著：《人生》，中国青年出版社 1982 年版。
14. 张贤亮：《绿化树》，《张贤亮集》，海峡文艺出版社 1986 年版。
15. 张承志著：《北方的河》，百花文艺出版社 1985 年版。
16. 贾平凹：《腊月·正月》，《黑氏》，作家出版社 1992 年版。
17. 韩少功：《爸爸爸》，载《人民文学》1985 年第 6 期。
18. 莫言著：《红高粱》，作家出版社 1995 年版。
19. 王安忆：《小鲍庄》，载《中国作家》1985 年第 2 期。
20. 王朔著：《动物凶猛》，台海出版社 2001 年版。
21. 余华：《现实一种》，《河边的错误》，长江文艺出版社 1992 年版。
22. 池莉：《烦恼人生》，《池莉小说精选》，长江文艺出版社 2001 年版。
23. 铁凝：《哦，香雪》，《铁凝文集》，江苏文艺出版社 1996 年版。
24. 高晓声：《陈奂生上城》，载《人民文学》1980 年第 2 期。
25. 汪曾祺：《受戒》，《汪曾祺文集》，江苏文艺出版社 1993 年版。
26. 残雪：《山上的小屋》，载《人民文学》1985 年第 8 期。
27. 王蒙：《春之声》，《王蒙文集》第 4 卷，华艺出版社 1993 年版。
28. 王蒙著：《活动变人形》，人民文学出版社 1986 年版。

（三）诗歌

1. 贺敬之：《桂林山水歌》，《贺敬之诗选》，人民文学出版社 1979 年版。
2. 郭小川：《祝酒歌》，《郭小川诗选》，人民文学出版社 1979 年版。

3. 闻捷：《吐鲁番情歌》，《闻捷诗选》，人民文学出版社 1979 年版。

4. 艾青：《光的赞歌》，《艾青诗选》，人民文学出版社 1979 年版。

5. 雷抒雁：《小草在歌唱》，《父母之河》，人民文学出版社 1984 年版。

（四）散文、报告文学

1. 刘白羽：《长江三日》，《刘白羽散文选》，人民文学出版社 1978 年版。

2. 杨朔：《雪浪花》，《杨朔散文选》，人民文学出版社 1978 年版。

3. 秦牧：《社稷坛抒情》，《秦牧散文选》，人民文学出版社 1978 年版。

4. 巴金：《怀念萧珊》，《随想录》，三联书店 1987 年版。

5. 史铁生著：《我与地坛》，中国社会科学出版社 1993 年版。

6. 徐迟著：《哥德巴赫猜想》，人民文学出版社 1978 年版。

7. 黄宗英：《大雁情》，《一九七七——一九八〇全国优秀报告文学评选获奖作品集》，人民文学出版社 1981 年版。

8. 邓贤著：《中国知青梦》，人民文学出版社 1993 年版。

（五）戏剧

1. 田汉著：《关汉卿》，中国戏剧出版社 1958 年版。

2. 老舍：《茶馆》，《老舍剧作选》，人民文学出版社 1959 年版。

3. 崔德志：《报春花》，载《剧本》1979 年第 4 期。

4. 沙叶新：《假如我是真的》，载《戏剧艺术》、《上海戏剧》联合增刊，1979 年 8 月。

5. 刘锦云：《狗儿爷涅槃》，载《剧本》1986 年第 6 期。

6. 魏明伦著：《潘金莲》，北方文艺出版社 1987 年版。